LYDIA MILLET

KINDER
DER FLUT

Aus dem Amerikanischen
von Elke Link

btb

1 Wir lebten einmal in einem Sommerland. Im Wald hingen Baumhäuser, auf dem See schwammen Boote. Selbst mit dem kleinsten Kanu gelangten wir bis ans Meer. Wir mussten nur über den See paddeln, durch ein Sumpfgebiet hindurch und einen kleinen Fluss entlang, und schon waren wir an der Mündung. Wo Wasser und Himmel sich trafen. Wir ließen die Boote im Sand liegen und rannten in der salzigen Meeresbrise über den Strand.

Wir fanden einen Dinosaurierschädel. Vielleicht stammte er auch von einem Schweinswal. Wir fanden Rocheneier und Mondschnecken und Seeglas.

Vor Sonnenuntergang paddelten wir zurück zum See, um zum Abendessen wieder da zu sein. Seetaucher schickten ihre eindringlichen Rufe über das Wasser. Um uns den Sand von den Füßen zu waschen, sprangen wir kreischend vom Steg. Wir tauchten und schlugen Purzelbäume, und währenddessen färbte sich der Himmel violett.

Oberhalb des Stegs zogen Hirsche auf die weitläufige Rasenfläche. Doch ihre Anmut war trügerisch: Sie hatten Zecken, und Zecken machten krank. Man konnte von ihnen verrückt werden, das Gedächtnis verlieren, dicke Beine bekommen. Oder die Gesichtszüge hingen einem schlaff herunter wie bei einem Basset.

Deshalb beschimpften einige von uns die Hirsche laut, wenn sie ihre eleganten Hälse beugten, um Gras zu rupfen. Und rannten mit fuchtelnden Armen auf sie zu.

Ein paar von uns gefiel es, dass die Hirsche vor unserer Macht in Panik gerieten. Die Tiere sprangen hoch und preschten auf die Bäume zu. Ein paar von uns johlten den fliehenden Hirschen hinterher.

Ich nicht. Ich blieb still. Mir taten sie leid. Sie konnten ja nichts für die Zecken.

Für einen Hirsch waren Menschen wahrscheinlich Ungeheuer. Zumindest manche Menschen. Wenn ein Hirsch einen Menschen durch den Wald laufen sah, spitzte er die Ohren und blieb wie angewurzelt stehen. Wartend. Wachsam. Nichts Böses wollend.

Was bist du?, fragten seine Ohren. Und was bin ich?

Manchmal lautete die Antwort: Du bist tot.

Und der Hirsch brach zusammen.

Ein paar Haustiere waren den Sommer über mitgekommen: drei Hunde und eine Katze, eine schlecht gelaunte Siamkatze mit einer Hautkrankheit. Sie hatte Schuppen. Wir steckten die Hunde in Kostüme aus einer Korbtruhe, aber die Katze konnten wir nicht verkleiden. Sie kratzte.

Einen der Hunde schminkten wir, mit Lippenstift und blauem Lidschatten. Der Hund hatte ein weißes Gesicht, das Make-up war also gut zu sehen. Wir machten gerne was her. Danach steckten wir den Lippenstift zurück in die Fendi-Handtasche einer Mutter. Und sahen zu, wie sie ihn ahnungslos auftrug. Das freute uns.

Wir inszenierten ein Theaterstück mit den Hunden und luden die Eltern dazu ein, denn außer ihnen hatten wir ja kein Publikum. Aber die Tiere waren schlecht erzogen und befolgten unsere Anweisungen nicht. Es gab zwei Soldaten und eine schicke Dame, die wir in einen rüschenbesetzten Push-up gesteckt hatten. Die Soldaten waren Feiglinge. Quasi Deserteure. Sie ergriffen die Flucht, als unser Schlachtruf ertönte. (Eine quäkende Hupe. Sie machte *troööt*.)

Die Dame pinkelte.

»Das arme Ding hat eine Reizblase!«, rief eine mollige Mutter. »Ist das etwa ein Perserteppich?«

Wessen Mutter das war? Unklar. Natürlich würde das niemand eingestehen. Wir brachen die Aufführung ab.

»Gib's doch zu, das war deine Mutter«, sagte ein Junge namens Rafe zu einem Mädchen namens Sukey, nachdem die Eltern abgezogen waren. Einige ihrer Sektkelche, Longdrinkgläser und Bierflaschen waren komplett geleert. Ausgetrunken.

Deshalb hatten diese Eltern es eilig.

»Fehlanzeige.« Sukey schüttelte entschieden den Kopf.

»Wer ist denn dann deine Mutter? Die mit dem fetten Arsch? Oder die mit dem Klumpfuß?«

»Keine von beiden«, sagte Sukey. »Also fick dich.«

Das Landhaus war im neunzehnten Jahrhundert von Räuberbaronen errichtet worden, als prunkvoller Rückzugsort für die grünen Monate. Unsere Eltern, die sogenannten Autoritätspersonen, zogen unter dem breiten Gebälk unbestimmte Kreise durch die Räume, ihre Ziele blieben undurchsichtig. Und interessierten uns nicht.

Sie tranken gern: Das war ihr Hobby, oder – so drückte es jemand von uns aus – vielleicht auch eine Art Kult. Sie tranken Wein und Bier und Whisky und Gin. Und Tequila und Rum und Wodka. Mittags bezeichneten sie es als Kontergetränk. Sie schienen sich damit wohlzufühlen. Oder zumindest zu funktionieren. Abends versammelten sie sich, um zu essen und noch mehr zu trinken.

Das Abendessen war die einzige Mahlzeit, an der wir teilnehmen mussten, und selbst das hassten wir. Sie ließen uns hinsetzen und redeten über: nichts. Ihre Gespräche richteten sie aus wie einen dumpfen grauen Strahl. Er traf uns und lullte uns ein. Was sie erzählten, war so langweilig, dass sich Frust in uns breitmachte und bald darauf Wut.

Hatten sie denn keine Ahnung, dass es dringliche Themen gab? Fragen, die gestellt werden mussten?

Wenn jemand von uns etwas Ernsthaftes sagte, taten sie es ab.

Darfichbitteaufstehen.

Später wurden die Gespräche lauter. Befreit von unserem Einfluss, stießen einige von ihnen plötzlich ein raues Bellen aus. Offenbar lachten sie. Über die umlaufende Veranda mit ihren Bambusfackeln, hängenden Farnen und Hollywoodschaukeln, den mottenzerfressenen Sesseln und blau leuchtenden Insektenvernichtern wurde das bellende Gelächter weitergetragen. Wir hörten es von den Baumhäusern und Tennisplätzen und von dem Feld mit den Bienenkästen, um die sich tagsüber eine langsame Nachbarin kümmerte, die unter dem Netz ihres Imkerhuts vor sich hin murmelte. Wir hörten es durch die gesprungenen Fenster des verfallenen Gewächshauses oder auf dem kühlen schwarzen Wasser des Sees, wo wir uns um Mitternacht in Unterwäsche treiben ließen.

Ich für meinen Teil streifte gerne alleine im Mondschein durch das Gelände. Ich hatte eine Taschenlampe dabei, die ich über Wände mit weißen Fensterläden tanzen ließ, über im Gras liegende Fahrräder, Autos, die still auf der breiten, bogenförmigen Zufahrt standen. Erscholl das Gelächter, fragte ich mich, ob es wirklich möglich war, dass jemand von ihnen etwas Lustiges gesagt hatte. Zu späterer Stunde bildeten sich manche Eltern ein, tanzen zu müssen. Leben durchzuckte ihre fülligen Körper. Ein trauriges Schauspiel. Sie zappelten zu ihrer alten Musik. »Beat on the brat, beat on the brat, beat on the brat with a baseball bat, oh yeah.«

Die Mütter und Väter, durch die kein Leben zuckte, saßen in ihren Sesseln und sahen den Tanzenden zu. Mit schlaffer Miene, teilnahmslos – also praktisch tot.

Wenigstens nicht so peinlich.

Manchmal schlichen sich Eltern zu zweit in die Schlafzimmer im ersten Stock, wo ein paar Jungs von uns sie durch die Lamellen der Wandschranktüren beobachteten. Ihnen bei ihren dunklen Akten zusahen.

Manchmal regte sich dabei etwas in ihnen. Das wusste ich. Auch wenn sie es nicht zugeben wollten.

Doch öfter empfanden sie Abscheu.

Die meisten von uns kamen nach den Sommerferien in die elfte oder zwölfte Klasse, aber einige waren noch nicht einmal in der Pubertät – es gab ein breites Altersspektrum. Kurz gesagt, manche waren unschuldig. Andere vollzogen selbst dunkle Akte.

Die waren nicht so abstoßend.

Unsere Abstammung geheim zu halten, war ein Zeitvertreib für uns, aber wir nahmen ihn sehr ernst. Manchmal rückte ein Vater oder eine Mutter ziemlich nahe und drohte, uns zu verraten. Eine familiäre Verbindung preiszugeben. Dann liefen wir davon wie die Hasen.

Das durften wir aber auch nicht zu offensichtlich machen, damit unsere Hektik uns nicht erst recht entlarvte, besser wäre also, wir verkrümelten uns leise. Für den Fall, dass mein eigener Vater oder meine eigene Mutter käme, hatte ich folgende Technik entwickelt: so tun, als würde ich jemanden im Nebenzimmer sehen. Mich ganz selbstverständlich und mit entschlossener Miene auf mein Fantasiegespinst zubewegen. Durch die Tür hinausgehen. Mich langsam ausblenden.

Anfang Juni, in der ersten Woche unseres Aufenthalts, waren mehrere Eltern die Treppe in den weiträumigen Dachboden hochgestiegen, auf dem wir schliefen, ein paar in Stockbetten, die meisten aber auf dem Boden. Sie riefen die Jüngsten: »Wir bringen euch jetzt ins Be-hett!«

Wir versteckten uns unter unseren Decken, und einige von uns maulten sie unfreundlich an. Die Eltern zogen sich zurück, womöglich beleidigt. Wir befestigten ein Schild an der Tür: ELTERNFREIE ZONE. Am nächsten Morgen redeten wir ein ernstes Wörtchen mit ihnen.

»Ihr könnt euch im ganzen Haus frei bewegen«, argumentierte Terry ruhig, aber energisch. »Ihr habt alle ein eigenes Schlafzimmer. Und ein zugehöriges Bad.« Er trug eine Brille und war gedrungen und sehr überheblich. Trotzdem machte er Eindruck, wie er dort am Kopf des Tisches stand und seine kurzen Arme verschränkte.

Die Eltern tranken ihren Kaffee. Mit saugenden Geräuschen.

»Wir haben nur ein Zimmer. Für uns alle. *Ein einziges Zimmer!*«, stimmte Terry an. »Also bitte. Gönnt uns unseren heiligen Raum. In diesem winzigen Territorium. Stellt euch den Dachboden als Reservat vor. Stellt euch vor, ihr wärt die weißen Eroberer, die unser Volk brutal niedergemetzelt haben. Und wir wären die Indianer.«

»Die amerikanischen Ureinwohner«, sagte eine Mutter.

»Eine unsensible Metapher«, sagte eine andere. »Kulturell betrachtet.«

»Eine der Mütter hat einen Klumpfuß?«, fragte Jen.

»Echt jetzt? Hatte ich gar nicht bemerkt.«

»Was ist denn überhaupt ein Klumpfuß?«, fragte Low.

Eigentlich hieß er Lorenzo, aber das war zu lang. Außerdem war er der Größte von uns allen, deshalb nannten wir ihn Low. Rafe hatte sich das ausgedacht. Low war es egal.

11

»Der wird so nachgezogen«, sagte Rafe. »So ein Schuh mit einem klobigen Absatz. Kennst du nicht? Die Dicke ist bestimmt Sukeys Mutter.«

»Klaro, klaro. Ist sie nicht«, sagte Sukey. »Ich hab eine viel bessere Mutter als diese Niete. Meine Mutter steckt die locker in die Tasche.«

»Aber sie kann ja nicht die Mutter von niemandem sein«, widersprach Low.

»Hm. Könnte sie schon«, sagte Sukey.

»Es gibt doch ein paar Singles«, bemerkte Juicy. Er wurde wegen seines reichlich vorhandenen Speichels so genannt. Er spuckte gerne.

»Und kinderlose Paare«, sagte Jen. »Traurig, unfruchtbar.«

»Dazu bestimmt, ohne Vermächtnis zu sterben«, fügte Terry hinzu, der sich für einen Sprachkünstler hielt. Sein richtiger Name lautete Irgendwer der Dritte. Als wäre das nicht schlimm genug, hieß »der Dritte« auf Lateinisch »Tertius«. Das wurde dann zu »Terry« abgekürzt. So ist sein Spitzname entstanden.

Er führte ein persönliches Tagebuch, in dem er womöglich seine Gefühle festhielt. Über diese Option wurde eine Menge Spott ausgeschüttet.

»Schon, aber ich habe gesehen, wie die Dicke in der Küche Sukeys Vater angegrapscht hat«, sagte Rafe.

»Ist nicht wahr«, sagte Sukey. »Mein Vater ist tot.«

»Seit Jahren«, nickte Jen.

»Immer noch«, sagte David.

»Dann eben Stiefvater. Was auch immer«, sagte Rafe.

»Sie sind nicht verheiratet.«

»Reine Formsache.«

»Ich hab sie auch gesehen«, sagte Low. »Sie hatte die rechte Hand auf seiner Hose. Auf dem Geschröt. Mittendrauf. Der Typ hatte einen krassen Ständer.«

»Widerlich.« Juicy spuckte aus.

»Jetzt pass doch auf, Juicy. Du hast fast meinen Zeh getroffen«, sagte Low. »Punktabzug.«

»Selbst schuld, wenn du Sandalen anziehst«, sagte Juicy. »Mega schwach. Kriegst selber einen Punktabzug.«

Wir führten ein Buchhaltungssystem, eine Tabelle an der Wand. Es gab Pluspunkte und Minuspunkte. Einen Pluspunkt bekam man für eine erfolgreich begangene Schandtat, einen Minuspunkt gab es für etwas, wofür man sich schämen sollte. Juicy kassierte Punkte, wenn er unbemerkt in Cocktails sabberte, während wir Low einen Punkt abzogen, weil er sich bei einem Vater eingeschleimt hatte. Wahrscheinlich war es nicht sein eigener – es war ein wohlgehütetes Geheimnis, wer Lows Eltern waren. Aber wir hatten ihn dabei beobachtet, wie er sich von einem Mann mit anlagebedingtem Haarausfall in Sachen Kleidung beraten ließ.

Low war ein milchgesichtiger Riese mongolischer Abstammung, aus Kasachstan adoptiert. Von uns allen war er am schlechtesten angezogen. Er kultivierte einen Seventies-Look, samt gebatikten Muskelshirts und Short Shorts mit weißen Paspeln. Ein paar davon waren aus Frottee.

Wir konnten unser Elternspiel nur deshalb durchziehen, weil die Eltern nahezu gar kein Interesse zeigten.

Laisser faire war ihre Einstellung. »Wo ist Alycia?«, fragte eine Mutter nebenan.

Mit siebzehn war Alycia die Älteste. Und sie ging schon das erste Jahr aufs College.

»Ich hab sie kaum gesehen, seit wir hier sind«, fuhr die Stimme fort. »Wie lange ist das jetzt her, zwei Wochen?«

Die Mutter sprach vom Frühstücksraum aus, wo ich sie nicht sehen konnte. Ich mochte den Raum sehr gerne, mit seinem langen Tisch aus Eichenholz und der Verglasung auf drei Seiten. Hinter den Glaswänden glitzerte hell der See, und das Sonnenlicht flocht sich durch die wogenden Äste einer uralten Weide, die das Haus beschattete.

Leider wimmelte es jeden Vormittag in dem Raum von Eltern. Für uns war er unbenutzbar.

Ich versuchte, die Stimme zu identifizieren, aber sobald ich mich durch die Tür schob, wurden andere Themen besprochen – Krieg in den Nachrichten, die tragische Abtreibung einer Freundin.

Alycia hatte sich in den nächsten Ort abgesetzt; ein Gärtner hatte sie mitgenommen. Der Ort bestand aus einer Tankstelle, einer Drogerie, die selten geöffnet war, und einer Kneipe. Alycia hatte einen Freund dort. Der ein paar Jahrzehnte älter war als sie.

Wir deckten sie, so gut es ging. »Alycia ist gerade unter der Dusche«, verkündete Jen an dem Abend, als sie verschwand, bei Tisch.

Wir prüften die Mienen der Eltern, aber Fehlanzeige. Pokerfaces.

Am nächsten Abend dann David: »Alycia liegt im

Bett, sie hat Bauchkrämpfe.« Am dritten Sukey: »Alycia kommt leider nicht runter. Sie ist ziemlich mies gelaunt.«

»Das Mädchen muss doch mehr essen«, meinte eine Frau, während sie eine Bratkartoffel aufspießte. War sie die richtige Mutter?

»Sie ist ein Strich in der Landschaft«, sagte eine zweite.

»Aber spucken tut sie nicht, oder?«, fragte ein Vater.

»Sich dauernd übergeben?«

Beide Frauen schüttelten den Kopf. Das Rätsel blieb ungelöst.

»Vielleicht hat Alycia zwei Mütter«, sagte David danach.

»Ja, vielleicht zwei Mütter«, meinte Val. Sie war ein Wildfang und sagte nicht viel. Meistens plapperte sie nur nach.

Val war so klein und schmächtig, dass ihr Alter unmöglich zu schätzen war. Im Gegensatz zu uns anderen kam sie von irgendwo auf dem Land. Am liebsten kletterte sie. Hoch hinauf und geschickt – auf Häuser oder Bäume, das war ihr egal. Hauptsache, es ging in die Vertikale.

»Das Mädchen ist der reinste Affe«, sagte ein Vater einmal, der ihr zusah, wie sie die Weide erklomm.

Eine Elterngruppe saß mit Getränken auf der Veranda.

»Ein Gibbon«, sagte ein anderer. »Oder ein Berberaffe.«

»Ein Weißschulterkapuziner«, fiel ein dritter ein.

»Ein Zwergseidenäffchen.«

»Eine jugendliche Schwarze Stumpfnase.«

Einer Mutter reichte es. »Ein Halt-die-Fresse«, sagte sie.

Wir waren streng mit den Eltern: Es wurden Strafmaßnahmen ergriffen. Wir stahlen, spotteten, verunreinigten Essen und Getränke.

Sie merkten nichts. Und wir fanden, die Strafen seien ihren Vergehen angemessen.

Der schlimmste dieser Frevel war allerdings schwer festzumachen und deshalb auch schwer, richtig zu bestrafen – die Natur ihres Seins. Der Kern ihrer Persönlichkeiten.

In manchen Bereichen hatten wir großen Respekt. Zum Beispiel respektierten wir das Haus, eine prächtige alte Festung, unsere Burg. Allerdings nicht die Einrichtungsgegenstände. Wir beschlossen, ein paar von ihnen kaputt zu machen.

Wer am Ende der Woche die meisten Pluspunkte hatte, durfte das nächste Ziel auswählen. Was würde es wohl sein? Die erste Wahl: die Porzellanfigurine eines rotwangigen Jungen in Kniehose, der einen Korb mit Äpfeln hielt und lächelte.

Die zweite Wahl: ein rosa-grünes Stickmustertuch mit einer Pusteblume darauf und, in geschwungener Schrift, den Worten »*Atme sanft ein. Puste. Verbreite deine Träume und lass sie wachsen.*«

Die dritte Wahl: eine dicke Lockente mit aufgeblähter Brust und gruselig leerem Blick, samt einem bizarren aufgemalten Smoking.

»Das ist eine fette Schwuchtelente«, sagte Juicy. »Eine Ente mit Fliege. Eine Schwuchtel, wie ein Schnulzensänger. Eine Frank-Sinatra-Entenschwuchtel.« Er kicherte wie verrückt.

Rafe, der schwul war und stolz darauf, sagte ihm, er solle die Klappe halten, er sei ein homophober Idiot.

Der Gewinner der Woche war diesmal Terry, und er wählte den Apfeljungen. Er holte einen Kugelhammer aus dem Geräteschuppen und schlug ihm den Kopf ein.

Aber dem Haus selbst hätten wir niemals etwas zugefügt. Rafe zündelte gerne, doch seine Brandanschläge beschränkte er auf das Gewächshaus: ein Haufen Hockeyschläger und Krocketschlägel. Er verbrannte auch Sachen auf einer Lichtung im Wald – das Opfer war ein Gartenzwerg. Das schmelzende Plastik qualmte und stank widerlich. Jemand von den Eltern bemerkte den Rauch, der über einem Nadelwald aufstieg, und entschied sich dafür, auf der Veranda zu bleiben und einen Martini Dry zu schlürfen.

Nach einer Weile war der Rauch verflogen.

Wir respektierten den See und den kleinen Fluss und am allermeisten den Ozean. Die Wolken und die Erde, aus deren verborgenen Höhlen und spitzem Gras ein Wespenschwarm entspringen konnte, eine Invasion von Feuerameisen oder auf einmal Blaubeeren.

Wir respektierten die Baumhäuser, ein kunstvolles Netzwerk aus stattlichen Bauwerken hoch oben in den Kronen. Sie hatten feste Dächer, und mit den Leitern und Brücken zwischen ihnen bildeten sie ein Dorf im Himmel.

Frühere Urlauber hatten grobe Zeichnungen, Namen und Initialen in die Holzwände geritzt. Diese alten Initialen konnten mir schnell die Laune verderben. Vielleicht hatten die Nachkommen der Räuberbarone sie eingeritzt – die Sprösslinge der Kaiser von Holz, Stahl oder Schiene, die sich längst in Wuchtbrummen der Upper East Side verwandelt hatten.

Gelegentlich saß ich mit anderen hoch oben auf einer Plattform, und wir ließen die Beine baumeln und tranken Dosenlimo oder Bier aus der Flasche. Träge warfen wir Kieselsteine nach Streifenhörnchen. (Die kleinen Jungs verboten uns das, für sie war das Tierquälerei.) Wir flochten Zöpfe, schrieben einander Sachen auf die Jeans, lackierten uns gegenseitig die Fingernägel. Wir versuchten, Klebstoff aus dem sogenannten Aufenthaltsraum, den wir nie benutzten, zu schnüffeln. High wurde man davon nicht.

Ich starrte die Initialen an und fühlte mich allein. Sogar in der Gruppe. Die trostlose Zukunft zog blitzartig an mir vorbei. Die Uhr tickte, und ich mochte diese Uhr nicht.

Schon klar, dass wir nicht ewig jung bleiben würden. Trotzdem war das schwer vorstellbar. Man konnte über uns sagen, was man wollte, aber unsere Arme und Beine waren kräftig und stromlinienförmig. Das wird mir jetzt bewusst. Unsere Bäuche waren fest und faltenfrei, so wie unsere Stirnen. Wenn wir rannten, falls wir das wollten, rannten wir wie geölte Blitze. Wir hatten den Elan von Neugeborenen.

Relativ gesehen.

Und nein, es konnte nicht sein, dass wir immer so

blieben. Das wussten wir, auf rationaler Ebene. Aber die Vorstellung, dass diese zerstörten Gestalten, die durch das Landhaus wankten, eine Vision dessen waren, was uns bevorstand – unmöglich.

Hatten sie früher einmal Ziele gehabt? Einen simplen Sinn für Selbstachtung?

Wir schämten uns für sie. Sie waren ein abschreckendes Beispiel.

Die Eltern waren im College eng befreundet gewesen, hatten sich seither aber nicht mehr als Gruppe getroffen. Bis sie diesen Zeitpunkt für ihr offensiv langes Wiedersehen gewählt hatten. Einer soll gesagt haben: »Unser letztes Hurr*aaa*.« Das hörte sich an wie ein schlecht gespieltes blödes Theaterstück. Jemand anders sagte, und zwar nicht im Scherz: »Danach sehen wir uns zum nächsten Mal auf einer Beerdigung.«

Keiner von ihnen lächelte auch nur ein bisschen.

Anonym steckten wir Beschreibungen ihrer Berufe in einen Hut. Es war ein Klappzylinder aus dem Spielzeugschrank, in dem viele alte Artefakte aufbewahrt wurden. (Dort hatten wir die Hupe gefunden, außerdem Luftpistolen und ein abgenutztes Monopoly.) Wir schrieben die Berufsbezeichnungen in Druckbuchstaben, damit die Handschrift nicht so leicht erkannt werden konnte, dann zogen wir die Zettel aus dem Hut und lasen sie vor.

Ein paar arbeiteten an der Uni und hatten drei Monate Sommerurlaub. Andere fuhren zwischen Büro und Zuhause hin und her. Jemand war Therapeut oder Therapeutin, jemand war Vagina-Arzt oder -Ärztin. (Schallendes Gelächter von Juicy, dann trat ihm Sukey gegen sein Knie.»Hast du ein Problem mit Vaginas? Sag es: Vagina. *Va-gi-na.*«) Eine Person arbeitete als Architekt/in, eine andere als Filmregisseur/in. (Auf dem Zettel stand MACHT SCHWULENFILME.»Punktabzug für Homophobie«, sagte Rafe.»Und wenn ich es herausfinde? Ein fetter Minuspunkt für die verkappte Queen, die das da geschrieben hat. Danach gibt's eine Tracht Prügel. Juicy, du bist es besser nicht.«)

Fest stand: Unsere Eltern waren kulturaffine und gebildete Leute, und sie nagten nicht am Hungertuch, sie hatten sich das Haus gemeinsam leisten können. Ein Landhaus bekam man nicht günstig zur Miete. Nicht einen ganzen Sommer über. Wir vermuteten, dass es wahrscheinlich ein paar Sozialfälle gab, zumindest eine Staffelung. David, ein Techie, der sein hochklassiges PC-Setup zu Hause sehr vermisste, war herausgerutscht, dass seine Eltern zur Miete wohnten. Dafür bekam er einen Minuspunkt. Nicht weil sie kein Eigenheim besaßen – wir hassten Geldsnobs –, sondern weil er bei einer geklauten Flasche Jägermeister weich und redselig geworden war.

Ihren Alkohol trinken? Logisch, ja und unbedingt. Aber sich so benehmen wie *sie*, wenn sie ihn tranken? Das gab einen Punktabzug.

Denn unter Alkoholeinfluss wurden die Eltern nachlässig, sie legten ihre schützende Hülle ab. Ohne diese Hülle waren sie Nacktschnecken. Sie hinterließen eine Schleimspur.

Meine eigenen Eltern waren: die Mutter Wissenschaftlerin, der Vater Künstler. Meine Mutter lehrte feministische Theorie, und mein Vater gestaltete vollbusige Frauen mit grellbunt bemalten Lippen, Brüsten und Geschlechtsteilen. Häufig mit Szenen von Orten, an denen Krieg oder eine Hungersnot herrschte. Die Schamlippen konnten Mogadischu sein.

Er war ziemlich erfolgreich.

Unsere jüngeren Geschwister waren eine Belastung bei dem Elternspiel, denn sie drohten ständig, unsere Herkunft zu enthüllen. Jen, David und ich hatten welche.

Jens elfjähriger Bruder Shel war ein sanftmütiger, gehörloser Junge. Er wollte Tierarzt werden, wenn er groß war. Gleich nach einer Woche hier bekam er eine Lebensmittelvergiftung und musste von den Eltern der beiden versorgt werden, daher waren sie schon identifiziert. Die Mutter trug eine Erwachsenen-Zahnspange und ließ die Schultern hängen, der Vater hatte einen fettigen Pferdeschwanz. Während er redete, bohrte er in der Nase. Er redete und bohrte, bohrte und redete.

Wir hatten ja angenommen, das Nasebohren stelle man nach der Grundschule ein, aber in seinem Fall täuschten wir uns. Es war wirklich unglaublich.

Jen tat uns leid.

Und auch David war erledigt. Seine Schwestern, IVF-Zwillinge mit Namen Kay und Amy, waren richtige Blagen und interessierten sich null für das Spiel. Sie hatten ihn an Tag zwei verraten, indem sie nach ihrer Mutter langten und sie streichelten – sie gingen sogar so weit, dass sie sich zu ihr auf den Schoß setzten und sich an ihren Hals kuschelten. Und Nettigkeiten flüsterten.

Mein eigener kleiner Bruder Jack war ein Prinz unter den Jungs. Als er einmal mit Giftsumach in Berührung kam, wandte er sich nur an mich und weigerte sich, einen Elternteil um Hilfe zu bitten. Das machte mich stolz. Jack war pflichtbewusst.

Ich ließ ihm Bäder ein und hielt ihm kalte Kompressen an die Beine, während ich bei ihm am Bett saß. Ich trug pinke Lotion auf und las ihm aus seinen Lieblingsbüchern vor. Er klagte kaum, sondern sagte nur: »Das juckt aber schon ziemlich, Evie.«

Jack war mein absoluter Liebling. Schon immer.

Trotzdem war er nur ein kleiner Junge – ich machte mir Sorgen, dass ihm ein Ausrutscher passierte. Und blieb wachsam.

Irgendwann trafen wir dann eine kollektive Entscheidung: Wir mussten den Eltern von dem Spiel erzählen. Es wurde einfach zu schwierig, ihnen allein mit taktischen Manövern auszuweichen.

Wir gaben dem Ganzen natürlich einen positiven Anstrich. Wir mussten ja nicht verraten, weshalb wir das überhaupt spielten. Es musste ja nicht laut ausgesprochen werden, dass unsere Verbindung zu ihnen uns entwürdigte und unsere persönliche Integrität beeinträchtigte. Es musste ja nicht erwähnt werden, dass ein direkter Beweis für unsere Verwandtschaft uns schon körperlich krank gemacht hatte.

Wir sagten einfach, wir bräuchten ein Projekt. Sie hätten uns doch den ganzen Sommer über unserer liebsten Spielsachen und Rettungsleinen beraubt? Sie hätten doch unsere Handys beschlagnahmt, unsere Tablets, sämtliche Bildschirme und den digitalen Zugang zur Außenwelt?

Sie hielten uns in einem analogen Gefängnis fest, sagte David.

Die Obrigkeiten waren am empfänglichsten in der magischen Stunde vor dem Abendessen, in ihrem leichten, angenehm angeheiterten Zustand. Davor waren sie meistens eher unleidlich und lehnten unter Umständen ab. Danach betranken sie sich womöglich blindlings und erinnerten sich am nächsten Morgen nicht mehr.

Während der Trink- und Plauderzeit, wie sie es nannten, brachten wir es zur Sprache.

»Wir spielen da so ein Spiel«, sagte Sukey.

»Ein soziales Experiment, wenn man so will«, sagte Terry.

Ein paar Eltern lächelten milde, als wir es erklärten, während andere sich wehrten und versuchten, ihre Verärgerung zu verbergen. Aber schließlich stimmten sie zu. Sie machten keine Versprechungen, doch sie wollten sich bemühen, uns nicht zu belasten.

Außerdem hätten wir vor, ein paar Nächte am Strand zu kampieren, sagte Rafe.

»Selbstversorgertraining«, fügte Terry hinzu.

»Also, das ist jetzt aber ein ganz anderes Paar Stiefel«, meinte ein Vater.

Er war einer der Uni-Dozenten. Sein Spezialgebiet waren Hexenverbrennungen.

»Ihr alle?«, fragte eine Mutter.

Die Jüngsten nickten – bis auf Kay und Amy, die IVF-Zwillinge. Die schüttelten den Kopf.

»Zum Glück«, murmelte David.

»Aber wir haben doch gar keine Zelte dabei!«, sagte eine zweite Mutter.

Diese Mutter stand weit unten in der Hierarchie. Sie trug lange, fließende Kleider mit Blumen- oder Paisleymuster. Als sie einmal betrunken getanzt hatte, war sie in einen Blumentopf gefallen und hatte sich eine blutige Nase geholt.

Die anderen Eltern behandelten sie ein wenig von oben herab. Auf der Flucht würde die Herde sie als Erste zurücklassen. Einer marodierenden Löwin opfern, die sie mit ihrem kräftigen Kiefer zerreißt. Danach würden Geier teilnahmslos an den Überresten herumpicken.

Wahrscheinlich wäre es traurig.

Trotzdem, niemand wollte diese Mutter. Wir bemitleideten den armen Tropf, den es am Ende treffen würde.

»Wir kommen klar«, sagte Terry.

»Und wie kommt ihr klar?«, fragte eine dritte Mutter. »Mit Amazon Prime?«

»Wir kommen klar«, wiederholte Terry. »Im Geräteschuppen sind Planen. Das kriegen wir hin.«

Beeindruckt von Terrys gebieterischer Haltung, willigte Jen ein, an dem Abend im Gewächshaus mit ihm herumzumachen (wir hatten in einer Ecke ein Nest aus Decken gebaut). Jen war stark, aber was Knutschen betraf, hatte sie bekanntermaßen einen niedrigen Standard.

Um uns nicht ausstechen zu lassen, hatten die beiden anderen Mädchen und ich uns bereit erklärt, mit David und Low Flaschendrehen zu spielen. Die extreme Version, unter Umständen mit Oralsex. Juicy war vierzehn, zu jung für uns und zu ferkelig, und Rafe war nicht bi.

Schade eigentlich, sagte Sukey. Rafe sieht verdammt gut aus.

Dann sagte Dee, dass sie nicht mitspielen wolle, also blieben nur Sukey und ich übrig. Dee hatte Angst vor Flaschendrehen, weil sie – vermutete Sukey – eine stille kleine Maus war und sehr wahrscheinlich sogar noch nie Oralsex hatte.

Dee war nicht bloß ängstlich und schüchtern, sondern außerdem passiv-aggressiv, neurotisch, hatte krankhafte Angst vor Ansteckungen und war borderline-paranoid.

Behauptete Sukey.

»Da musst du durch, Mäuschen«, sagte Sukey. »Das ist ein lehrreicher Moment.«

»Wieso lehrreich?«, fragte Dee.

Weil, so Sukey, ihre Wenigkeit eine Meisterin des Ein-Minuten-Handjobs sei. Dee könnte sich ein paar Tipps abholen.

Die Jungs setzten sich aufrechter hin, als Sukey das sagte. Sie waren plötzlich fokussiert, ihr Interesse ausgerichtet wie ein Laserstrahl.

Aber Dee sagte Nein, der Typ sei sie nicht.

Außerdem müsse sie danach unter die Dusche.

Auch Val weigerte sich mitzumachen. Sie ging raus, um im Dunkeln zu klettern.

Die Eltern spielten währenddessen Texas Hold 'Em und kabbelten sich wegen angeblichen Kartenzählens – der Vater von jemandem war deshalb einmal aus einem Casino in Las Vegas geflogen.

Die jüngeren Kinder schliefen tief und fest.

Flaschendrehen war zugegebenermaßen eine schwache Wahl, aber unsere Optionen waren sehr begrenzt. Alle Handys lagen in einem Safe in der Bibliothek. Und wir hatten die Kombination nicht geknackt.

Ich hatte meine Befürchtungen, aber nachdem Dee raus aus dem Spiel war, musste ich dabeibleiben. Wie es sich ergab, hatte ich Glück. Ich musste Low nur einen Zungenkuss geben.

Trotzdem widerlich. Seine Zunge schmeckte nach alter Banane.

Am folgenden Nachmittag brachen wir auf. Es hatte Stunden gedauert, die Ruderboote vollzupacken.

»Rettungswesten!«, kreischte Jens Mutter vom Rasen aus. Sie hielt eine Weinflasche am Flaschenhals, in der anderen Hand ein Glas, und sie trug einen weißen Bikini mit roten Tupfen. Das Höschen zeigte ihre Arschritze, und das Oberteil sah auch ziemlich lustig aus: Ihre Nippel schimmerten durch das Weiß der Körbchen hindurch wie dunkle Augen.

»Bitte mach, dass das aufhört«, sagte Jen und verzog das Gesicht.

»Zieht die *Rettungswesten* an!«

»Ja, ja. Herrgott noch mal«, sagte Sukey.

Normalerweise hielten wir uns nicht mit Rettungswesten auf. Außer für die kleinen Jungs. Aber wir standen unter genauer Beobachtung, also holte ich einen Stapel – leuchtend orange und mit schwarzen Schimmelflecken – aus dem Bootshaus. Sie kratzten und waren sperrig. Sobald wir außer Sicht waren, würden wir sie ausziehen. Ganz bestimmt.

Als wir uns vom Liegeplatz abstießen, winkten uns einige Eltern von der Veranda aus zu, andere versammelten sich am Steg. Wir beeilten uns, denn wir fürchteten, sie könnten uns mit blödem Geschwätz noch in letzter Minute verraten. Und prompt rief irgendein Dummkopf: »Hast du deinen Inhalator dabei?« (Zwei von uns litten an Asthma.)

»Seid still! Seid still!«, beschworen wir sie und hielten uns die Ohren zu.

Niemand von uns wollte jemanden auf diese Art untergehen sehen.

»Und die EpiPens?«, brüllte die Mutter mit dem niedrigen Status.

Ich hatte ein Buch über die mittelalterliche Gesellschaft gelesen, aus der Bibliothek des Sommerhauses. Es roch nach staubigem Papier, das mochte ich. In dem Buch kamen Bauern vor: Leibeigene wahrscheinlich. Aufgrund dieser Geschichte und ihrer wallenden Kleider gehörte diese Mutter für mich jetzt dem Bauernstand an.

Wir ignorierten sie und ruderten mit voller Kraft. Schadensbegrenzung.

»Die sind doch allesamt beschränkt«, fluchte Low.

Ich legte den Kopf schief und sah ihn an – nachdenklich. Der Bananengeschmack.

»Meine waren seelenruhig«, prahlte Terry.

»Meine haben sich einen Dreck geschert«, gab Juicy an.

Die Eltern versuchten immer noch, mit uns zu kommunizieren, während sich unsere Boote immer weiter vom Ufer entfernten. Ein paar machten übertriebene Gesten und fuchtelten mit ihren unansehnlichen Armen herum. Jens Vater mimte irgendeine Art Gebärdensprache, aber Shel wandte sich von seinen zappelnden Fingern ab. Die Bauernmutter machte einen Hechtsprung vom Steg aus – war sie uns auf den Fersen? Wollte sie bloß eine Runde schwimmen? Es war uns egal.

Wir erreichten den kleinen Fluss und holten die Ruder ins Boot. Ließen uns Richtung Ozean treiben. Die Fahrrinne war schmal, daher stießen unsere Boote oft gegen die Ufer, blieben in schlammigen Untiefen stecken und mussten befreit werden.

Das Wasser trug uns: Wir wurden getragen.

Wir hoben die Gesichter zur Wärme, schlossen die Augen, ließen uns die Sonne auf die Lider scheinen. Wir spürten, wie uns eine Last von den Schultern genommen wurde, die Glückseligkeit der Freiheit.

Libellen tanzten auf der Wasseroberfläche, funkelnde kleine Helikopter aus Grün und Blau.

»Die verbringen fünfundneunzig Prozent ihres Lebens unter Wasser«, sagte Jack hilfsbereit. Er war ein großer Insektenfreund. Eigentlich ein Freund der gesamten Tierwelt. »Als Nymphen. Larven, du weißt schon. Libellennymphen haben gewaltige Kauwerkzeuge. Sie sind grausame Raubtiere.«

»Ist das interessant?«, fragte Jen und legte den Kopf schief.

Das war nicht fies gemeint, sie überlegte nur. Sie hatte sich noch nicht entschieden.

»Eines Tages kommen sie aus dem Wasser, werden schön und lernen fliegen«, sagte Jack.

»Dann fallen sie tot um«, sagte Rafe.

»Das Gegenteil von Menschen«, sagte David. »Wir werden hässlich, bevor wir tot umfallen. Und zwar Jahrzehnte vorher.«

Ja. Das war bekannt.

Diese Ungerechtigkeit schwebte mit den Libellen über uns.

»Uns wurde viel geschenkt«, verkündete Terry vom Bug aus.

Er wollte aufstehen, aber Rafe meinte, dann würde das Boot kentern. Also setzte er sich wieder hin und sprach mit hohler, getragener Stimme wie ein Priester.

Mit einem Mittelfinger schob er sich die Brille die Nase hoch.

»Ja, wir haben viele Gaben bekommen«, rechnete er vor. »Wir, die Nachfahren der Affenmenschen. Opponierbare Daumen. Eine komplexe Sprache. Zumindest einen Anflug von Intelligenz.«

Aber es gebe nichts umsonst, fuhr er fort. Als er die Eltern eines Nachts in ihren Schlafzimmern beobachtete, war er vom Ausmaß ihrer Beeinträchtigungen gefesselt. Sie hatten dicke Bäuche und Hängebrüste. Sie hatten doppelte Pos – Pos, die hervorsprangen, absackten und sich dann wieder wölbten. Hervortretende Adern. Fett am Rücken, wie aufeinandergestapelte Donuts. Rote Nasen mit einer Kraterlandschaft von Poren, aus den Nasenlöchern ragende schwarze Haare.

Wir würden mit dem mittleren Alter bestraft, danach gehe es lange bergab, sagte Terry traurig. Unsere Spezies – unsere demografische Gruppe innerhalb der Spezies, berichtigte er sich – überdauere ihr Verfallsdatum bei Weitem. Sie werde zu Müll, einer Geißel, einem Gifthauch, zu Schorf. Einer verkümmerten Extremität. Darin bestehe unsere Rolle in der Zukunft.

Aber wir sollten das abschütteln, fügte er hinzu und versuchte auf einmal, seine Ansprache mit einer inspirierenden Botschaft zu krönen. Wir sollten unseren Mut zusammennehmen! Unsere Kraft! Wie Ikarus sollten wir uns auf gefiederten, schimmernden Schwingen erheben und hinauffliegen, hinauf, der Sonne entgegen.

Einen Augenblick dachten wir darüber nach.

Es klang okay, aber es war inhaltslos.

»Ist dir klar, dass er selbst daran schuld war, dass die Flügel geschmolzen sind?«, sagte David. »Sein Vater war ein genialer Ingenieur. Er hat ihn davor gewarnt, zu hoch oder zu niedrig zu fliegen. Oben ist es zu heiß, unten zu feucht. Diese Flügel waren ganz große Klasse, Mann. Ikarus hat schlichtweg die Vorgaben total ignoriert. Im Grunde war der Typ ein Idiot.«

2 Es war ein Schock, als wir das Flussdelta mit seinen verflochtenen und sich verschiebenden Sandbänken sahen: Unwillkommene Kolonisten waren an unserer Küste gestrandet.

Zuvor waren die Dünen immer, wenn wir das Meer erreicht hatten, einsam und verlassen gewesen, abgesehen von Vögeln und wogenden Gräsern. Wir konnten mutterseelenallein in Ruhe am Strand entlangspazieren, mit seinen Einsiedlerkrebsen, dem Treibholz und dem Seetang.

Jetzt waren da noch andere. Eine Grillparty. Fleisch lag auf dem Rost, der Geruch trieb bis zu uns herüber. Sonnenschirme mit leuchtend rot-weißen Streifen waren aufgestellt.

Wo waren sie hergekommen? Man gelangte nur mit dem Boot hierher ... yep: Da war es. Eine majestätische Jacht in Cremeweiß und Gold dümpelte vornehm vor der Küste.

Am Strand spielten Teenager Volleyball.

Wir fühlten uns unserer Rechte beraubt, hatten aber keinen Plan. Und auch keine moralische Überlegenheit. Es war ein öffentlicher Ort.

Die Situation wurmte uns.

Doch wir mussten nur Geduld haben. Bald würde die Sonne untergehen, und wir wären allein. Zunächst bauten wir unseren provisorischen Schutz auf der anderen Seite der verzweigten Wasserrinnen – einen Pavillon ohne Wände, als Dach die verschlissenen Planen aus dem Geräteschuppen, von denen das Vinyl in Fetzen abging.

Wir banden die Planen an den Büschen am Rand der Dünen fest und stützten sie mit Angeln und Skistöcken ab. Viel Wind würden sie nicht aushalten. Schlafsäcke und zusammengelegte Kleidung dienten uns als Kissen. Zumindest bis zum Sonnenaufgang, während die Kolonisten in ihren Luxuskojen schliefen, würden wir unser eigenes Reich aus Salzwasser und Sand haben.

Wir kauten unsere durchweichten Sandwiches und sahen zu, wie die Griller ihre gestreiften Sonnenschirme zusammenlegten. Von der Jacht her kam ein schnurrendes glänzendes Rennboot ins flache Wasser gefahren.

Aber hey! Was war das denn?

Matrosentypen in weißen Uniformen sprangen mit Bündeln aus dem Boot. In Nullkommanichts waren elegante Zelte aufgebaut – hochwertige in glänzendem Cremeweiß, passend zur Jacht, das Logo eines Alpinausrüsters auf der Seite. Mit Türklappen und Regenschutz. Vier Stück, ordentlich aufgereiht. Eine kleine Stadt über der Flutmarke.

Wir starrten diese hübschen Zelte an.

Die Jachtkids umarmten ihre Eltern und sagten Gute Nacht, während wir bibberten. Das Boot düste davon. Sie machten ein kleines Feuer und setzten sich in zusammenpassende Campingstühle im Kreis darum. Sogar ihre Marshmallowspieße waren vorgefertigt – sie hielten die Metallstäbe über das Feuer und rösteten sie.

Na gut. Wir würden auch ein Feuer machen. Ein großes. Ihr Feuer würde verschwinden gegen unseres. Unser Feuer würde umwerfend sein.

Wir hatten Scheite vom Holzhaufen dabei und zum Anzünden uralte Ausgaben des *New York Observer*, die wir aufgestöbert hatten. Dank Rafe auch einen Benzinkanister. (Marshmallows waren schließlich Kinderkram. Außerdem hatten wir keine.) Juicy hatte den letzten Wettbewerb gewonnen und einen Gegenstand zum Kaputtmachen mitgebracht, und so schichteten wir einen prächtigen Stoß auf. Obenauf setzte ich das Objekt seiner Wahl: ein antikes Holzschwein mit einem Babyhäubchen. Und sehr langen Wimpern.

Bald schlugen die Flammen hoch. Schwarzer Rauch und beißende Dämpfe, auch von Benzin und womöglich bleihaltiger Farbe, trieben mit dem Wind zu den Jachtkids hinüber. Geschieht ihnen recht, sagte Rafe. Wir kicherten hämisch wie Hexen am Feuer.

Bald darauf tanzten Stirnlampen auf uns zu. Mannhaft wateten Jachtkids durch das Flussdelta, barfuß und braungebrannt, die Shorts genau in der richtigen Länge. Einige von uns erhoben sich stolz, andere nahmen eine eher unterwürfige Haltung ein.

»Hey, Leute!«, sagte der Große ganz vornedran. Eine blonde Strähne fiel ihm über die Stirn. Er trug ein Poloshirt. Er war ein wandelndes Werbeplakat für

Abercrombie & Fitch. »Alter! Was'n geiles Feuer! Ich hab ein bisschen Gras. Will jemand was rauchen?«
Und grinste breit.
»Na logo«, sagte Juicy.
Und so zerbröckelte das Imperium.

Ich persönlich war zu dieser Zeit gerade dabei, mich mit dem Ende der Welt auseinanderzusetzen. Zumindest der Welt, wie wir sie kannten. Das taten viele von uns.
Die Wissenschaftler sagten, das Ende sei jetzt da, die Philosophen sagten, mit der Welt sei es schon immer zu Ende gegangen.
Die Historiker sagten, es habe bereits früher finstere Zeiten wie das Mittelalter gegeben. Es würde sich alles klären, denn mit etwas Geduld käme am Ende die Aufklärung und dann eine breite Palette von Apple-Geräten.
Die Politiker behaupteten, alles würde gut. Es würden Anpassungen vorgenommen. Genau wie unser menschlicher Erfindungsreichtum uns diesen Schlamassel eingebrockt hatte, so würde er uns auch wieder davon befreien. Vielleicht würde es mehr Elektroautos geben.
Daran merkten wir, dass die Lage ernst war. Denn ganz offensichtlich logen sie.
Uns war natürlich klar, wer dafür die Verantwortung trug: Schon vor unserer Geburt war es eine ausgemachte Sache gewesen.
Ich wusste nicht so recht, wie ich es Jack beibringen sollte. Er war ein feinfühliger kleiner Kerl und sehr

umgänglich. Voller Hoffnung und Angst. Er hatte oft Albträume, und ich tröstete ihn, wenn er daraus hochschreckte – es waren Träume von verletzten Kaninchen oder gemeinen Freunden. Beim Aufwachen wimmerte er »Hase, Hase!« oder »Donny! Sam!«.

Das Ende der Welt, das würde er wohl nicht so gut aufnehmen. Aber es war eine Christkindsituation: Eines Tages würde er die Wahrheit herausfinden, und wenn sie nicht von mir kam, würde ich am Ende wie eine Politikerin dastehen.

Die Strategie der Eltern bestanden im Leugnen, darauf beharrten sie. Sie leugneten natürlich nicht die Wissenschaft – schließlich waren sie liberal. Eher leugneten sie die Realität. Ein paar hatten uns in Survival-Camps geschickt, in denen die Glücklichen lernten, Knoten zu binden. Motoren zu reparieren. Sogar stehendes Wasser ohne chemische Filter zu sterilisieren.

Aber die Haltung der meisten war simpel: Business as usual.

Meine Eltern verheimlichten die Wahrheit vor Jack. Und er war bereits misstrauisch, weil in der zweiten Klasse eine Lehrerin eine erdrückende Information über Eisbären hatte durchsickern lassen: Das Meereis schmolz. Das sechste Massensterben. Jack sorgte sich auch um die Pinguine. Er war Pinguinfanatiker – er kannte sämtliche Arten und konnte sie in alphabetischer Reihenfolge aufzählen und sie malen.

Wir mussten uns einmal zusammensetzen, er und ich. Aber wann?

Ich schob es vor mir her. Der Junge war erst neun. Er konnte immer noch keine Uhr lesen, die Zeiger hatte.

Dann kamen die Jachtkids, mit ihrem medizinischen Cannabis und ihren straffen Körpern. Sie gingen alle auf dasselbe Internat. Und stammten aus Südkalifornien, Bel Air und Palos Verdes und den Palisades.

Wir begriffen bald, dass es dort anders zuging.

»Eure Leute«, fragte das Alphamännchen bekifft. Sie hatten ihre Campingstühle hergetragen: Auf Handtüchern sitzen kam für sie nicht infrage. »Haben sie schon ein Refugium?«

»Ein Refugium?« Sukey nahm einen Zug. Hielt die Luft an. Sie saß ein bisschen zu nahe bei ihm, schien sich in der Abercrombie-Aura zu sonnen. »Du meinst – ein Gut, auf dem sie Pot anbauen?«

»Du bist ja lustig.« Der Alpha stupste sie mit seiner muskulösen Schulter. Im Spaß.

Er hieß James. Man nannte ihn nicht Jim.

»Zum Totlachen.« Sukey reichte Juicy den Joint.

»Na, du weißt schon, so ein Refugium zum Überleben, wenn das Chaos ausbricht? Unseres ist in Washington«, sagte ein anderes Jachtkid. Er hatte sich ein affiges Tuch um den Hals gebunden.

Echt keine gute Idee. In Sachen Mode schien er bei denen das Äquivalent zu Low zu sein.

»State natürlich, nicht District. Eh klar«, fügte er hinzu.

»Unseres ist in Oregon«, sagte James. »Eine riesige Solaranlage. Sieht verdammt aus wie Ivanpah. Mit sage und schreibe elf Notstromgeneratoren.«

Juicy hatte keine Ahnung, wovon sie redeten, aber das hatte ihn noch nie aufgehalten.

»Glaub's nicht, elf, das ist ja quasi Overkill«, sagte er.

James legte geduldig, aber weise den Kopf schief. »Auf dem Land ist in technischen Dingen Redundanz entscheidend«, erklärte er. »Es geht um mehrere Fehlerquellen. Integriertes Systemdesign.«

»Nimm's mir nicht übel«, sagte ich, »aber wir haben keinen Dunst, wovon du redest.«

»Sprich für dich selbst«, protestierte Sukey.

»Ach so?«, sagte ich. »Okay, Sukey, erklär's mir.«

»Hey, Jack!«, rief sie. »Magst du noch was Süßes? Komm rüber! Die haben S'mores mitgebracht!«

Klassisches Ablenkungsmanöver. Das musste ich ihr lassen.

»Ich muss mal«, sagte Jack, ein bisschen wehleidig.

»Pinkel doch einfach ins Meer, kleiner Mann«, sagte James. »Das Meer ist groß. Es packt vielleicht den sinkenden pH-Wert nicht, aber dein Pipi schafft es.«

Jack schüttelte verlegen den Kopf.

Er hatte ein Buch über furchterregende Tiere gelesen. Wenn man ins offene Wasser pinkelte, konnte es sein, dass ein bestimmter Fisch dem Urinstrahl folgte und sich mit Widerhaken in den Penis grub. Ein Flussfisch im Amazonas und wahrscheinlich ein Fabelwesen, aber er hatte das Buch letztes Jahr gelesen, und ich vermutete, dass er sich jetzt daran erinnerte.

»Ich gehe mit ihm.« Ich stand auf, ganz die ältere Schwester.

»Ich muss aber groß«, flüsterte er dringlich, während wir uns in die Dünen aufmachten.

»Warte«, sagte ich. »Ich hole Klopapier.«

Als ich im Pavillon im schwachen Licht einer Laterne

unsere Vorräte durchsuchte, bekam ich ein Gespräch am Lagerfeuer mit.

»Ich habe gehört, Missy Ts Refugium liegt in Deutschland«, sagte ein Jachtkid zu einem anderen.

»So ein großer Bunker unter einem Berg? Ein Deal aus dem Kalten Krieg, erbaut von den Sowjets?«

»Vivos. Es hat einen eigenen Bahnhof.«

»Abgeschirmt gegen eine atomare Explosion aus nächster Nähe.«

»Die atomare Bedrohung. Goldig.«

»Das klingt ja fast schon harmlos.«

»Gegen die Klimanummer wirken Atomwaffen geradezu drollig. Wie Angst vor Kanonenkugeln haben.«

»Vor Steinschleudern.«

»Vor einem Recurvebogen der Hyksos.«

»Vor kanaanitischen Sichelschwertern.«

Ich war gerade nicht auf dem Laufenden, was die Kanaaniten betraf. Vielleicht würde ich sie einmal googeln.

»Die haben einen DNS-Tresor. Hat eure einen Tresor?«

»Nein. Aber eine Saatgutbank. Nichthybrid.«

»Missy. Oh Mann. Die sehen wir nie wieder. Dann werden nämlich keine Flugzeuge mehr fliegen. Nicht mal die Falcon 900 von ihrem Daddy.«

»Bye-bye, Flugsicherung. Bye-bye, Missy.«

»Echt schade. Mann. Missys Blowjobs sind legendär.«

»Du sagst es. Schöne Scheiße.«

Ich musste diese Typen von Jack fernhalten.

Doch die Jachtkids diskutierten über die Vorbereitungen ihrer Familien auf die Endzeit nur nachts, komplett relaxed aufgrund einer Züchtung namens »Oracle« – die laut James achthundert Dollar pro Unze kostete. Tagsüber spielten sie Beachvolleyball. Stundenlang. Es schien ihnen nie langweilig zu werden, und sie waren wirklich talentiert. Ich konnte mir gut vorstellen, wie die Mädchen bei der Sommerolympiade mitspielten und ihre glänzenden Körper die Kameras auf sich zogen. Manchmal legten sie eine Pause ein, um in den Dünen zu knutschen oder sich zu sonnen – ich hatte ja gedacht, das mache man seit dem 20. Jahrhundert nicht mehr, aber die Jachtkids kümmerte Hautkrebs nicht. Wenn sie noch lange genug lebten, um ein paar Melanome zu bekommen, würden sie die Korken knallen lassen.

Es waren zwei Mädchen und vier Jungs. Sie waren uns zwar zahlenmäßig unterlegen, aber das machten sie durch ihre individuelle Stärke wett. Wir konnten sie nicht einmal alle zusammen als Team schlagen. Noch nicht mal annähernd mithalten.

Wir lachten darüber. Die einzige Möglichkeit, das Gesicht zu wahren.

In regelmäßigen Abständen meldeten sie sich bei ihren Eltern und schmeichelten sich ein. Der Typ mit dem Halstuch machte seiner Mutter Komplimente über einen hässlichen lila-orangen Sarong.

Die Eltern seien ihre Versicherungspolice, sagte James. Man müsse diplomatische Beziehungen pflegen.

»Aber mal ehrlich, selbst wenn ihr euch wie völlige

Idioten verhalten würdet, die würden euch doch nicht aussetzen«, sagte Jen am zweiten Abend.

Am späten Vormittag waren die Jachteltern herübergekommen, hatten sich in einem leicht paralysierten Zustand – ganz ähnlich wie unsere Eltern – zum Trinken hingesetzt, bis die Sonne unterging, dann brachen sie wieder auf, um an Deck einen Schlummertrunk zu nehmen. Eine dreiköpfige Kombüsenbesatzung hatte ihnen am Strand Lunch und Dinner serviert und dazu Mixgetränke aus einer mobilen Bar.

Als ich am Strand spazieren ging, sah ich, dass die Jacht den Namen *Cobra* trug, in goldenen Lettern. Sie war nicht gemietet wie das Sommerhaus, sondern sie gehörte allein James' Vater – einem »VC«, wie er es ausdrückte.

Das stand für *venture capitalist*, Risikokapitalanleger, erklärte uns Terry nervigerweise, als hätten wir das nicht gewusst.

Na ja, also, ich wusste es quasi nicht direkt, aber da klingelte was bei mir.

James' Mutter war verschollen. Wahrscheinlich war sie am Leben, aber wenn man Fragen stellte, bekamen sie glasige Augen. Der Vater hatte eine dritte Trophäenfrau, vier Jahre älter als James. Ein Model, erzählte ein Jachtmädchen namens Tess.

Ich hatte Jack schon ins Bett gesteckt. Er lag am anderen Ende des Pavillons neben Shel und las im Licht der Stirnlampe. *Die beiden Freunde*, sein Lieblingsbuch. Seine zweitliebste Reihe war *George & Martha*. Zwei liebenswürdige Hippos. Einander platonisch zugetan.

Er konnte eigentlich schon anspruchsvollere Bücher lesen – solche ohne Bilder –, und die mochte er auch. Aber er liebte seine alten Favoriten.

»Ihr wärt doch immer noch ihre Kinder«, beharrte Jen. »Würden die euch draußen vor den Mauern ertrinken lassen, wenn die Flut kommt?«

»Es geht um zwischenmenschliches Kapital«, sagte James. »Wir möchten das lieber nicht verspielen. Wir wollen glatte Einsen. Wir wollen eine einwandfreie Bilanz. Makellos. Wir wollen die bestmögliche Durchschnittsnote.«

Sukey saß auf der einen Seite von ihm, Jen auf der anderen. Ich setzte mich gegenüber von den dreien hin, neutral wie die Schweiz. Ich für meinen Teil verspürte nicht den Drang, mit ihm rumzumachen. Er war ziemlich gut aussehend, das schon, aber er ließ mich an Margarine denken. An steife, noch ungetragene Turnschuhe. Vielleicht an eine Rolle dickes gebleichtes Küchenpapier.

»Und wie kriegt ihr das hin?«, fragte Sukey. »Also mal ehrlich. Die Drogen. Der Sex. Nur für den Anfang. Ihr bekifft euch. Ihr geht miteinander ins Bett. Kriegt man in Südkalifornien dafür die Bestnote?«

»Na ja. Das sind Bewältigungsstrategien«, sagte James.

Er hatte auf alles eine Antwort.

»Vorsicht ist der bessere Teil der Tapferkeit«, fügte Tess hinzu. »Darf ich mal die Bong haben?«

»*Heinrich IV, erster Teil*«, sagte James und reichte sie ihr. »Fünfter Akt, vierte Szene. Falstaff.«

»Das wird gerne falsch zitiert«, sagte der Halstuch-   41

Typ. »Sorry, Tess. ›Der bessere Teil der Tapferkeit ist Vorsicht, und mittelst dieses besseren Teils habe ich mein Leben gerettet.‹ Zeilen 3085–86.«

»Falstaff stellt sich auf dem Schlachtfeld tot«, nickte James. »Dann verteidigt er seine Feigheit.«

Die Jachtkids hatten ihr eigenes Spiel. Sie nannten es »Shakespeare im Schlaf«.

»Minuspunkt, Minuspunkt, Minuspunkt«, sagte Rafe unleidlich.

An Tag drei ging uns mittags das Essen aus. Jemand hatte die größte Kühltasche offen gelassen, und nun hockten Möwen auf dem Rand und zerrupften mit ihren mächtigen Schnäbeln Brotbeutel. Obst- und Käsestückchen lagen im Sand, und bald waren sogar die weggeschnappt – die Möwen verhielten sich ganz anders als die Hirsche. Sie stoben nicht auseinander, wenn wir sie anbrüllten, und wenn doch, dann nur zum Schein. Sie kamen sofort wieder zurück.

Sie machten sich über unser Grillgut her und pickten daran. Schlangen es herunter.

Also gaben wir auf.

Ich ärgerte mich wegen einer Packung Kekse, die ich mir aufgespart hatte.

»Wir müssen Nachschub holen«, sagte Terry, als die Schuldzuweisungen aufgehört hatten. »Zwei von uns müssen flussaufwärts.«

»Wir könnten ja auch gleich schon ganz zurück«, schlug Rafe vor. »Ich vermisse Toiletten mit Spülung.«

»Auf keinen Fall«, widersprach Jen. »Ich bin mit James noch nicht so weit.«

Terry warf ihr einen gekränkten Blick zu. Sie beachtete ihn nicht.

»Wir ziehen Streichhölzer«, sagte David.

Wir verwendeten Strandhafer. Wir rissen ihn nicht heraus – Jack ermahnte uns, die Pflanzen nicht zu verletzen –, sondern schnitten die Halme fein säuberlich mit einem Taschenmesser ab. Terry und Rafe zogen die kürzesten Halme. Sie trugen die leeren Kühltaschen in ein Boot und ruderten los. Terry war sichtlich beleidigt.

Sobald das Boot auf dem kleinen Fluss verschwunden war, gingen ein paar von uns zu den Jachtkids, die sich gerade Hummerbrötchen schmecken ließen. Dee hatte am Tisch des Kochs Handdesinfektionsmittel gefunden und rieb sich damit ein wie mit Sonnenschutz – ihr eigener Vorrat musste wohl erschöpft sein. Sukey, Jen und ich nahmen uns Limodosen aus der Kühlbox der Jachtkids, dann setzten wir uns neben Tess unter ihren Sonnenschirm, während Low sich vor uns aufbaute, womöglich, um ihr schöne Augen zu machen. Auf ihrer Stranddecke war kein Platz mehr.

»Es ist unser letzter Abend«, sagte sie und tauchte einen Shrimp-Appetizer in rote Sauce. »Morgen früh fahren wir Richtung Newport.«

»Jetzt schon?«, sagte Sukey.

»Echt?«, fragte Jen.

»Eigentlich wollten wir schon gestern los«, sagte Tess kauend. »Aber James hat sie überredet, noch zu bleiben. Warum auch immer.«

Sukey und Jen sahen einander an. Sukey trank einen

Schluck aus ihrer Dose, streckte eines ihrer langen Beine aus, spitzte die Zehen und drehte den Fuß hin und her. Jen nahm sich einen Shrimp aus Tess' Becher und steckte ihn sich in den Mund.

Ich starrte auf die kleinen schwarzen Stielaugen der Shrimps.

»Sieh dir das an. Die streiten sich noch darum, wer von ihnen dieses arische Arschloch abschleppt«, sagte Low, als wir beide weggingen.

Unter dem Strich waren die Jachtkids einfach zu WASP für ihn. Er nannte sich gerne ein Juwel der kasachischen Jugend – und er beschäftigte sich mit Geschichte, um sich mit mongolischen Horden brüsten zu können. Er hatte an irgendein Gentest-Labor einen Wangenabstrich geschickt, und aus dem Ergebnis war abzulesen, dass er ein Neffe von Dschingis Khan war.

Ein paar Generationen entfernt. Aber im Prinzip schon, sagte er.

Jack und ich gingen ans Wasser, damit er nach Strandschnecken suchen konnte (raue, flache und große, wie er mir erklärte). Er hatte ein bisschen Angst vor den Wellen, deshalb watete er nicht wie ich in der Brandung. Stattdessen saß er stundenlang an einem Gezeitenbecken und suchte Fische und anderes kleines Getier. Jeden Stein, den er bewegte, legte er vorsichtig wieder zurück, um nur ja keinen Krebs zu verletzen.

Ich saß da und betrachtete die Brecher und den Himmel. Das war meine Lieblingsbeschäftigung, wenn ich am Meer war. Ich versuchte, mich in der Weite von Wasser und Luft zu verlieren. Ich lenkte meine Aufmerksamkeit immer höher hinauf, durch die Atmosphäre, bis ich mir fast vorstellen konnte, die Erde zu sehen. So wie die Astronauten, als sie zum Mond geflogen sind.

Wenn man Nichts sein konnte, konnte man auch Alles sein. Sobald meine Moleküle sich verteilt hatten, würde ich für immer hier sein. Frei.

Teil des Überzeitlichen. Der Himmel und der Ozean wären auch ich.

Moleküle sterben nie, dachte ich.

Hatten sie uns das nicht in Chemie erzählt? Hatten sie nicht gesagt, rein statistisch enthalte jeder unserer Atemzüge ein Molekül von Julius Cäsars letztem Atemzug? Das gilt auch für Lincoln. Oder unsere Großeltern.

Moleküle tauschten sich aus und vermischten sich, in einem fort. Partikel, die früher andere gewesen waren und sich jetzt durch uns hindurchbewegten.

»Evie!«, rief Jack. »Schau mal! Ich hab einen Sanddollar gefunden!«

Das war das Traurige an meinen Molekülen: Sie würden sich nicht an ihn erinnern.

Als wir zurückkamen, hatte die Kombüsenbesatzung den Lunch durch das Abendessen ersetzt. Der Himmel war von schwachen lila Streifen durchzogen, und zwei der Jachteltern schwammen – ein seltenes Ereignis. Ich sah unser grünes Ruderboot aus dem Gewirr von Schilfgras und Gestrüpp hervorgleiten, das die Mündung des Flüsschens markierte, und in das Delta hineinfahren.

Jetzt saßen drei Passagiere darin, nicht zwei.

»Wer ist denn das?«, fragte Jack und blinzelte Richtung Boot. Ich konnte es nicht sagen.

Die meisten aus unserer Gruppe waren drüben bei den Jachtkids, wo es Essen und Getränke zu holen gab. Nur Low und Val waren in der Nähe unseres Pavillons geblieben. Als wir durch den Sand auf sie zustapften, unsere nassen Schuhe an den gekrümmten Fingern hängend, zeichnete sich etwas Kunstvolles, Dunkles vor uns ab.

Sie hatten eine gewaltige Sandburg gebaut, einen Turm, der oben spitz zulief. Die Basis war rund, und mehrere Reihen brettartiger Schichten führten spiralförmig nach oben. Val und Low standen rechts und links davon, Sand in den Haaren und unter den Fingernägeln, in den Händen Kochtöpfe und Pfannenwender.

»Ich hatte da so eine Vision«, sagte Low.

»Eine Vision«, sagte Val.

»Von einem Turm«, sagte Low.

»Das sehe ich«, sagte ich.

»Der ist cool«, sagte Jack und blickte nach oben.

»Hoppla.« Low wandte sich zum Ruderboot um. »Moment mal. Ist das Alycia?«

Wir erinnerten uns kaum noch an sie.

Wir winkten und sahen zu, wie das Boot näher kam. Rafe verstaute die Ruder, Terry sprang hinaus und zog den Bug auf die Sandbank. Alycia, in einem langen Seidenkleid und silbernen Pumps, trat behutsam auf den Sand.

Die Meeresbrise blies ihr hauchdünnes Gewand an

ihren Körper. Auf beiden Seiten ihres konkaven Bauchs traten die Hüftknochen vor.

Ich hatte einmal ein Foto von heiligen Kühen am Ganges gesehen. Ausgezehrt.

»Was hast du denn da an?«, fragte ich.

»Keine Zeit zum Umziehen«, sagte sie. »Ich musste schnell los.« Sie schleuderte die Pumps weg und zog sich das Kleid über den Kopf. Dann stand sie da, in Spitzen-BH und Stringtanga.

Ein paar Jachtpapas starrten in unsere Richtung.

»Evie!«, flüsterte Jack mir hörbar zu. »Die ist ja nackig!«

»Hör zu, Kleiner«, sagte Alycia. »Wie heißt du noch mal?«

»Jack«, sagte Jack.

»Okay, okay. Also, Jack, ich kann dir zeigen, was nackig ist, wenn du willst. Das ist es jedenfalls nicht. Siehst du das Stück Stoff hier? Das nennt man Unterwäsche.«

»Aber ich kann deine Regina sehen.«

»Heute ist dein Glückstag, Jack.«

Sie wandte sich von uns ab, lief durch das flache Wasser und tauchte. Anmutig wie ein Delfin.

Die Jachtpapas gafften. Sie kraulte weiter bis hinter die Brandung.

»Warum ist heute mein Glückstag?«, fragte Jack.

Ich fuhr ihm durch die Haare.

»Also, sie war mit diesem älteren Mann in der Kneipe in der Stadt«, erzählte Rafe, der mit der kleinsten Kühlbox über die Sandbank zu uns kam. »Sie hat quasi einen Lapdance für ihn aufgeführt. Da kam ihr

Vater rein und ist ausgerastet. Wollte den Typ festnehmen lassen. Ihn anzeigen. Wegen Vergewaltigung. Oder richtiger: sexuellen Missbrauchs von Minderjährigen.«

»Sexueller Missbrauch«, nickte Val. »Von Minderjährigen.«

»Der Typ hat gesagt, er dachte, sie sei vierundzwanzig. Aber jetzt hört euch das an: Es stellt sich raus, dass der Vater zu einem Tinder-Date verabredet war. Was Alycia wusste, weil sie das Mädchen beim Swipen beobachtet hatte, bevor er reingekommen ist. Und Alycia sagt: ›Da wäre Mama aber nicht sonderlich begeistert, oder? Also halten wir am besten alle beide den Mund.‹ Im Prinzip Erpressung.«

»Erpressung«, sagte Val. »Im Prinzip.«

Mir gefiel Alycias Haltung Jack gegenüber nicht, aber was soll's. Sie war nun mal kein Mauerblümchen.

Von der Jacht kam eine Einladung: An Bord der *Cobra*, die den letzten Abend in unserer Bucht ankerte, sollte es eine Party geben. Wir waren eingeladen.

Ich tippte mal, dass Alycias Anwesenheit sie auf die Idee mit der Einladung gebracht hatte.

Die Mädchen wollten alle hin, bis auf Val. Die Jungs zuerst nicht, bis auf Rafe, der alles mochte, was teuer war.

Wir stritten uns.

»Ihr verbrüdert euch mit dem Feind«, sagte Low.

Ich sympathisierte mit ihm, doch sobald ich mich Low zurzeit irgendwie verbunden fühlte, folgte unmittelbar darauf ein schwacher, aber anhaltender

Ekel,weil ich mich an die Banane erinnerte. Und dazu kam eine gewisse Verärgerung, beinahe schon Bedauern, denn ohne den Bananenatem und wenn man seine Kleidung gegen weniger scheußliche Sachen austauschen würde, konnte Low als gut aussehend durchgehen.

Ich dachte bei mir, wie schmal die Grenze zwischen gut aussehend und nicht gut aussehend doch war, aber – wenn es sie gab, wollte man sie nicht überschreiten.

Jedenfalls hatte er recht: Auf der Jacht wimmelte es von Eltern, die so übel waren wie unsere und wahrscheinlich noch schlimmer.

»Wovor hast du denn Angst?«, fragte Sukey. »Fehlt dir der Mut? Oder bloß Rückgrat?«

Eine Jacht, ein Model und ein letzter Abend mit der Oracle-Bong. Sich das entgehen zu lassen, sei schlimmer, als sich mit dem Feind zu verbrüdern, sagte Sukey. Es sei eine Form der Selbstverletzung.

Jack hatte kein großes Interesse an Partys, außer es gab eine Hüpfburg und einen Geburtstagskuchen. Er wollte sich ein wenig mit seinen *Die-beiden-Freunde*-Bänden beschäftigen, aber danach, verkündete er, müsse er ein anderes Buch lesen.

»Eine von den Müttern hat es mir gegeben«, sagte er. »Wie eine Aufgabe. Sie hat gesagt, ich muss es lesen.«

Außerdem wollte Jen unbedingt auf die Party, was bedeutete, dass auch Shel jemanden brauchte, der ihn betreute. Ich würde also nicht dabei sein.

Ich war enttäuscht.

Matrosen bauten die cremefarbenen Luxuszelte ab, 49

verpackten sie säuberlich zu kleinen Paketen und luden sie und die Jachtkids in das Rennboot.

»Mach's gut«, sagte James zu mir, bevor er an Bord ging. Wir reichten uns die Hände. »Ich fürchte, wir werden uns nicht wiedersehen. Verdammt in alle Ewigkeit.«

»Okay«, sagte ich.

»Wie heißt du auf Snapchat?«

»Ich darf kein Snapchat.«

»Dann eben Instagram.«

Als die Sonne zum Horizont sank, kam das Rennboot zurück, um uns zu holen. Ich sah vom Ufer aus zu, wie Alycia in ihrem dünnen, flatternden Kleid und barfuß am Bug stand, eine Galionsfigur. Ihre schwarzen Haare wehten, als das Boot beschleunigte.

Sie trug nicht mal eine Schwimmweste. Der Fahrer hatte alle anderen angewiesen, sich hinzusetzen, und sie fühlten sich unbehaglich in den engen orangen Westen. Aber zu Alycia hatte er anscheinend keinen Pieps gesagt. Vielleicht war er eingeschüchtert.

Die Jachtkids hatten uns ihre Tüte Marshmallows dagelassen. Pastellfarben, aber normal groß, eine seltene Kombi. Jack war hin und weg. Er grillte sechs gleichzeitig, und seine Finger wurden dabei so klebrig, dass ich sie ihm im steigenden Wasser der Flut waschen musste, als er aufgegessen hatte. Wir saßen zwischen unserem Feuer und dem hohen Turm aus Lows Vision – ich, Jack, Shel, Val und Low. Low und ich tranken warmes Bier aus der Dose.

Vom Wasser her wehten Tanzmusikbeats herüber, dann explodierte ein Feuerwerk. Die Raketen erblühten am Himmel über der Jacht, rote, blaue und weiße Blumen. Als wäre Independence Day.

Es war Independence Day, wie uns dann klar wurde.

Es war der vierte.

Wir ließen selbst Musik auf einer Boombox laufen, aber wir hatten nur eine CD von Low: Folksongs. Passend zu seinen Batiksachen und Sandalen mochte Low Musik der Sechziger. »And still somehow, it's cloud illusions I recall. I really don't know clouds ... at all.«

Die Akkus schwächelten.

Nachdem die Musik aufgehört hatte, schlug jemand vor, Gruselgeschichten zu erzählen. Wir entschieden uns für die von dem einhändigen Mörder, der dem Teenagerpärchen auflauerte, das in seinem geparkten Pick-up knutschte. Die beiden hörten ein Kratzen, ignorierten es aber. Und als sie aus dem Wagen ausstiegen, hing eine Hakenhand am Türgriff.

Jack kreischte.

Dann gab es noch eine witzige Geschichte von bleichen Augen am Fuß des Bettes eines kleinen Mädchens. Spannung, Spannung: Es waren ihre eigenen großen Zehen, deren Nägel im Mondlicht glänzten.

Low rückte währenddessen näher zu mir heran. Mit einem Bein berührte er meines. Er tat so, als wäre es eine selbstverständliche Bewegung. Ich zog mein Bein weg.

Und beschloss zu sprechen. Vielleicht war der Zeitpunkt gekommen. Nicht unbedingt für Shel – im Dunklen konnte er nicht von den Lippen lesen –, aber für meinen Bruder.

»Hey, Jack? Ich muss dir jetzt eine neue Geschichte erzählen. Aber es ist eine echte. Eine Geschichte von der Zukunft, Jack.«

Jack starrte mich müde an.

»Evie. Geht es darin um die Eisbären? Und um Pinguine?«

»Ja, Jack«, sagte ich. »Um Eisbären und um Pinguine. Und um uns.«

Danach wischte er sich die Augen und nahm eine aufrechte Haltung ein. Mein Jack war ein tapferer Junge.

Am nächsten Morgen schlief ich lange, denn ich war in der Nacht jedes Mal aufgewacht, wenn Jack sich drehte und wälzte, vor lauter Sorge, ich hätte ihm Albträume bereitet. Als ich aufstand, hatte die *Cobra* den Anker gelichtet. So weit ich sehen konnte, war da nur der flache Ozean.

Die Nachtschwärmer um mich herum schliefen weiter, stille Beulen in ihren Schlafsäcken. Bis auf Rafe, der ausgestreckt im Sand neben der Glut unseres Feuers lag. Es sah so aus, als hätte er eine Toga an.

Und Jack, der mir das Buch zeigte, das er gerade las. Er wiederholte noch einmal, dass er es von einer Mutter bekommen hatte.

»Von welcher Mutter?«, fragte ich.

Denn es hieß: *Die Kinderbibel: Geschichten aus dem Alten und dem Neuen Testament.*

»Es war die Frau, die … sie hat immer Kleider mit Blumenmuster an.«

Die Bauernmutter. Die auf Pflanzen fiel.

»Diese Frau hat dir eine Bibel geschenkt?«

Für unsere Eltern war religiöse Erziehung keine Priorität. Als wir in die Sommerferien aus der Stadt hinausgefahren waren, hatte Jack – während er eine Pause vom Minecraft-Spielen auf seinem Tablet machte – aus dem Autofenster geblickt, auf die Spitze der Bethany Baptist Church gezeigt und meine Mutter gefragt, was das lange Pluszeichen bedeute.

»Da sind viele Geschichten mit Bildern drin. Mit Menschen und Tieren, aber nicht so netten wie George und Martha«, sagte er.

»Na ja«, meinte ich. »Wen wundert's.«

Jack erzählte, in der ersten Geschichte komme eine sprechende Schlange vor und eine Frau, die sehr gerne Obst esse. Sie heiße genau wie ich!

»Aber mir gefällt nicht, dass in der Schlange ein böser Mann drinsteckt. Das ist gemein. Hast du gewusst, dass Schlangen mit der Zunge riechen?«

»Worum geht's denn in der Geschichte?«, fragte ich.

»Also, wenn du in einem schönen Garten wohnen kannst, solltest du nie von dort weg.«

Als sich die anderen gegen Mittag wieder rührten und aufstanden, gähnte David viel zu lange. Ich konnte mehr oder weniger seine Mandeln sehen. Dann fragte er: »Hey. Wo ist Alycia?«

»Ähm, sie ist auf dem Boot geblieben«, sagte Dee. »Sie fährt mit ihnen Richtung Rhode Island.«

»Was? Ach du Schande«, sagte David.

»Ihr Vater wird richtig sauer sein«, sagte Terry. »Rafe hat ihn übrigens identifiziert. Volltreffer. Die sind doch in dem BMW-Oldtimer zum Haus gefahren, wisst ihr noch? Sie ist schnell ausgestiegen, dann lief er ihr nach. Es ist der mit dem fliehenden Kinn, das er mit einem Ziegenbart verdeckt.«

»Aber ich weiß immer noch nicht, wer die Mutter ist«, sagte Low.

»Das finden wir früh genug heraus«, sagte Terry.

»Das werden wohl die sein, die sich scheiden lassen«, sagte Rafe.

Er hatte seine Toga abgelegt – darunter trug er eine Badehose, die ich als die von James erkannte – und schüttelte den Sand ab. Es war ein Bettlaken. »Ich frag mich ja, was das Ding hier für eine Fadenzahl hat.«

»Ich habe gestern drei Eltern klargemacht«, sagte Jen gähnend. »Will das jemand hören?«

»Drei???«, fragte ich ungläubig.

»Ich war besser. Ich habe *James* klargemacht«, sagte Sukey.

»Im Ernst?«, sagte Rafe. Er hörte auf, das Laken abzuklopfen, und schüttelte den Kopf. »Ich auch.«

Sie starrten einander an.

Juicy lachte laut.

Das Togalaken stamme aus James' eigener Koje, behauptete Rafe (als wäre das ein Beweis).

Sukey sagte, James und sie hätten es im Cockpit getan. Nannte man das so, auf einem Schiff?

Dann erzählte Dee, sie und James hätten im Gemeinschaftsraum der Jacht herumgemacht, auf einem Pooltisch. Hauptsächlich nur Küssen. Er wollte mehr, aber sie habe ihn nicht gelassen.

Die drei überprüften gegenseitig ihre Schilderungen, indem sie ein Muttermal erwähnten, dann kamen sie auf weitere Details von James' durchtrainiertem Körper zu sprechen.

»Hey! Hier sind kleine Kinder«, sagte ich. »Macht mal piano, ihr Schlampen.«

Jack las in einer Burg aus Decken *George & Martha*.

Jen wechselte das Thema. Sie war eindeutig angefressen, weil sie aus dem James'schen Sexclub ausgeschlossen gewesen war. Besonders nachdem es sogar eine verklemmte Person geschafft hatte, die noch nie Oralsex gehabt hatte – wenn man Dee Glauben schenken konnte, und da war ich mir nicht sicher, denn sie hatte schon gelogen.

Terry schaute blasiert.

»Das Spiel ist also so gut wie vorbei«, sagte Jen. »Und warum? Weil wir Arschkriecher unter uns haben.«

Einer von uns, der sich an das Model herangemacht hatte, hatte damit angegeben, dass sein Vater Regisseur sei. Und einfach geradeheraus den Namen genannt. Ein paar Filme des Vaters heruntergespult. Nur um sie zu beeindrucken.

Es war also doch Juicy. Wir hätten es wissen müssen.

»Schäm dich«, sagte Rafe. »Doppelt.«

Juicy ließ den Kopf hängen und spuckte aus. Trat gegen ein paar glühende Kohlestücke.

Jemand anders hatte bei dem Versuch, sich James' Gunst durch ein Gespräch über Chaos-Refugien zu sichern, behauptet, eine Architektin zur Mutter zu haben. Was Jen wiederum mit einem Gespräch in Verbindung brachte, in dem besagte Mutter erzählt hatte, dass sie in der Fifth Avenue ein Penthouse für einen saudischen Prinzen renoviere. Das war Dee.

Am übelsten, weil am überraschendsten war es, dass Terry dabei gehört worden war, wie er Tess gegenüber plastisch geschildert hatte, wo sich der G-Punkt bei Frauen befand. Tess habe gefragt, warum er so viel darüber wisse, erzählte Jen. Terrys Antwort: weil er eine Gynäkologin in der Familie habe.

Wir wussten alle, wer diese Ärztin war. Sie hatte versucht, uns gemeinschaftlich über die Risiken der Humanen Papillomviren zu belehren, bei einem schlechten Abendessen. Es gab Tofu-Dogs.

Terry stöhnte und nahm sich ein Bier. »Das lag am Oracle, Mann!«

»Du schiebst es auf Gras?«, fragte Sukey. »Erbärmlich.«

Ich war platt.

»Man hat erst gewonnen, wenn man als Einziger übrig ist«, erklärte Low. »Von uns haben noch einige eine Chance.«

»Wie viele seid ihr? Vier?«, fragte Jen. »Wenn Evie und Jack als eins zählen?«

»Ja, ich bin jedenfalls noch dabei«, sagte Sukey.

»Und ich«, sagte Rafe.

»Und ich«, sagte Low.

Trotzdem war uns der Wind aus den Segeln genommen. Die Währung des Spiels war entwertet.

»Jetzt hört doch mal zu«, sagte Low, »echt jetzt. Als wir das Essen geholt haben, da haben sie oben im Sommerhaus gesagt, dass ein Unwetter kommt.«

»Was denn für ein Unwetter?«, fragte Dee erschrocken. Sie erschrak leicht.

»Na ja, was wohl?«, sagte Low. »Ein mega Sturm. Wenn wir bis heute Vormittag nicht zurück sind, wollen sie uns holen.«

Wir diskutierten ein bisschen über die Beachtung von Regeln und ob die Eltern sich das Unwetter bloß ausgedacht hatten, um uns zur Rückkehr zu bewegen – klar, es war Hurrikansaison, aber die Stürme wurden normalerweise erst Ende August oder im September so richtig schlimm.

Doch unser Widerstand war nur halbherzig. In der Ferne, über dem Wasser, machten wir eine niedrige Wolkenbank aus. Ein kühler Wind wehte, und die Meeresoberfläche war matt grau.

Widerwillig packten wir zusammen, bauten die abblätternden Planen und die Skistöcke ab und verstauten alles in unseren Booten.

Jen, die neben mir im Ruderboot saß, war immer noch sauer wegen James. David war geistesabwesend, er wackelte nervös mit einem Bein, und Jack malte trübsinnig Goldschopfpinguine in sein Heft.

Ich stieß ab und ruderte, nachdem niemand von den anderen sich angeboten hatte.

Als ich einen kurzen Blick zurückwarf, entdeckte ich keine sichtbaren Anzeichen unseres Aufenthalts, bis auf ein paar Kuhlen und Fußabdrücke, verkohltes Holz und Asche. Vielleicht lagen jetzt auch ein paar Stöcke woanders. Und da war noch der hohe Turm, der aber einstürzen würde, wenn die Flut kam. Wir wussten, was zu tun war: keine Spuren hinterlassen.

Natürlich gab es immer Spuren. Der Trick bestand darin, sie zu verbergen.

Wir hatten ganz sicher einige Moleküle zurückgelassen, dachte ich, während ich durchzog. Aber nichts, das verriet, wer wir waren. Nur Haut und Nägel und Haare, weit hinaus ins Meer getragen.

3 Müde und schmutzig ruderten wir flussaufwärts. Alle sehnten sich nach einer Dusche, und die Nachtschwärmer wollten ihren Kater auskurieren. Ich freute mich auf ein paar Minuten allein. Als das Landhaus dann am anderen Seeufer in Sicht kam, hatte ich das Gefühl, es wäre mein Zuhause. Ich konnte mir vorstellen, ich hätte mein ganzes Leben dort verbracht statt in einem tristen Gebäude in Greenpoint.

Ich sah mich jeden Sommer im See schwimmen und auf einer Wiese auf dem Rücken liegend Sternbilder identifizieren. Mit ausgebreiteten Armen in vollem Tempo die unbefestigte Straße entlangrennen, wo sich die beiden Baumreihen oben zu einem langen Bogen vereinigten. Ziellos durch den dichten Wald streifen.

Aber die Eltern waren im Panikmodus.

In der sichelförmigen Zufahrt parkten noch einige Autos, doch die meisten waren ins Landesinnere unterwegs, um Vorräte zu besorgen. Ein paar Väter wollten gerade nach draußen, um die Fenster mit Sperrholz zu vernageln. Sie hielten uns in der Eingangshalle auf und baten Rafe und Terry, ihnen dabei zu helfen. 59

»Machoschweine«, brummte Sukey. Sie folgte ihnen ins Freie und verlangte einen Hammer.

Jack und Shel brachen in den Wald auf.

In den Badezimmern füllten Mütter Eimer aus Badewannen. In der Küche sortierten und zählten sie Batterien und reihten Taschen- und Stirnlampen auf den Theken auf. Die Kühlboxen, die wir an den Strand mitgenommen hatten, wurden beschlagnahmt.

Jemand machte sich an einem Funkgerät zu schaffen, und an jeder freien Steckdose wurden Handys geladen.

Ein Kribbeln lag in der Luft.

Ich half ihnen, Eiswürfel aus den Gefrierschränken in Plastikbeutel zu schaufeln. Meine Finger wurden taub. Auf einem Fernseher an der Wand waren Wirbel zu sehen. Meteorologen sprachen über Kategorien und Windgeschwindigkeiten, Pfade und Kegel und Bänder. Die Begriffe hatten wir schon gehört. Es gab Zwangsevakuierungen und sture Leute, die es »aussitzen« wollten. Manche, die aus reiner Dummheit sterben würden.

Manche, die sterben würden, weil sie ihr Zuhause liebten. Manche, die alt und schwach waren. Und andere, die versuchten, sie zu retten.

Ein paar von uns nutzten die gelockerten Regeln: Als ich für eine Mutter einen Eiskübel trug, kam ich an einer offenen Schlafzimmertür vorbei und sah Low sich auf einem Elternbett fläzen. Er zappte durch die Kanäle, auf der Suche nach Unterhaltung.

»Drückeberger!« Ich zeigte mit dem Finger auf ihn.

Da stand plötzlich jemand neben mir. Ein kleingewachsener Vater. Mit einer Wampe.

Er stand da, die Hände in die Hüften gestemmt wie eine Frau, und schaute wütend ins Zimmer.

Es war ein selbstgerechter wütender Blick. Low begriff die Situation sofort. Er guckte kleinlaut.

»Lorenzo, sofort raus aus dem Bett«, sagte der Vater.

Low gehorchte. Träge. Bezwungen.

»Du bist so dermaßen aufgeflogen«, sagte ich.

Ich überließ ihn seiner Schmach. Sah dann Jen, die gerade ihr Make-up im Spiegel im Gang überprüfte, und erzählte ihr von Lows Identifizierung. »Einer weniger, bleiben noch drei«, meinte sie.

Im Wohnzimmer entdeckte ich meine Mutter, die vor der Hausbar kniete wie vor einem Altar. »Wir bräuchten auch Bourbon, Sherry, Wodka und Wermut«, sprach sie in ihr Handy. Ich winkte ihr zu, denn wir hatten uns ja ein paar Tage nicht gesehen. Sie sah mich, ignorierte mich aber komplett. »Bring mindestens vier Flaschen Bulleit mit«, sagte sie ins Telefon. »Moment. Gibt es dort auch die extra großen?«

Irgendwann fing ich dann an, mir Sorgen um Jack zu machen, und ging draußen auf die Suche. Ich joggte an den Tennisplätzen vorbei und in Richtung des Wäldchens mit den Baumhäusern.

Da war kein Jack, aber ich stieß auf die Zwillingsmädchen, die mit einer Puppe Tauziehen spielten. Sie hörten mich wohl nicht, denn bevor ich Gelegenheit hatte zu fragen, ob sie wüssten, wo mein kleiner Bruder war, ließ das Mädchen, das Kay hieß, die Puppe urplötzlich los. Ihre Schwester fiel rücklings um und lag auf dem Boden.

Dann nahm Kay einen Stein und schlug ihrer Schwester damit auf den Kopf. Und zwar fest.

»Verdammte Scheiße!«, brüllte ich.

Ich rannte zu Amy – Kay hatte sich die Puppe geschnappt und wieselte Grimassen schneidend davon – und ging im Gras in die Knie.

»Amy! Amy!«

Blut auf der Stirn. Eine sichtbare Delle. Das Mädchen war bleich. Rührte sich nicht.

»Verdammt, verdammt, verdammt noch mal«, sagte ich.

Für so etwas war ich nicht ausgebildet. Mein Survival-Skills-Camp in den Poconos hatte sich auf Dreibeinläufe und Capture the Flag konzentriert.

Aber sie war klein und leicht. Obwohl eine Stimme in meinem Kopf fragte: *Sollte man sie überhaupt bewegen? Na ja ...*, hob ich sie hoch und trug ihren schlaffen Körper taumelnd zum Haus zurück.

Davids Mutter wurde hysterisch. Währenddessen wählte jemand die Nummer des Notrufs. Die einzige Ärztin unter den Eltern – Terrys Mutter, wie wir jetzt wussten – war meilenweit entfernt dabei, einen Einkaufswagen vollzuladen.

Amy habe womöglich eine Gehirnerschütterung, sagte jemand. Sie sei k.o. geschlagen worden. Obwohl mir niemand dankte, fühlte ich mich ein bisschen wie eine Heldin.

Als der Rettungswagen vor dem Haus hielt und ein Sanitäterteam ausstieg, hatten die Eltern die Unwettervorbereitungen unterbrochen. Davids Mutter beugte sich über Amy, die auf einem Sofa lag, meine eigene Mutter beugte sich wiederum über sie, und ein paar Väter drängten sich darum herum.

»Ist sie im Wachkoma?«, fragte Davids Mutter mit zitternder Stimme. »Hat sie einen Hirnschaden?«

Mit einer flachen, brettartigen Hand klopfte meine Mutter ihr roboterhaft auf die Schulter. »Das ist unwahrscheinlich«, sagte sie. »Rein statistisch gesehen.«

Ein Naturtalent im Trösten, meine Mutter.

Die Sanitäter kamen herein und machten ihr Ding – ich war nicht nah genug dran, um es zu sehen, aber es wurde bald klar, dass Amy überleben würde, ohne Koma. Ihre Beine, gehüllt in rot gestreifte Söckchen und pinke Hello-Kitty-Spangenschuhe, bewegten sich auf einem Sofakissen hin und her, sie strampelte. Ich hörte ein verräterisches Wimmern. »Mami! Kay ist so gemein! Sie hat mich gehauen! Und sie hat Lacy mitgenommen!«

Ich musste immer noch Jack finden. Vielleicht hatte Kay auch ihn mit einem Stein geschlagen. Um dann mit seinem wertvollsten Besitz abzuhauen, einem Stoffpinguin namens Pinguino, gut einen halben Meter groß. Vielleicht sammelte die angehende Psychopathin ihre eigenen Vorräte: die Spielsachen anderer Kinder.

Ein paar Minuten später schaltete ich auf der Suche nach etwas zu essen das Licht in der Vorratskammer an und bemerkte David, der sich von dem Gedränge um seine verletzte Schwester auffallend ferngehalten hatte. Er saß in der Ecke auf dem Boden. Mit einer Flasche neben sich.

»Hast du gestern Abend nicht genug bekommen?«, fragte ich.

»Auf der Jacht habe ich nur Cola getrunken«, sagte er. »Bin nüchtern geblieben. Ich dachte mir, ich streue ein bisschen Sand ins Getriebe.«

»Heißt?«

»Ich habe ja nicht gewusst, dass Alycia dortbleibt«, meinte er. »Sie hat nichts gesagt. Sie war zu sehr damit beschäftigt, mit einem Schwein von Vater zu flirten. Ist doch selbst schuld. Oder? Mit dem Feind ins Bett. Außerdem hatte ich keine Ahnung, dass ein Unwetter kommt. Ich wusste das nicht.«

»Was meinst du mit Sand ins Getriebe?«

»Diese Jachteltern sind die schlimmsten. Das sind genau die Leute, die den Planeten ruiniert haben.«

»David. Was hast du getan?«

»Zuerst habe ich überlegt, ein Loch in den Tank zu machen. Nur, du weißt schon, Benzin im Meer, davon sterben die Fische. Ich wollte mich nicht auf ihr Niveau herablassen. Also habe ich einen kleinen Virus in ihr Navi gepflanzt«, sagte David.

Ich starrte ihn an. Ich hatte keine Ahnung gehabt, dass er so hardcore war.

»Du hättest diese Eltern sehen sollen. Sie hören sollen. Wie Gammelfleisch.«

»Aber. Der Virus. Du meinst …«

»Die Jacht schafft es nicht bis Newport.« Er hob die Flasche und nahm einen Schluck.

Es war Sekt. Er schäumte um seinen Mund. Tröpfelte ihm den Hals hinunter und machte sein T-Shirt nass.

»Die sind problemlos abgefahren«, sagte ich. »Ihre Crew kann das richten. Wahrscheinlich haben sie es schon.«

Er sah so geknickt aus, dass ich mich neben ihn setzte und ihn mit der Schulter stupste.

»Die haben doch lauter Back-up-Systeme. Glaubst du nicht? Und sie sind stinkreich. Die landen auf den Füßen. Das wette ich.«

Bald hörte ich ein Hämmern, und dann eine Mutter, die auf der Suche nach Hundefutter war und um Hilfe bat.

Die Vorbereitungen auf das Unwetter waren wieder im Gange, und ich überließ David seinen Schuldgefühlen. Ich musste meinen Bruder finden.

Auf dem Dachboden lagen Pinguino und Jacks Büchersammlung auf seinem unteren Stockbett, aber er war nirgendwo zu sehen.

Im Gewächshaus knutschten Jen und Terry. Sie trennten sich, als ich den Kopf hineinsteckte.

»Echt jetzt?«, sagte ich.

»Hey, wir sollten das Gemüse ernten«, sagte Jen.

»Und da konnten wir einfach nicht widerstehen«, sagte Terry eingebildet. »Ich meine, das hier ist unser Ort. Wir haben Geschichte hier.«

»Unser Ort? Krass. Sei bitte einfach still«, sagte Jen.

Sie widmeten sich wieder dem Tomatenpflücken. Das Gewächshaus bestand aus vier kaputten Glaswänden und abgesplitterten Streben, aber inmitten all des Unkrauts wuchs noch ein bisschen Gemüse.

Im Geräteschuppen war niemand.

Im Bootshaus war niemand.

In den Baumhäusern waren nur Initialen.

Aber nach einer Weile fand ich die kleinen Jungen in einer schlammigen Bucht des Sees, die man vom Haus aus nicht sehen konnte, weil sie hinter einer Wand aus Gestrüpp und Rohrkolben verborgen war.

Sie hatten eine Schuhschachtel und zwei Netze bei sich – Schmetterlingsnetze aus dem Spielzeugschrank. Sie hockten neben der Schachtel und setzten den Deckel darauf, als ich näher kam.

»Ich hab dich wirklich überall gesucht, Jack«, sagte ich.

»Tut mir leid, Evie«, sagte er.

»Was macht ihr denn hier unten?«

»Wir sammeln.«

Er sammelte gerne alles Mögliche aus der Natur – Moos, Blumen, Steine – und baute damit Miniaturdioramen in Tabletts oder Backformen. Zwischen den Pflanzen legte er Wasserelemente an, die manchmal Elritzen oder Kaulquappen enthielten. Er schöpfte sie in Becher und Gläser und fügte sie in seine Szenen ein. Aber schon bald machte er sich dann Sorgen, ob es ihnen auch gut ging, und trug sie wieder zurück zum See.

Eine Sammlung war so schön gewesen, dass ich mich am liebsten geschrumpft und darin gelebt hätte. Es waren winzige Bäume aus abgebrochenen Zweigen, Büsche aus Flechten, eine Brücke aus gewölbter Rinde. Es gab eine Höhle aus Steinen und eine Kette von Teichen in Muschelschalen. In einer schattigen
Laube aus Blättern und Stöcken hing ein silbriger

Kokon, aus dem, wie Jack hoffte, ein Schmetterling schlüpfen würde.

Vergeblich.

»Okay. Aber ihr solltet besser zurück zum Haus.«

Shel schüttelte den Kopf und machte Zeichen – er hatte Jack ein paar Grundkenntnisse in Gebärdensprache beigebracht.

Shel konnte sprechen, tat es aber fast nie.

»Wir müssen mehr schaffen«, sagte Jack. »Evie. Es ist wichtig.«

»Das Unwetter ist auch wichtig.«

»Es ist aber doch für das Unwetter«, sagte er. Entschlossen.

»Okay. Ich gebe euch noch eine Stunde. Abgemacht?«

Er sah Shel an, der nickte.

»Und ihr bleibt zusammen, ja?«

»Wir sind ein Team«, sagte Jack. »In echt, versprochen.«

Der Konvoi war mit mehr Sperrholz zurückgekehrt. Väter wurden gereizt. Es gab weniger Werkzeug als Hände, deshalb mussten wir uns mit den Hämmern abwechseln.

Als Jack zurückkehrte, kam er zu mir und zeigte mir einen blutenden Finger.

»Was ist denn passiert?«, fragte ich. Dann wurde ich abgelenkt: Kay stahl sich an uns vorbei und zog die Puppe ihrer Schwester an einem Bein hinter sich her. Die Puppe war verprügelt worden. Das andere Bein schien zu fehlen, und ihre Haare waren abrasiert. Sie hatte lauter blonde Pfropfen auf dem Kopf.

»Erzähl ich dir später«, sagte Jack.

Ich hatte mich gerade wieder der Arbeit an den Fenstern zugewandt, da landete eine Hand auf meiner Schulter.

Alycias Vater, der mit dem Ziegenbärtchen und dem Tinder-Date.

»Äh – Edie, oder?«

»Eve.«

Ihre Familie hatte eindeutig ein Problem mit Namen.

»Eva. Weißt du, wo meine Tochter ist?«

Verdammt. Warum ich?

Ich beschloss, ihm von der Jacht zu erzählen. Aber sollte ich ihm auch von den möglichen Problemen mit dem Navigationssystem erzählen?

Ich wollte David nicht belasten.

Trotzdem.

Ich stand mit dem Hammer da. Er lag schwer in meiner Hand.

»Sie wollte nicht mit uns zurück«, sagte ich.

Ihm blieb der Mund offen stehen.

»Entschuldigung. Das soll heißen, sie ist noch dort? Ganz allein? Am Strand?«

Sukey neben mir hörte ebenfalls auf zu hämmern.

»Sie ist Richtung Newport los«, sagte Sukey, geradeheraus wie immer. »Auf einer Jacht namens *Cobra*. Sie gehört einem venture capitalist.«

»Haha! Nicht im Ernst«, sagte der Ziegenbart-Vater.

»Im Ernst«, sagte Sukey.

»Ihr verarscht mich doch!«

»Nein«, sagte Sukey und widmete sich wieder dem Hämmern.

Als der Vater sich abwandte, wirkte er fassungslos. Die Gynäkologinnenmutter kam die Treppe vom Frühstücksraum herunter. »Sie melden, es ist Kategorie vier. Windgeschwindigkeit bis zu zweihundertdreißig Stundenkilometer!«

»Diese ganze Hysterie ist völlig überflüssig«, sagte der kleine Vater. (Der von Low, erinnerte ich mich mit einer Welle der Genugtuung.) Er hielt eine Bierflasche in der Hand. Und hatte keinen Finger gekrümmt, um beim Vernageln der Fenster zu helfen, sondern nur zugesehen und kritisiert. »Ihr werdet sehen.«

Eine andere Mutter steckte den Kopf aus der Tür. »Hey. Wo ist Alycia?«

Nicht schon wieder. Ich seufzte.

»Auf einer Jacht, die nach Rhode Island fährt«, sagte ich.

»Auf dem Boot gibt's hervorragendes Essen«, meldete sich Dee zu Wort. »Der Koch hat mal im Chez Panisse gearbeitet.«

Ich wollte der Mutter in dem Moment lieber nicht ins Gesicht sehen. Alle wussten, dass Alycia nichts aß.

Wir hatten die Fenster immer noch nicht fertig, da setzte stärkerer Regen ein. Die Väter gaben auf, räusperten sich, schüttelten den Kopf und zogen sich zurück, um ihre Drinks zu mixen.

Als zum Abendessen gepfiffen wurde, liefen wir alle ins Esszimmer, denn wir hatten Hunger. Der Regen trommelte stetig auf das Dach, aber der Raum war riesig, und Geräusche verklangen. Ein prachtvoller Kronleuchter hing hoch oben an einem Balken – er hatte einmal Teddy Roosevelt gehört. Zumindest behauptete das ein Ringbuch. Es enthielt die Geschichte des Hauses. »Der Typ im Rollstuhl«, hatte Juicy wissend genickt, als wir es lasen.

Es gab auch einen langen Tisch, eines Königs würdig. Trotzdem passten wir nicht alle daran. Das Haus war nicht für so viele Gäste gebaut worden – wir hatten eine Sondergenehmigung bekommen, auf dem Dachboden schlafen zu dürfen –, und so waren für die überzähligen Personen Spieltische an einer Wand aufgestellt worden. Normalerweise rannten wir um die Wette, um beim Abendessen einen Platz an diesen Tischen zu ergattern, damit wir weiter weg von den Eltern saßen.

Aber jetzt gab es nichts zu essen. Der Tisch des Königs war leer, bis auf zwei zusammengesackte Tüten Riffelchips.

Unzufriedenes Murren.

»Durchzählen!«, rief Jens Mutter.

»Essen!«, forderte Sukey entschieden.

»Es gibt Spaghetti«, sagte Jens Mutter. »Dann deckt den Tisch.«

David übernahm die Messer, ich die Gabeln. An der Besteckschublade flüsterte ich: »Hast du sonst noch jemandem erzählt, dass du am Computer der Jacht herumgemacht hast?«

Niedergeschlagen schüttelte er den Kopf. »Muss ich?«

»Ich denk mal darüber nach.«

Aber dann kamen Alycias Eltern herein. Aufgeregt. »Die Küstenwache hat ein Notsignal bekommen!«, sagte ihre Mutter. »Von dem Boot, auf dem sie ist!«

»Schicken sie eine Rettungsmannschaft?«, fragte Jens Vater. »First Responder?«

»Wissen wir nicht! Wissen wir nicht!«, kreischte die Mutter.

»Wissen wir nicht«, verdeutlichte der Vater.

Während ich die Nudeln auf die Gabel drehte, fiel mir auf, dass die Eltern schon seit mindestens zwei Stunden nichts mehr getrunken hatten. Die Stimme des Wetteransagers hatte ihnen gesagt, sie sollten sich vorbereiten, also bereiteten sie sich vor.

Mit langfristigen Warnungen taten sie sich schwer. Sogar mit mittelfristigen. Aber sie hatten noch Reflexe.

»Ähm, Evie, wir haben da vielleicht ein kleines Problem«, sagte Jack, als ich den letzten Bissen aß.

Er war plötzlich hinter mir aufgetaucht.

Ich folgte ihm die Treppe zum Keller hinunter. Shel stand dort, vor einer geschlossenen Tür – es war die Tür zu dem Raum mit dem Warmwasserboiler, wenn ich mich recht erinnerte.

»Hör mal hin.«

Ich legte das Ohr an die Tür. Zuerst hörte ich nichts, dann ein Zischen – nein, ein Brummen.

»Sie sind aus dem Bienenstock raus! Wir haben nicht gewusst, dass sie das machen würden.«

»Heißt das ...«

»Wir wollten alle Bienen hier reinholen, aber wir hatten keine Zeit. Der Stock ist der größte.«

»Jack. Ihr habt einen Bienenstock hier reingebracht?«

»Ein Regentropfen kann eine Biene töten«, sagte er. Ich stellte mir vor, wie er und Shel mit einem Bienenstock über das Gelände stolperten, und wäre fast laut geworden.

Als wir wieder oben waren, saßen nur noch Eltern im Esszimmer. Der Wind frischte auf. Ein loses Stück Sperrholz wurde weggeweht, und die Zweige der großen Weide kratzten an den Glaswänden des Frühstücksraums.

Draußen war es stockdunkel, bis auf die orangen Punkte der Lampen, die die Fußwege beleuchteten.

»Wo sind denn alle hin?«, fragte Jack.

Sie sahen in der Bibliothek fern. Das Bild auf dem Monitor war simpel: die unablässig wirbelnde Sturmspirale.

»Können wir was anderes anschauen?«, fragte Juicy.

»Hey, Leute, stellt euch vor, wir haben einen Bienenstock im Haus«, sagte ich.

Nachts traf uns der Sturm mit voller Wucht.

Ich hatte schlaflos auf meiner Matte auf dem Boden gelegen und den bebenden Wänden gelauscht, an denen die Windstöße rüttelten. Deshalb war ich hellwach, als ein Ast durch das Dachfenster krachte und einen Teil des Dachs mit sich riss.

Wir hatten keinen Strom mehr: Es nützte rein gar nichts, den Lichtschalter umzulegen. Regen fiel schräg durch das klaffende Loch. Ich tastete mich zu Jack durch, der auf seinem Bett saß und Pinguino hielt. Wir alle drängten uns die Treppe hinunter. Eltern liefen herum, und in dem Stimmengewirr wurden Taschenlampen eingeschaltet und Kerzen angezündet.

»Es ist die große Weide!«, rief jemand.

Im Frühstücksraum ergoss sich Wasser auf den Tisch, und Putz fiel in Brocken von der Decke, als der Regen in das kaputte raumhohe Fenster gedrückt wurde. Über uns neigte sich der Stamm der Weide. Im Schein einer Laterne blickte ich nach draußen: Ihr zerklüftetes schwarzes Wurzelgeflecht war aus dem Boden gerissen worden.

»Hallo! Wo ist das Sperrholz?«, brüllte ein Vater.

»Ich brauche den Akkubohrer!«, brüllte ein anderer.

»Was ist denn das da?«, fragte Low und zeigte durch das kaputte Fenster auf die große Rasenfläche dahinter.

»Macht bitte Licht«, sagte eine Mutter, und Taschenlampen leuchteten nach draußen.

»Das glänzt!«, sagte Jack.

»Das ist Wasser«, sagte ein Vater.

»Der See ist im Garten«, sagte Jack.

Wir waren von Wasser umgeben.

»Was sagt denn der Weather Channel? Wie viele Zentimeter hat es schon geregnet?«, fragte jemand.

Zu viele Leute riefen durcheinander. Die Strahlen der Taschenlampen tanzten wild über den Außenbereich, eine Regenwasserfläche, die sich in alle Richtungen zu erstrecken schien. Die Oberfläche wurde zernarbt von noch mehr niedergehendem Regen, lauter unscharfe Nadelstiche.

Im Esszimmer wurde ein weiteres Treffen einberufen, aber ich verstand bei dem trommelnden Regen und dem Gebohre der Väter nicht, was die Eltern sagten. Der erloschene Kronleuchter zeichnete sich drohend über uns ab, eine düstere Glasqualle in den dunklen Bereichen der Decke. Kerzen flackerten auf dem Tisch. Wir verlagerten dauernd das Gewicht von einem Fuß auf den anderen. Jemand hatte üblen Mundgeruch. Nachdem wir die Eltern nicht hören konnten, raunten wir uns gegenseitig Fragen zu. Sandsäcke. Konnte man welche kaufen? Oder musste man sie selbst herstellen?

Mir fehlte jetzt schon die Elektrizität. Ohne Licht oder Strom und nachdem einige Wände und Decken Löcher hatten, befiel mich eine seltsame Passivität. Wie sollten wir uns schützen? Was konnten wir überhaupt machen?

Als das Gespräch abebbte, kamen alle in Bewegung, Körper drängten sich wieder aus dem Zimmer und schoben uns mit sich.

»Was ist denn jetzt der Plan?«, fragte ich die Mutter, die am nächsten bei mir stand. »Ich habe es nicht gehört.«

»Zweihundert Mülltüten«, sagte sie. »Und ganz viel Klebeband.«

Es gab Aufgaben, es gab nass und kalt, und es gab den schwarzen Himmel über uns. Ich kann mich nicht an die Reihenfolge der Ereignisse erinnern. Ich weiß, dass wir mit ein paar Vätern nach draußen gepatscht sind, um dabei zu helfen, das Haus abzudichten. Wir konnten nicht sehen, was sie machten, aber es sah technisch nicht gerade anspruchsvoll aus.

Ich hielt einem Vater einen Regenschirm über den Kopf und blickte mit der Stirnlampe, die ich bekommen hatte, zu meinen Füßen hinunter: Sie standen im Wasser. An den Unterkanten der Kellerfenster stand das Wasser schon ein paar Zentimeter hoch.

Das Haus war nun eine Insel.

Während einer kurzen Windstille hörte ich Stimmen über mir und verrenkte mir den Hals. Vom Dach hingen dürre Beine in Cargohosen.

»Hey!«, rief ich. Die Beine verschwanden, dafür kamen ein Kopf und Arme in Sicht. Val. In einer Hand hielt sie eine weiße Mülltüte. Sie blähte sich im Wind.

»Was machst du denn da oben?«, rief ich.

»Loch im Dach! Ich decke es ab!«, brüllte Val.

Sie hatten ein Kind auf das Dach geschickt, während eines Gewitters.

Wir kuschelten uns auf Matratzen und Isomatten am trockenen Ende des Dachbodens zusammen. Innerhalb von Stunden hingen die Tüten, die Val über das Loch geklebt hatte, durch und klafften auf: Als ich aufwachte, hatte sich das Wasser immer weiter im Raum ausgebreitet. Der Boden war überflutet. Kühle Luft wehte in Böen um das wogende Plastik herein.

Jack war nicht neben mir, aber Juicy. Er schnarchte. Low lag in Embryonalhaltung in der Ecke. Die Schlafsäcke waren schmuddelig, die Kissen vergilbt und die Gesichter in dem grauen Morgenlicht schmutzig. Wir hatten alle in unserer dreckigen Kleidung geschlafen.

»Freiwillige! Ich brauche Freiwillige!«, rief eine Frau.

Die Bauernmutter lehnte in der Tür. Ihre grau melierten Haare standen ihr am ganzen Kopf in kleinen Zöpfchen ab. Es sah aus, als hätte jemand versucht, Cornrows zu flechten, und nur einen schmutzigen Zotteteppich zustande gebracht.

»Wir brauchen die Boote!«, sagte sie. »Gibt es gute Schwimmer unter uns? Die Boote sind aus dem Bootshaus verschwunden! Die Boote haben sich losgerissen!«

Juicy, Val und ich schlüpften in unsere nassen Schuhe und stapften die Treppe hinunter. Im Vorgarten, der höher gelegen war als der hintere Teil, versuchten Eltern verzweifelt, ihre Autos auf einen grasbewachsenen Hügel zu bekommen, der auf einer Seite der Zufahrt aufragte.

Wir wateten über die Wiese auf der Rückseite des Hauses, das Wasser reichte uns bis zu den Knien. Unter der Oberfläche hatte sich das Gras in Schlamm verwandelt, und ich sank mit den Füßen ein. Ich war froh, als wir den richtigen See erreichten, wo das Wasser zumindest so tief war, dass man darin schwimmen konnte.

Wir schwammen.

Der Wasser war braun statt blau. Laub und Zweige bildeten Flotten aus Unrat und drehten sich träge im Kreis. Ich sah einen gelben Ball auf dem Wasser treiben, einen roten Gummischlappen, einen Kleinkinderteller aus Plastik, der in einzelne Abschnitte unterteilt war. Und ein Planschbecken, blau-orange und mit Fischen bedruckt. Ein verheddertes lila Springseil und einen Basketballkorb.

Ich dachte: Das Wasser fließt dahin, wo es nicht hin darf. Trockenheit war ein vorübergehender Zustand. Genau wie Sicherheit.

Ich schwamm durch das schmutzige Braun, Juicy und Val neben mir, und zuckte jedes Mal zusammen, wenn meine Füße gegen etwas Festes stießen. Die Boote hatten sich unter einem Steg auf der anderen Seeseite verkeilt, bei einer baufälligen Fischerhütte. Val – immer gut ausgerüstet – zog ein Bungee-Seil aus ihrer Tasche und hängte die beiden Kanus zusammen. Juicy und ich nahmen jeder ein Ruderboot.

Ein paar Väter zündeten ein Kaminfeuer in der Bibliothek an. Die Wärme breitete sich nicht sonderlich aus – vom Frühstücksraum und dem Dach kroch kalte Zugluft durch das Haus –, und so setzten wir uns mit warmen Getränken um die Feuerstelle. Die Mütter, die normalerweise kochten, schienen zu streiken. Ich hatte gesehen, wie zwei von ihnen im Bad Lines zogen und Koks schnupften.

Alycias Mutter saß in der Ecke der Bibliothek in einem Sessel und rührte sich nicht – und zwar schon eine ganze Weile. Sie hatte sich geistig verabschiedet. Ins Jenseits, meinte Rafe.

Zuerst hatte sie konzentriert gestrickt, dann wieder alles aufgetrennt. Sie war in eine Decke gewickelt, und als ich zu ihr ging und sie fragte, ob sie etwas brauche – eine Freundlichkeit, die ich Eltern selten schenkte –, lagen in der Kuhle in der Decke, in ihrem Schoß, lauter zerschnittene Wollfäden.

Sie benahm sich, als wäre ich gar nicht da, außerdem

hatte sie eine Schere in der Hand. Ich beschloss, lieber weiterzugehen.

»Sie dissoziiert«, sagte eine Mutter zu einem Vater. Wahrscheinlich die Therapeutin. »Ablösung von der Realität. Wie damals, als wir vier nach Cabo gefahren sind? Weißt du noch?«

»Ach ja, stimmt. Damals mit der Transen-Sexarbeiterin? Und dem Esel mit dem Sombrero?«

»Herrgott noch mal, Bill«, sagte die Mutter. »*Transe* sagt man doch nicht mehr.«

Der Tag fühlte sich formlos an, eine Verrückte saß schnippelnd in ihrem Sessel, ein paar bekiffte Väter redeten vor dem Kamin über Utopien. (Ihr Gras sei Mist im Vergleich zum Oracle, meinte Terry verächtlich. Aber er hatte trotzdem einen Gefrierbeutel damit gefüllt.) Im Dunkeln lief die Zeit zusammen. Tag statt Nacht, Nacht statt Tag, und der Stromausfall ließ das Haus starr und düster gegen den Wind wirken.

Dann hatte ich eine Idee.

»Holen wir unsere Handys zurück«, sagte ich zu Terry.

Die Statuten waren schließlich ausgesetzt worden. Die Eltern zogen selbst ihre Handys zurate, zumindest diejenigen, die nicht gerade Schals zerschnitten oder Purple Kush rauchten.

Wir warteten, bis die bekifften Väter auf dem Rücken lagen. Sie schlugen die Beine übereinander und diskutierten das Thema Arbeiterparadies. Das hätte uns gerettet, sagte einer. Wenn überhaupt, dann das, sagte ein anderer. Der Kapitalismus bedeutete das endgültige Aus, sagte ein dritter.

Sie hatten ihr Gras jetzt gegen Zigaretten einge-
tauscht und versuchten, Rauchringe zu blasen, aber
die Ringe hatten keine Löcher. Ich warf einen Blick
über die Schulter, prüfte, ob uns immer noch niemand
beachtete, dann ging ich auf Zehenspitzen zu dem
Bild, das den Safe verdeckte.

Mir gefiel das Bild. Vor Nadelbäumen mit schneebe-
deckten Zweigen stand ein Braunbär auf den Hinterbei-
nen. Er hielt die Vorderpfoten vor sich, als würde er bet-
teln, und hinter ihm erstreckte sich ein hellblauer See,
mit Bergen auf der anderen Seite. Seine Haltung war
bescheiden, der Kopf zu einer Seite geneigt. Neugierig.

Bis dahin hatte ich gedacht, es sei ein Bär aus der
Vergangenheit. Ein uriger Bär aus dem 19. Jahrhundert. Die Räuberbarone hätten ihn erschießen und
einen Teppich aus ihm machen können. Aber jetzt
konnte ich ihn mir als Bär der Zukunft vorstellen,
wenn die Menschen aus den Hügeln und Feldern verschwunden wären, ihre alten Pfade zugewachsen. Und
die Bären und Wölfe wären wieder die Herren.

Terry half mir, das Bild vom Haken zu nehmen. Die
Tür des Safes war unverschlossen. Im Inneren lagen
alle unsere Telefone und Tablets. Aufeinandergesta-
pelt wie ein Piratenschatz, dahinter ein Gewirr von
Ladegeräten und Akkus.

Nicht mit Gold aufzuwiegen.

Ich lächelte so breit, dass ich es erst gar nicht merkte.
Dann dachte ich: Ich lächle.

»Yes! Yes! Befreit das Volk!«, jubelte Terry.

An diesem Punkt war es uns auch schon egal, ob die
bekifften Väter es merkten.

Wir kippten ein paar Zeitschriften aus einem Korb und luden die Handys hinein. Dann marschierten wir mit stolzgeschwellter Brust durchs Haus und triumphierten. Wir riefen Namen und händigten die Gaben aus. Wir überhäuften sie mit Geräten. Wir waren Helden und Vorbilder. Befreier und Heilige.

Es gab zwar noch das Problem mit dem Stromausfall, aber wir wollten unsere Zusatzakkus teilen.

»Jetzt können wir alles!«, sagte Jen.

Juicy stieß eine ganze Reihe munterer Obszönitäten aus. Val nickte mit einer gewissen Zufriedenheit.

Low hatte Tränen in den Augen.

Ich machte mir Sorgen um Jack, bei all dem stehenden Wasser. Er war kein großer Schwimmer. Deshalb steckte ich ihn und Shel in die schimmligen Rettungswesten, die sie über ihren Imkeranzügen tragen sollten.

Von der umlaufenden Veranda aus sah ich ihnen zu, wie sie über die Wiese wateten. Sie zogen eines der geretteten Kanus an einem Seil hinter sich her, darauf stapelten sich eine Menge Kisten. Ein Rätsel. Am Waldrand banden sie das Kanu an einem Baum fest, dann mühten sie sich ab, die Kisten zu den Baumhäusern zu tragen. Ihre Rücken und Schultern verschwanden, kleine Säulen aus Weiß und Orange.

»Haben alle ihre Handys?«, fragte Terry. Wir machten uns an unseren Geräten zu schaffen, scrollten oder tippten oder steckten leere Telefone und Tablets an externe Akkus. »Die Powerbanks? Haben alle? Eine ist noch übrig. Eine Hello-Kitty-Hülle? Mit pinkem Glitzer?«

»Von Amy«, sagte David.

»Was, die Zwillinge haben schon Handys? Die sind doch erst wie alt? Acht?«, fragte Sukey.

»Elf«, sagte David. »Sie sind klein, und sie machen auf Baby.«

»Dummbratzen«, sagte Sukey.

»Diese Kay ist ein krasser Psycho«, sagte Jen.

»Genau«, sagte David.

Nachdem das graue Tageslicht abnahm, es kein Anzeichen dafür gab, dass der Sturm abflauen würde, und das Wasser immer noch anstieg, wollten wir im Erdgeschoss schlafen – unsere Matten und Schlafsäcke einfach dort hinlegen, wo wir Platz fanden.

Jen, David und ich gingen nach draußen, um die kleinen Jungs zu holen. Ihr Kanu war immer noch am Waldrand festgemacht, an einem Ast. Wir wateten durch knietiefes Wasser, bis wir höher gelegenes Gelände erreichten. Die Schuhe waren schwer vom Schlamm.

»Jack! Shel!«, riefen wir in den Wald hinein. »Seid ihr da?«

»Wir müssen hierbleiben, Evie!«, rief mein kleiner Bruder herunter.

»Ihr seid auf einem Baum? Bei einem Unwetter?«, brüllte ich.

»Ich gehe hoch«, sagte Jen. »Es ist zu dunkel. Da erkennen Shel und ich von hier aus keine Gebärden.«

Jacks Baum war mit anderen durch Brücken aus Brettern und Seilen verbunden. Sein Baumhaus war das größte, aber auf dem Boden standen so viele

Schachteln, dass wir kaum Platz hatten. Jen gab Shel mit hektischen Gebärden etwas zu verstehen – sie war ungeduldig und zitterte in ihren Shorts.

»Was sind das denn alles für Schachteln, Jack?«, fragte ich.

»In dem Buch, das mir die Frau geschenkt hat, sind sie in eine richtig große Flut gekommen, nachdem sie aus dem schönen Garten weg sind, das kennst du doch, oder?«

»Er liest die Bibel?«, fragte Jen.

»Wir können später über dein Buch reden«, sagte ich. »Jetzt sollten wir erst mal reingehen. Hier sind wir nicht in Sicherheit.«

»Evie«, sagte Jack. »Wir müssen die Tiere retten. So wie Noah.«

Da sah ich mir die aufeinandergestapelten Kisten genauer an. Ich entdeckte zwei Vogelkäfige, in denen es flatterte. In eine Schachtel, zwei, drei, vier Schachteln waren Löcher gestanzt. Eine pelzige braune Schnauze ragte aus dem Gitter einer Plastiktransportbox für Haustiere.

»Wir haben sie gesammelt«, sagte Jack.

»Wildtiere?«, fragte ich.

»Ein Hase hat mich gebissen«, sagte er. »Vielleicht hat er gedacht, mein Finger ist eine Karotte.«

»Ihr zwei müsst jetzt mit ins Haus«, sagte Jen.

»Das können wir aber nicht«, widersprach Jack. Shel packte Jen am Arm und machte verzweifelt Gebärden.

»Wieso denn nicht, Jack?«, fragte ich. »Friert ihr hier draußen denn nicht? Habt ihr keinen Hunger?«

»Wir haben etwas zu essen. Und wir haben wirklich

alle hergebracht. Außerdem will unsere Eule nicht ins Haus, auf keinen Fall. Sie ist verletzt.«

»Eure Eule?«, fragte ich.

Jack zeigte in die Äste hinauf. Ich sah nichts.

»Es ist eine Schleiereule. Sie hat einen gebrochenen Flügel.«

»Ihr wisst hoffentlich, dass Hasen und Eulen kein gutes Team sind«, sagte David. »Das ist nicht wie in den Bilderbüchern, wo sich die Waldtiere Kleider anziehen und beim Picknick Square Dance tanzen.«

»Aber wir müssen sie doch füttern. Sie kann nicht fliegen«, sagte Jack.

»Den Oldies fällt es womöglich auf, wenn die beiden heute Nacht nicht im Haus sind«, sagte Jen zu mir. »Und ich bin dann diejenige, die bestraft wird.«

»Wir kommen nicht mit.« Jack reckte das Kinn.

Shel schüttelte solidarisch den Kopf. Jen bewegte sich auf ihn zu – vielleicht um ihn am Arm zu packen –, und da tat er ganz schnell etwas Überraschendes.

Er zog eine dicke Metallspange aus der Tasche seines Hoodies und klickte sie an seinem Handgelenk fest, sie glitzerte silbern im Halbdunkel. Dann klickte es noch einmal.

Er hatte sich mit Handschellen an das Baumhaus gefesselt.

4 So also sah der Beginn unseres Exils aus: Shel und Jack und Handschellen. Jack behauptete, sie hätten sie im Spielzeugschrank gefunden, aber das war kein Spielzeug. Jen und ich mussten bei unseren Brüdern bleiben, und David blieb aus schlechtem Gewissen, wegen der Sache mit dem Schiff. Er war froh, von der zusammenbrechenden Mutter wegzukommen.

Doch es geschah ein Wunder: Unsere Handys hatten Empfang. Jen las David und mir durch die Plastiktüte, in der ihr Handy steckte, Infos über die Flut vor. Das Wasser war voller Öl und Abwasser. Es schwammen Leichen darin, von Menschen, Hunden, Vögeln und Kühen. Es enthielt Pestizide und Düngemittel, Abflussreiniger und Frostschutzmittel.

Es war eine toxische Brühe.

Ich schickte meiner Mutter unseren Standort, für den unwahrscheinlichen Fall, dass sie sich Sorgen um Jack machte.

Sie schickte ein Tulpen-Emoji zurück.

»Mach dir nichts draus«, sagte Jen. »Jetzt ist Trink- und Plauderzeit.«

Wir drei nahmen die Cracker, die die Jungs uns anboten, und riefen Wetter-Apps auf. Regen. Icons von

Wolken mit Blitzen. Hagel-Icons. Eine Spirale, die ich noch nicht kannte.

»Das bedeutet ›Hurrikan‹«, erklärte David hilfsbereit.

Hochwasserwarnungen an den Küsten, Warnungen vor schweren Unwettern – es sah aus wie ein Buchstabensalat aus schlichten roten Lettern. Keiner wusste, was das bedeutete. Keiner wusste, was uns bevorstand. Später schliefen wir zusammengekuschelt auf einer Plattform in der Nähe – sie war kleiner als die Arche, hatte aber ein anständiges Dach. Wir teilten uns ein paar Decken und Kissen, die Jack und Shel mitgebracht hatten. Sie rochen nach Katzenpisse.

Am nächsten Morgen zeigte mir Jack seine Menagerie. Das Tier mit der spitzen Nase, das ich in der Transportbox gesehen hatte, war ein Opossum. Es kaute mit seinen spitzen gelben Zähnen an der Drahttür. Und beschädigte sie auch ziemlich. Es gab zwei Tauben, ein Rotkehlchen und einen kleinen braunen Vogel in einem selbst gemacht aussehenden Netzgeflecht. Dann war da noch ein trübes Terrarium für Flusskrebse, Kröten und einen Salamander. Es gab Lebensmittelbehälter aus Plastik, in die sie oben Löcher gebohrt hatten, mit schlickigem Wasser und Elritzen darin, und einen dicken, fetten Fisch in einem Kochtopf. Es gab braune Feldmäuse, die in einer Schublade, über die eine durchsichtige Plastikplatte geklebt worden war, hin und her huschten.

»Was ist mit den Bienen?«, fragte David. »Sind sie immer noch in dem überschwemmten Keller?«

»Natürlich nicht!«, sagte Jack empört. »Sie sind zurück in ihren Stock. Den haben wir dann rausgetragen.«

»Hey!«

Es war Sukey, unten am Baum. Und andere. Schirme und Kapuzenponchos und Regenmäntel. Nach oben gerichtete Gesichter. Rafe, Terry, Dee, Low, Juicy.

»Wir ziehen hierher um!«, rief Sukey.

»Besser nicht!«, rief ich nach unten. »Es ist kalt und nass!«

»Egal!«, brüllte Low. »Dort drinnen ist es krass widerlich!«

Sie befestigten die Planen vom Strand, um unser Dach zu vergrößern. Sie entdeckten einen Stapel Unterlegfolien mit Farbklecksen und kletterten in die Baumkronen, um das leuchtend blaue Vinyl an den Pfosten der Baumhäuser festzubinden. Sie spannten sie zwischen Plattformen, über Netze und Leitern.

Ich war unruhig. Vielleicht wollten die anderen ja nicht zurück ins Haus, das war mir egal, aber ich wollte es. Ich wollte den Kamin und die Schränke voller Kuchen-Snacks und Minidonuts mit Puderzucker. Die Toiletten mit Spülung.

Ich fragte Dee, dann Terry und dann Rafe, was denn los sei, aber sie weigerten sich, darüber zu reden. Erst als Sukey ihren Schlafsack fertig hergerichtet und mit Steinen beschwert hatte, bekam ich eine Antwort: Die ältere Generation hatte nachts Ecstasy eingeworfen.

Niemand wusste, ob das geplant war oder eine verdeckte Operation, aber sie hatten sofort neue Höhen der Widerwärtigkeit erreicht.

Zugegeben, Juicy und Terry hatten am Anfang durch Lamellentüren hindurch zugesehen, wie die Eltern herummachten – sogar Low hatte es getan. Aus verzweifelter Langeweile, kurz nachdem sie uns die Handys weggenommen hatten. Und aus Rache. Und aus Verachtung.

Jetzt bereuten sie es. Vielleicht hatten sie damals stärkere Mägen gehabt.

»Außerdem war das damals einfach normaler Alte-Leute-Sex«, sagte Juicy.

»Woher willst du das denn wissen?«, fragte Rafe.

»Na ja, so Paare halt«, sagte Juicy. »Aber das hier ist ... alles eben.«

»Die laufen splitternackt durch die Gegend«, sagte Low.

»Ich habe zwei Väter und Dees Mutter bei einem Drei...«, begann Juicy.

»Hör auf!«, kreischte Dee. »Hör auf! Hör auf! Hör auf!«

»Sei still, Juicy«, sagte Rafe. »Keine Namen. Das ist eine grausame und unübliche Strafe.«

»Ein einziges Wälzen und Stöhnen im ganzen Haus«, sagte Sukey. »Der mieseste Auftritt, den ich je gesehen habe.«

»Der mieseste Auftritt«, nickte Val. »Der mieseste.«

Das Nicken sah seltsam aus, denn ihr Gesicht stand auf dem Kopf. Sie hing mit den Kniekehlen an einer Strickleiter.

»Die Reparatur der Löcher haben sie komplett aufgegeben«, sagte Sukey. »Das Wasser läuft einfach so rein, aber sie grinsen nur und kauen auf der Unterlippe rum. Und streicheln sich gegenseitig das Gemächt.«

Später saß ich auf einem Felsen am Waldrand und wartete. Terry und David hatten die kurzen Halme gezogen und waren mit dem Kanu los, um Verpflegung zu holen, und ein paar von uns waren am Ufer geblieben, wollten ihnen beim Ausladen helfen. Ich beobachtete, wie sie durch den Garten auf uns zu paddelten.

Zweige peitschten im Wind.

»Diese Bäume sehen aus wie Mädchen, die am Durchknallen sind«, sagte Juicy. Er schleuderte wild die Arme um den Kopf, den Mund weit aufgerissen. »Die sehen hysterisch aus.«

»Du bist echt beschissen sexistisch«, sagte Sukey. »Wenn du so einen Scheiß redest, hätte ich gute Lust, dir die Hoden zu denudieren.«

»Denudieren?«, fragte Juicy. »Hm. Was soll denn das sein?«

Zum Glück übertönte der Wind ihre Stimmen, als Sukey es ihm erklärte. Ich hörte nur Fetzen ihres Gesprächs. »… die Haut abziehen …«

Blätter flogen mir ins Gesicht, Blätter und Erde, bis ich schützend die Arme vor mich halten musste. Am Himmel zuckten Blitze, Donner grollten.

»Na los! Na los!«, brüllte Jack hinter uns.

Terry und David paddelten schneller, aber das Kanu war zu schwer beladen und bewegte sich nur träge.

Wasser schwappte über die Ränder.

Ein Blitz schlug ein. Volltreffer: die Wetterfahne auf dem Haus. Funken stoben durch die Luft.

Terry kreischte und sprang im Kanu auf. Er schwankte und fiel ins Wasser. Das Boot kenterte.

Crackerschachteln sogen sich voll, Dosen gingen unter. Käsepopcorn-Tüten wirbelten in der Dunkelheit davon.

Also mussten wir wieder durch die toxische Brühe waten.

Ich konnte nicht einschlafen, als die anderen wegdämmerten. Es blitzte nicht mehr, dafür goss es in Strömen.

Ich tastete auf der Plattform nach meiner Stirnlampe, stieg über Jen und Sukey hinweg und lief über zwei Strickleitern zur Arche.

Jack schlief tief und fest, sein kleines Gesicht wurde von einer Laterne beleuchtet, die an dem einen niedrigen Dachbalken hing. Aber die Tiere in den Käfigen waren putzmunter. Piepsten. Krächzten. Die meisten waren wohl Nachttiere.

Ich ging in die Hocke und beleuchtete das Gesicht des Opossums. Seine Schnauze zuckte, als es mich beschnüffelte. Dann wandte sich ein Tier, das ich nicht identifizieren konnte, von meiner Lampe ab – ein Fuchs? Hatte Shel etwa einen Fuchs gefangen?

Ich hatte einen schlechten Geschmack im Mund: Es gab keine Zahnpasta.

Neben meinem Ohr raschelte etwas. Ein plötzlicher Luftzug. Etwas streifte meine Wange. Eine scharfe Klaue bohrte sich geradezu in meine Schulter.

»Huch!«, machte ich.

Es turnte meinen Arm entlang und stieß dabei ein entsetzliches Kreischen aus. Beinahe hätte ich danach geschlagen. Es wäre fast hinuntergefallen.

Kurz nahm ich Verbandsmull wahr, dann eine gekrümmte schwarze Kralle. Hätte ich kurze Ärmel getragen, hätten mir die Krallen die Haut aufgerissen. Ein weißes Gesicht. Federn. Ein Schnabel, der aussah wie eine Hakennase.

Die Schleiereule flatterte mit ihrem einen gesunden Flügel und öffnete immer wieder den Schnabel, ohne einen Laut.

»Was willst du, eine tote Maus?«

Vielleicht hatte Jack vergessen, sie zu füttern. Aber ich wusste nicht, wie man Eulen fütterte, und mit dem nasenähnlichen Schnabel konnte sie mir wahrscheinlich den Finger abschneiden.

Ich hätte sie gerne gefüttert, doch was sollte ich ihr anbieten?

Sie starrte mich mit ihren großen dunklen Augen an. Ich starrte zurück. Es kam mir vor, als könnte ich in ihrer runden Gestalt alle Eulen sehen.

All die Eulen, die wir nicht füttern konnten.

»Eule«, sagte ich. »Es tut mir leid.«

Ihre schwarzen Augen starrten mich weiter an. Dann blinzelte sie. Sie hatte Hunger, da war ich mir sicher.

Aber in den wenigen Sekunden, bevor sie wieder von meinem Arm kletterte und unbeholfen auf dem hölzernen Querbalken landete, wollte ich glauben, dass sie mir vergab.

Das war die Nacht, in der ich aus einem Traum über Meerschweinchen aufschreckte und dachte, der Wald würde stöhnen. Der Wind wehte so heftig, dass nasse Kleidungsstücke vom Holzbalken gerissen wurden. Ein Shirt flog durch die Luft und wurde auf einen Ast in der Nähe gespießt, wo es flatternd hängen blieb. Brötchentüten wurden in die Dunkelheit geschleudert. Haarbürsten und Flip-Flops segelten durch die Gegend und verschwanden.

Es war die Nacht, in der Rafes Schlafsack so durchnässt wurde, dass seine Füße im Wasser steckten, und die Nacht, in der zwei Trottel, die ihre Handys nicht in Plastiktüten gesteckt hatten, feststellten, dass der Regen sie in Altmetall verwandelt hatte. Ich nenne keine Namen, ich sage nur Low und Juicy.

Es war die Nacht, in der Bäume umstürzten.

Die Gewalt des Sturms machte uns Angst. Wir kuschelten uns so eng wie möglich zusammen, kauerten auf den Kanten der Plattformen und Leitern. Im wackelnden Licht unserer Taschenlampen sahen wir drei Bäume hintereinander kippen wie Dominosteine. Sie fielen auf der anderen Seite des Gartens um, hinter dem Giftsee – als Erstes ein ganz dürres Bäumchen. Wir staunten, dass sein Gewicht die anderen überhaupt ins Wanken bringen konnte. Der zweite und der dritte stürzten danach um, bis sie nur noch ein undeutlicher Haufen auf dem Boden waren.

Auch beim echten See fielen Bäume um. Am Morgen sahen wir sie auf dem Wasser schwimmen und untergehen. Die Äste hingen durch, in der Mitte bildeten sie einen Buckel, schlaff an den Enden. 91

Aber unsere eigenen Bäume, verankert durch das Dorf in der Baumkrone – und älter und höher gelegen –, waren immer noch standfest.

Nachdem der Regen aufgehört hatte, dauerte es drei Tage, bis das Flutwasser zurückgewichen war. Am ersten Tag landete ein Wasserflugzeug auf dem See, das erste, das ich jemals in echt gesehen hatte. Männer in blauen Uniformen stiegen aus und stellten sich auf die Kufen. Dann kam die gerettete Alycia zum Vorschein.

Sie war in eine Decke gehüllt und trug große Gummistiefel. Ihre Eltern ruderten ihr entgegen, da der Steg noch unter Wasser stand. Das Bootshaus war überschwemmt, Bretter lösten sich von den Wänden und krümmten sich über dem angestiegenen Wasser wie der hochgezogene Saum eines Rocks.

Alycia stieg in das Boot. Die Männer in den blauen Uniformen sprachen mit dem Vater, während die Mutter sie umsorgte. Alycia blickte über den Kopf ihrer Mutter hinweg und winkte uns träge zu.

»Sie haben es alle geschafft«, sagte David. »Wirklich jeder Wichser auf der Jacht.« Aber er lächelte.

Strahlte vor Erleichterung.

»Ein Fischerboot ist gesunken«, sagte Jen. Sie war stets auf der Jagd nach Schlagzeilen.

»Und so ein Kreuzfahrtschiff«, sagte Low. »Keine Toten. Noch nicht.«

Auf der Rückfahrt über den See stand Alycia im Bug – in Booten setzte sie sich nie, sie stand immer. Ihr Vater ruderte. Ihre Mutter sah bewundernd zu ihr auf.

Später fuhren die drei auf einem Traktor weg vom Sommerhaus. Die großen Reifen wirbelten Schlamm auf, und neben ihnen spritzte rotbraunes Wasser hoch, wie Wände, die sich bewegten. So gelangten sie im Schneckentempo die überflutete Zufahrt hinunter. Und verschwanden.

Alycia habe nicht mitkommen wollen, sagte David – es gehe das Gerücht, sie hätten sie bestochen. Diese Eltern hätten ihre Tochter mit klingender Münze bezahlt, damit sie Alycia nach Hause bringen dürften.

Aber seine Erleichterung hielt an.

Am zweiten Tag wurde festgestellt, dass die Zwillinge fehlten. Ihren Eltern war es zuvor nicht aufgefallen, weil sie dachten, die beiden seien bei uns. Die Mutter hatte sich nach dem Ecstasy-Konsum die Unterlippe so zerkaut, dass sie bis zur Mitte des Kinns angeschwollen war.

Jack und Shel machten sich auf die Suche und fanden Kay. Sie schlief in der Fischerhütte, umgeben von den Skeletten kleiner Nagetiere und Junkfood-Verpackungen. Jack bemerkte, die Skelette seien frisch.

Soweit wir wussten, war sie beim Essen sonst wählerisch und bestand auf Weißbrot mit Wurst und Käse. Jetzt war ihr Mund mit etwas verschmiert, das sehr nach getrocknetem Blut aussah. Sie roch ranzig.

Nicht fragen, war unser Ansatz. Wir brachten sie zurück zu ihren Eltern.

Von ihrer Schwester war nichts zu sehen.

Am dritten Tag lagen Hunderte sterbender Fische zappelnd auf dem Areal, das einmal die Wiese gewesen war, eine enorme Schlammfläche mit Gebüschinseln dazwischen. Jack und Shel stapften verzweifelt zwischen dem Schlamm und dem richtigen See hin und her und schleppten eimerweise Fische. Es war ein Wettlauf gegen die Zeit, daher halfen ihnen ein paar von uns.

Für die Fische, die starben, bevor sie gerettet werden konnten, hoben die Jungen ein Massengrab aus. Sie schichteten die toten Fische darin auf und hielten eine Trauerfeier ab, mit Lesungen aus Jacks Bibel. »Meinen Frieden gebe ich euch«, las Jack traurig vor. »Euer Herz beunruhige sich nicht und verzage nicht.«

Shel hatte eine Tafel vorbereitet und seinen Vers in Blockbuchstaben darauf geschrieben. Er hielt sie sich vor die Brust, damit wir es lesen konnten.

VERKAUFT MAN NICHT FÜNF SPERLINGE FÜR ZWEI GROSCHEN? DENNOCH IST VOR GOTT NICHT EINER VON IHNEN VERGESSEN.

Wir fanden eine Luftmatratze, die sich in einer Bucht des Sees im Röhricht verfangen hatte. Es war so eine windige Matratze, wie man sie in einem Pool benutzt, gelb und schlammig. Auf ihr lag ein kleiner Mann.

Er hatte ein ausgemergeltes Gesicht und trug nur Cargoshorts, sodass seine dürre Brust und sehnige Beine zu sehen waren.

Er schien zu schlafen.

»Ist er tot?«, fragte Juicy.

»Nee. Die Brust bewegt sich«, sagte Sukey.

Jack legte neben mir nachdenklich den Kopf schief und tippte auf die Schultertasche, in der seine Bilderbibel steckte. Er mochte sie mittlerweile sehr – er nahm sie überall mit hin und blätterte sie so oft durch, dass sie schon ganz abgegriffen war. Mit seinem ersten Exemplar von *Das große Buch von Frosch und Kröte* hatte er es genauso gemacht. Er hatte es völlig zerlesen.

»In meinem Buch haben sie auch jemanden im Schilf gefunden! Ein Baby. Sie haben es zur Prinzessin von Ägypten gebracht«, erzählte er uns.

»Hier gibt es keine Prinzessin von Ägypten«, sagte Sukey. »Keine Prinzessin von irgendwas.«

»Alycia kam da noch am ehesten ran«, sagte Rafe. »Aber sie hat sich ja verpisst.«

»Was sollen wir jetzt mit ihm machen?«

Low beugte sich herunter und stupste ihn am Arm. Der kleine Mann regte sich, schlug die Augen auf und musste zweimal hingucken, als wir im Kreis um ihn herumstanden.

»Äh, hallo?« Er klang verschlafen.

»Ich bin Val«, sagte Val unerwartet freundlich. »Hallo.«

Offenbar mochte sie den kleinen Mann sofort.

»Vorsicht«, flüsterte Dee. »Das könnte ein Pädophiler sein. Ein Sittenstrolch.«

»Kein Sittenstrolch«, widersprach der kleine Mann. Er hob die Hände, mit den Handflächen nach oben. »Ich belästige niemanden.«

»Dee?«, sagte Sukey. »Versuch doch bitte ein Mal, ausnahmsweise keine Arschgeige zu sein.«

»Ich heiße Burl«, sagte der kleine Mann. »Ich glaube, ich wäre beinahe ertrunken. Herrgott. Ich habe einen Mordshunger.«

»Energieriegel?« Val hatte immer welche dabei, wenn sie kletterte. Sie zog ihn aus einer Cargotasche und reichte ihn ihm. Burt verschlang ihn gierig.

»Wohnst du hier in der Gegend?«, fragte Terry.

Burt nickte und nutzte die Hand, mit der er nicht aß, um sie zu schwenken.

»Im Wald?«, fragte Val.

Er nickte.

»Du meinst obdachlos?«, fragte Dee.

»Im Wald«, wiederholte er mit vollem Mund. »Ich bin Kajak gefahren. Es ist gekentert. Dann das Unwetter ...« Er schüttelte den Kopf, schluckte und schob sich den Rest des Energieriegels in den Mund.

»Was auch immer«, sagte Sukey.

»Schon okay«, sagte Val. »Überlasst ihn mir.«

Wir anderen widmeten uns wieder unseren Handys und der Nahrungsbeschaffung. So existierten wir: Wir kehrten regelmäßig ins Haus zurück, um Wasser und Essen zu holen und die Handys zu laden.

Als ich Burl das nächste Mal sah, kletterte er mit Val auf einen Baum. Auch er war ziemlich gut. Der kleine Mann konnte echt klettern.

Bald darauf ging ich ins Haus, um auf die Toilette zu gehen, und musste mich durch eine Ansammlung von Eltern hindurchschlängeln. In der Eingangshalle standen State Troopers.

»Eve!«, brüllte jemand.

Meine Mutter.

»Macht es Jack Spaß?«, fragte sie.

Spaß?

Eigentlich wollte sie aber von mir, dass ich ihr nachschenkte. »Zwei Fingerbreit Bourbon«, sagte sie. »Orange Label. Pur.«

Ich nahm ihr das leere Glas ab, nur um einer Diskussion aus dem Weg zu gehen, und stellte es auf die Ablage neben der Spüle, während ich in aller Ruhe duschte. Es gab immer noch warmes Wasser – ein Wunder.

Als ich aus dem Bad kam, erwischte sie mich im Gang. Wahrscheinlich war sie auf dem Weg zur Hausbar.

»Wo hast du mein Glas hingestellt, Eve?«

»Solltest du nicht besser an deinen neunjährigen Sohn denken statt an deinen nächsten Cocktail? Im Ernst.«

»Mach dich nicht lächerlich«, sagte sie. »Ich weiß, dass er bei dir sicher ist. Du bist sehr reif für dein Alter.«

»Bitte.«

»Selbst deine Kindergärtnerin hat gesagt, du bist extrem frühreif. Mental und emotional. Sie wollten dich in die vierte Klasse stecken! Mit sechs Jahren!«

»Du schmeichelst mir, um keine Verantwortung übernehmen zu müssen? Das ist erbärmlich.« Ich drängte mich an ihr vorbei.

Am Ende des Gangs, versteckt hinter einer Büste von Susan B. Anthony, lauerte Terry.

Er hatte den ganzen Wortwechsel mitbekommen.

An dem Abend war alles zu nass für ein Lagerfeuer, aber Rafe wollte trotzdem Flammen sehen. Er wollte die Tatsache feiern, dass er es bis in die Runde der letzten zwei geschafft hatte.

Nur noch er und Sukey waren im Spiel.

Also stellten wir uns um einen Grill, den er im Gewächshaus aufgebaut hatte. Das Dach des Gewächshauses war schon vor dem Unwetter eingestürzt und bestand mittlerweile fast nur noch aus Löchern.

Er verfeuerte etwas, das verdächtig nach Möbelteilen aussah. Auf dem zweiflammigen Campingkocher machten wir Wasser warm und kochten Ramen aus Tüten. Wir aßen und hörten dazu Musik aus Davids puckförmigem Lautsprecher.

Als Val und Burl auftauchten, ließen wir Bierdosen von den Eltern herumgehen.

Burl war voll bekleidet. Vielleicht hatte er Sachen von Val an.

»Wir haben etwas gesehen«, sagte Burl.

»Eine Vision? Die hab ich auch«, sagte Low.

»Wir haben einen Busch gesehen«, sagte Val.

»Wow«, meinte Sukey. »Sensation!«

»Wir wissen nicht genau, was für eine Art«, berichtete Burl. »Er hatte leuchtend orange Blüten.«

Val echote: »Orange Blüten.«

»Wir wollten wissen, wie viele Bäume umgestürzt sind. Dabei haben wir den Busch entdeckt. Und darüber war ein Insektenschwarm. Ein Riesenschwarm summender Mücken. So ein Mückenschwarm ist mir noch nie untergekommen«, sagte Burl.

Er hielt inne, schien aber noch mehr sagen zu wollen.

»Okay«, sagte Sukey. »Und?«

»Ich glaube, wir müssen weg. Weg von hier.«

»Wo hier?«, fragte Terry. »Von den Vereinigten Staaten?«

»Vielleicht hat er ja ein Refugium«, sagte Jen hoffnungsvoll.

»Also bitte«, sagte Dee. »Er ist obdachlos.« Sie spritzte sich Handdesinfektionsmittel auf die Arme.

»Weg von dem Haus«, sagte Burl. »Weg vom stehenden Wasser. Eure Eltern auch. Angeblich gab es doch einen Vorfall mit MDMA ...? Sie scheinen nicht, na ja ... gut ausgerüstet zu sein.«

»Verdammt, Burl«, sagte Sukey. »Das sind keine neuen Informationen. Aber danke für die moralische Unterstützung.«

»Von uns haben nur zwei einen Führerschein«, meinte Rafe beinahe entschuldigend. »In zwei Autos passen wir nicht alle rein.«

»Ich kann fahren«, sagte Burl.

Wir sahen einander im Schein der Flammen an.

»Wenn einer von uns den Van fährt ...«, überlegte Low.

»Aber wo sollten wir hin?«, fragte Jen. »Und was würden wir machen, wenn wir dort ankommen?«

»Da ist Unheil im Anzug«, sagte Burl.

So hörte es sich irgendwie echt an. Es hörte sich an, als wüsste er etwas.

»Ist das Unheil nicht schon da?«, sagte Sukey.

»Vielleicht ist es eine Plage«, sagte Jack.

»Eine Plage?«, fragte Dee und hörte auf, sich mit Desinfektionsmittel einzureiben. »Eine Seuche? Bakterien? Viren? Was denn für eine Seuche?«

»Ich bin dabei«, sagte Sukey. »Buchen wir.«

»Jetzt komm aber«, sagte Dee. »Wir sollen machen, was irgend so ein Obdachloser sagt?«

»Ich bin nicht obdachlos«, sagte Burl. »Ich bin Aufseher. Ich wohne in einer Hütte. Mit Heizung.«

»Bist du etwa der Gärtner?«, fragte Sukey.

»Der Typ, der Alycia zu dem Kinderschänder gebracht hat?«, fragte Jen.

Burt fiel die Kinnlade herunter. Er schüttelte den Kopf. »Sie hat gesagt, sie braucht ein Asthmamedikament!«

»In meinem Buch gibt es Plagen«, sagte Jack.

»Eve. Erzähl es deinem kleinen Bruder.« Sukey zerdrückte eine Bierdose mit dem Fuß. »Die Einzigen, die die Bibel wörtlich nehmen, sind Inzestidioten aus Alabama. Und prügelnde Ehemänner in Tennessee.«

»Deine Familie ist noch nicht mal christlich, Jack«, sagte Jen. »Das hat mir Eve erzählt. Und dein Bilderbuch ist keine Gebrauchsanweisung.«

»Hack nicht auf meinem Bruder rum«, sagte ich.

»Im Buch heißt es Gott«, sagte Jack. »Aber Shel und ich wissen: Gott ist ein Codewort. Wir haben es rausbekommen!«

»Erzähl«, forderte Jen ihn auf.

»Sie sagen Gott, aber sie meinen die Natur.«

Shel machte Gebärden.

»Und wir glauben an die Natur«, übersetzte Jack.

»Okay«, sagte Terry. »Und was ist mit Isaak und Abraham? War es etwa die Natur, die einem Typ gesagt hat, er soll seinen Sohn mit dem Messer abstechen?«

Shel machte noch mehr Gebärden. Aufgeregt sprang er auf.

»Die Natur wird falsch interpretiert«, sagte Jen.

»Meint Shel.«

»Außerdem ist es eine Geschichte«, fügte Jack hinzu.

»Das sind Symbole.«

Ich war beeindruckt.

»Ich jedenfalls«, unterbrach Burl, »ich habe hier kein gutes Gefühl. Ich kenne mich hier aus. Wir müssen weg.«

»Wir könnten ja vielleicht …«, begann Dee, dann verstummte sie zögernd.

»Was denn?«, sagte Sukey. »Spuck's aus.«

»… es ihnen sagen? Es den Eltern sagen?«

Rafe schüttelte den Kopf. Juicy gluckste.

»Was, ihnen erzählen, dass so ein obdachloser Typ meint, es ist Zeit zum Aufbruch?«, sagte Low.

»Nicht obdachlos«, sagte Burl ruhig. »Ich mein' ja nur. Ich bin kein obdachloser Sittenstrolch.«

Jacks große Sorge galt den Tieren. Wenn sie nicht mitkommen könnten, könnten Shel und er nicht weg von hier. Die Tiere bräuchten Schutz.

Die kleinen Jungs blieben stur, und ich gab letztendlich nach: Wie wäre es, wenn wir ihre Tiere in den Van luden? Rafe und David hatten beide einen richtigen Führerschein, aber Sukey und ich konnten notfalls auch fahren. Wir hatten Lernführerscheine.

Zum Schluss mussten wir noch entscheiden, wohin wir fahren sollten. Wir mussten den anderen verraten, wo wir wohnten, und die beste Wahl treffen. 101

Schließlich trug Juicys Haus den Preis davon: eine Villa in Westchester County. Er hatte einmal »nördlich von Harlem« gemurmelt – wahrscheinlich hatte er damit seine Street Credibility aufrechterhalten wollen. Die ein reines Fantasieprodukt war. Er wohnte in einem Zehnzimmerhaus in Rye.

Wie gewöhnlich war Terry der Wortführer. Wir gingen mit ihm ins Sommerhaus, nachdem wir die Autos fertig gepackt hatten. Von den Eltern war es niemandem auch nur aufgefallen.

Davids Mutter lag mit einer kalten Kompresse auf der Stirn auf einer Couch in der Bibliothek. Andere Mütter und Väter liefen ziellos herum, wie unprogrammierte Roboter.

»Entschuldigung? Hallo, hallo?«, sagte Terry.

Niemand hörte auf ihn.

»Nimm die da«, sagte Sukey.

Sie reichte ihm eine Alarmpfeife. Die Eltern riefen damit immer zum Abendessen, aber von uns hatte sie noch nie jemand auch nur in die Hand genommen. Als sie auf einmal ertönte, liefen die Eltern zusammen. Verwundert und verärgert.

Die David-Mutter sprang vom Sofa auf.

»Amy? Geht es um Amy?«

»Nein«, sagte David.

Sie versank wieder.

Terry wies darauf hin, dass das Haus zwei klaffende Löcher hatte, von denen eines unseren Schlafbereich zerstört hatte. Der Garten sei ein Schlammloch, umgeben von umgestürzten Bäumen. Der Keller sei mit toxischem Flutwasser vollgelaufen, das einen halben Meter hoch stehe, und defekte Stromleitungen stellten eine ernsthafte Gefahr dar. Womöglich sei das Leitungswasser nicht mehr trinkbar. Sie hätten weiterhin keinen Strom. Alles in allem habe sich unser Ferienparadies in die Hölle verwandelt. Und mit den Insekten werde es immer schlimmer, fügte er hinzu. Sie könnten Krankheiten übertragen.

Könnten wir bitte weg von hier?

Für mich klang das vernünftig.

Aber die Eltern schüttelten den Kopf.

»Selbst wenn die kleine Amy nicht vermisst würde – wir müssen die Schäden reparieren, sonst erhalten wir die Kaution nicht zurück«, sagte eine Mutter.

»Wenn die Hausverwaltung ihre eigenen Baufirmen beauftragt, müssen wir einen Wucherpreis dafür bezahlen«, sagte ein Vater.

»Dazu käme der Verstoß gegen den Mietvertrag. Wie hoch war da die Strafe noch mal?«

»Ich glaube, siebzigtausend.«

»Mindestens.«

»Es ist schlichtweg unmöglich, jetzt zu gehen.«

Den Jachteltern wäre das scheißegal gewesen, dachte ich. Für die waren siebzig Riesen nur ein kurzer Privatflug zum Abendessen nach Paris.

Bevor wir aufbrachen, ritzten wir noch unsere Initialen in die durchnässten Pfosten der Arche. Der Abschied vom Haus war wehmütig: Es war überschwemmt, kalt und dunkel und mit Brettern vernagelt, aber früher hatten dort glanzvolle Feste stattgefunden.

Vor über einem Jahrhundert seien Imperiumsgründer und Kriminelle, berühmte Künstler und Schauspieler und Arschkriecher in ihrer ganzen Pracht unter dem Roosevelt-Kronleuchter gewandelt, sagte Terry.

Und in der Zukunft, fuhr er fort, würde vielleicht Partyvolk einer neuen Generation nachfolgen. Ganz ähnlich wie wir, aber uns für immer fremd, würden sie unsere Namen betrachten und sich fragen, wer wir gewesen waren.

»Vielleicht gibt es nach uns niemanden mehr«, sagte Rafe. »Vielleicht sind wir die Letzten.«

»Der Meeresspiegel steigt«, sagte David.

»Die Plagen kommen«, meldete sich Jack zu Wort.

»Auch diese Bäume werden umstürzen«, sagte Jen.

Sie wussten nicht, ob sie nur Spaß machten.

Burl bot sich an, den Van zu fahren, mit den kleinen Jungs und ihrem Zoo hinten drin. Ich weiß immer noch nicht, wie sie die Schleiereule reingelockt hatten, aber als ich vorne auf den Sitz rutschte und mich umdrehte, hockte sie hinter uns auf einem Ast, der zwischen zwei Käfigen klemmte. Auf der Fahrt über die bogenförmige Zufahrt in Richtung der Geraden entdeckte ich ein paar Eltern, die aus dem Haus rannten und wild mit den Armen fuchtelten. Natürlich nicht meine Eltern.

Ich dachte: Na ja, die werden sich dran gewöhnen. Kinder werden erwachsen. Kinder gehen weg.

Die finden uns schon, dachte ich. Wenn wir das wollen.

Auf der unbefestigten Zufahrt, die sich durch den

Wald bis zum Rand des Anwesens schlängelte, stand Wasser. Vor uns versank ein Auto mit zwei Rädern im Schlamm. Juicy und Val stiegen aus und stießen einen Ast unter einen Reifen, aber der Motor drehte immer wieder durch. Burl musste rausspringen, um mit Hand anzulegen.

Während ich wartete, bis er fertig war, sah ich, dass ein paar Eltern den Abstand zu uns verringerten – drei waren es. Sie rannten, denn wir hatten die Schlüssel der Autos versteckt, die wir zurückgelassen hatten. Wo genau, das wollten wir ihnen erst aus sicherer Entfernung schreiben.

Es war höchst ungewöhnlich, Eltern rennen zu sehen.

Einige von uns waren wie gebannt von dem Anblick.

Dann stieg Burl wieder ein, und wir bauten unseren Vorsprung aus. Rostrotes Wasser spritzte rund um den Van hoch, aber wir gewannen an Fahrt. Wir gingen nicht in den Wellen unter.

5 Nach zwanzig Minuten wurden wir wieder aufgehalten. Quer über der Straße lagen noch mehr
Bäume – sie waren anscheinend erst vor Kurzem umgestürzt. Sie hatten eine Stromleitung mitgerissen,
und über dem Berg von Blättern sprotzelte und funkte
es.

Neue Route, schrieb ich der Gruppe und fuhr mit
dem Finger auf der Karten-App herum.

Aber die alternativen Strecken leuchteten alle rot
und waren mit diversen Warnzeichen versehen.

Wir stiegen aus den Autos aus, bis auf Jack und
Shel, die nach den Tieren sehen wollen, und versammelten uns auf der Straße, wo wir unsere verschiedenen Karten-Apps abglichen.

Keine der Routen sah vielversprechend aus.

Einige von uns traten gegen die Reifen. Es konnte ja
wohl nicht angehen, dass wir zu den Eltern zurückfah-
ren mussten. Wir würden uns vorkommen wie Loser
mit eingezogenen Schwänzen.

Und was noch wichtiger war, wir wollten einfach
nicht.

»Ich kenne da einen Ort«, sagte Burl nach einer
Weile.

»Einen Ort«, wiederholte Val aufmunternd.

»Eine Farm«, sagte er. »Mit Feldern. Einer Scheune. Im Landesinneren. Sicherer. Weiter weg vom Meer.«

In der Scheune dort gebe es eine Menge Stroh, auf dem wir schlafen könnten. Gemütlich klang das nicht gerade. Und dazu Fliegen, Kakerlaken, Spinnen und womöglich Feuerameisen.

Juicys Villa hatte Matratzen aus Memory-Schaum, King Size. Und einen Infinitypool.

»Gibt es da auf der Farm auch Kühe?«, fragte Rafe.

»Die machen mich depressiv. Todeskandidaten. Null Ausnahmen. Entweder schießt man dir in den Kopf, wenn du zwei bist, oder man lässt dich leben, bis du fünf bist. Dann wirst du als Zuchttier verwendet, und sie nehmen dir alle deine Kinder weg. Saugen dir die Milch raus, die eigentlich für sie gedacht war. Und danach stirbst du.«

»Ich wusste gar nicht, dass du Veganer bist«, spöttelte Sukey.

»Wem gehört denn die Scheune?«, fragte Dee.

»Einer reichen Frau. Sie ist Hobby-Landwirtin«, sagte Burl. »Ich mache Instandhaltungsarbeiten für sie. Gerade ist sie nicht da. Sie wohnt in TriBeCa.«

Die Karten-App zeigte uns eine genaue Strecke, als Burl die Adresse eingab – nicht dass man der App hätte trauen können. Wir sollten unter anderem über die Funken sprühende Stromleitung schweben.

»Es wäre ja nicht für lange«, fügte Sukey hinzu. »Irgendjemand wird die Bäume doch wegräumen, oder? Dann ziehen wir aus der Scheune aus und fahren zu Juicys krassem Haus. Okay?«

Juicy war stolz.

Burl wendete schnell den Van und gab Gas. Er fuhr gerne draufgängerisch.

Irgendetwas roch ganz übel.

»Der Hase hat eine Schweinerei angerichtet«, gab Jack zu.

»Das ist keine Kaninchenkacke, Junge«, sagte Burl. Er schien sich da auszukennen.

»Und das Opossum auch. Und das Stinktier. Sie haben Angst.«

»Das Stinktier?«, fragte Burl.

»Da hinten ist ein Stinktier?«, echote ich.

»Sie ist ein nettes Stinktier«, meinte Jack.

»Ich hab mich schon gefragt«, sagte ich zu ihm. »Um die Tiere zu retten, müsstet ihr dann nicht jeweils zwei haben? Wird das später nicht ein Problem, wenn ihr nur eines rettet?«

Jack sah mich verblüfft an.

»Evie«, sagte er vorwurfsvoll. »Soll das ein Witz sein? Wir sind doch nicht die Einzigen.«

»Die einzigen wer?«

»Die sammeln. Es gibt noch viele andere, die das machen.«

»Woher weißt du das?«

»Du musst glauben, Evie.«

Burl und ich warfen uns einen verstohlenen Blick zu.

»Eins steht fest. Der taube Junge ist unglaublich«, flüsterte Burl mir zu. »Ich habe noch nie einen professionellen Fallensteller gesehen, der schneller war.«

108 »Ihr habt Fallen verwendet?«, fragte ich Jack.

Ich hatte mir immer vorgestellt, wie er und Shel mit weit ausgebreiteten Armen dastanden, und die Tiere spazierten hinein.

So abgelenkt war ich gewesen.

»Von Havahart«, sagte er. »In die größte passt ein Waschbär. Wir haben sie aus dem Geräteschuppen. Es wurde kein Tier verletzt, Evie! Die von Havahart sind echt gut.«

»Anscheinend.« Burl schüttelte den Kopf. »Ein Stinktier, hier drin. Bei uns. Verdammt.«

Danach fuhr er weniger draufgängerisch.

Die Scheune war rot gestrichen, und daneben stand ein weißes Cottage, das bis zum Dach mit Efeu bewachsen war. Ein altes metallenes Getreidesilo ragte auf. Das Ensemble sah beinahe malerisch aus.

Und es waren keine Bäume umgestürzt. Dadurch fühlte sich alles gleich ganz friedlich an. Fast wie eine Oase. Es war völlig still, bis auf einen leichten Wind im Wald auf der anderen Seite des Feldes und eine Sirene in der Ferne.

Am Rand des Feldes grasten drei Esel. Ich deutete auf eine Gruppe Schafe. Sechs oder sieben waren es.

»Das sind keine Schafe. Das sind Ziegen«, sagte Jack.

»Wie kannst du sie unterscheiden?«

»Ziegen stellen den Schwanz auf, Evie! Schafe lassen den Schwanz hängen.«

Burl zeigte uns einen Generator hinter dem Cottage, den er anschloss, damit der Kühlschrank kalt wurde. Wir hatten uns ein paar Kartons Milch und Butterpackungen mitgenommen. Die Scheune bestand aus zwei Reihen Boxen und einem Heuboden, ein paar verstaubte landwirtschaftliche Geräte standen herum. Wir stiegen die Leiter zum Heuboden hinauf. Dort lagen Heuballen, wie versprochen.

Außerdem gab es zwei ATVs, die sich Low und Juicy gleich schnappten. Sie waren elektrisch, mit Anlassertaste. Dee entdeckte an Haken gehängte Helme und redete den beiden so lange ins Gewissen, bis sie sie aufsetzten, bevor sie schlingernd über die Weide fuhren.

Ein paar von uns hielten sich in der Küche des Cottage auf, wo wir unsere Handys laden konnten. Der Empfang war nicht gut genug, um zu telefonieren – die Sprachnachrichten der schimpfenden Eltern kamen nur bruchstückhaft an, was völlig in Ordnung war –, aber wir konnten surfen.

Das Unwetter hatte die New Yorker U-Bahn-Tunnel überflutet, und in Boston war der Fluss über die Ufer getreten. Autofahrer wurden durch Stromschläge von gekappten Elektroleitungen getötet, und Autos, Mülltonnen und Haustiere waren durch Straßen geschwemmt worden, die aussahen wie reißende Flüsse.

Wir sahen Videos von einstürzenden Häusern.

»Meint ihr nicht, dass sie vielleicht einfach immer wieder dieselben Aufnahmen vergangener Hurrikans senden?«, fragte Sukey.

Normalerweise zeigten die Bilder Florida oder Louisiana oder andere Orte, an denen niemand von uns wohnte. Jetzt schien es sich um näher gelegene Gebiete zu handeln. Nadelbäume peitschten im Wind, nicht Palmen.

Krawalle, meldeten sie. Plünderungen. Ausnahmezustände. Der Präsident hatte Geld versprochen.

»Irgendwann ist kein Geld mehr übrig«, verkündete Terry.

»Nicht mal mehr die Apps werden noch funktionieren«, fügte Sukey hinzu.

Wir waren niedergeschlagen, in dem Cottage dort. Niedergeschlagen und unsicher. Aber auf jeden Fall froh, dort zu sein.

Doch weiter draußen, jenseits unseres Blickfelds, gab es immer weniger Optionen. Die Auswahlmöglichkeiten wurden eingeschränkt.

Ich lehnte mit meinem Handy am Tresen. James hatte auf Instagram kuratierte Bilder von seinem Missgeschick auf dem Meer gepostet.

»Schaut euch das mal an«, sagte ich.

Da war er, auf einem Selfie, mit nacktem Oberkörper vor einem Gewitterhimmel und perfekt gefiltert. Einen Arm hatte er emporgereckt, sodass seine wohlgeformten Brustmuskeln zu sehen waren. Er hielt eine orangefarbene Fahne hoch, mit einem schwarzen Quadrat und einem Kreis darauf.

#sos, hatte er als Kommentar daruntergeschrieben. Er lächelte.

Alycia war im Profil zu sehen, in einem wehenden, geschlitzten weißen Kleid, das ihre schlanken Beine zeigte.

#göttin.

Dann waren da noch zwei Gesichter, die Wange an Wange in die Kamera blickten: ein viel zu braun gebrannter älterer Mann, fratzenhaft und glänzend, und die Trophäenfrau. Sie hielten Champagnerflöten in den Fingern, an denen lauter Klunker blitzten.

#ichliebemeineschiffbrüchigeneltern.

»Hashtag Arschkriechen«, sagte Rafe.

»Eltern? Die ist doch gar nicht seine Mutter!«, sagte Sukey.

»Vielleicht hat sie ihn mit drei gekriegt«, meinte Jen.

Ich schloss die App.

»Hinter der Weide im Osten sind gute Kletterbäume«, sagte Burl zu Val.

»Gute Kletterbäume«, sagte Val.

Ich folgte den beiden nach draußen und stellte mich unter einen hölzernen, mit kleinen Rosen bewachsenen Gitterbogen im Garten des Cottage. Ich sah ihnen zu, wie sie an einer eingezäunten Fläche vorbeigingen, wo etwas Gemüse wuchs – hohe Maispflanzen in Reihen, dunkle Gewächse, die, wie ich später erfahren sollte, Grünkohl und Mangold waren. Bienen flogen herum, Weinreben kletterten an den Zäunen hinauf und hingen in grünen Strängen herunter.

Als die Baumbezwinger zusammen über das Feld zogen, empfand ich eine überraschende Zuneigung für sie. Zwei kleine Gestalten, ein wenig gebeugt, sie hätten verwandt sein können. Hätten eng beieinander in einem Affenstamm aufwachsen können. Bescheidene, leistungsfähige Kletterer, zu Hause oben in den Baumkronen.

Wir hatten es bis zur Farm geschafft, und zwar nur dank Burl. Die Straßen dort draußen hatten sich in Sackgassen verwandelt. Ohne ihn wären wir immer weitergefahren und nirgendwo angekommen. Einzig wegen Burl, Burl und dem Funken Energie, den sein Wissen darstellte, hatten wir eine Zuflucht.

Jack und ich stellten gerade Tierkäfige in der Scheune ab, da hupte ein Auto. Ich ging durch die knarrende Holztür hinaus. Mich erwartete ein gefürchteter Anblick: eine Mutter.

Die dicke.

Sie stieg aus dem Auto aus und stellte sich hin, die Hände in den Hüften, rot im Gesicht. Sie trug ein langes, wallendes Kleid, als hätte sie den Kleiderschrank der Bauernmutter geplündert.

»Sukey!«, brüllte sie. »Sukey!«

Also war sie doch Sukeys Mutter.

Da hatte Sukey aber gut geblufft. Und zwar lange. Niemand hatte ihren Bluff durchschaut, und Bluffen war erlaubt.

Doch jetzt hatte sie verloren. Eine üble Schlappe kassiert.

Wie sich herausstellte, hatte uns die dicke Mutter mit der Ortungsfunktion ihres Handys gefunden. Die beiden schrien sich im Garten an. Wir würden auf keinen Fall zum Sommerhaus zurückkehren, brüllte Sukey, ihre Mutter könne sich das abschminken. Wir hätten Autos gestohlen und müssten sie zurückbringen, schrie ihre Mutter. Das sei faktisch Diebstahl! Sie könnten uns anzeigen!

Träum weiter, sagte Sukey.

Die anderen kamen nacheinander aus dem Cottage und der Scheune, nur Val und Burl nicht, die klettern waren. Juicy stellte sogar sein ATV ab. Wir wollten vor allem die Show der dicken Mutter sehen. Aber wir waren auch aufgeregt. Uns drohte ein Nachspiel.

»Und was macht ihr hier? Das ist Hausfriedensbruch!«, schrie die Mutter. »Ihr könntet festgenommen werden! Wollt ihr in den Jugendarrest?«

»Ach bitte«, sagte Sukey. »Du weißt, dass ich schon eine sichere Zulassung für die Brown habe.«

»Glaubst du denn, das verleiht dir Immunität?«

»Wir kennen die Besitzerin, also ja«, sagte Sukey, womit sie es mit der Wahrheit nicht ganz so genau nahm. »Alles gut.«

»Quatsch«, sagte ihre Mutter.

»Doch, wirklich«, beharrte Sukey. »Eine Hobby-Landwirtin aus SoHo!«

»Eigentlich war es TriBeCa«, sagte Terry.

»Dann lasst mich mit ihr sprechen«, sagte die Mutter.

»Sie ist gerade nicht da«, sagte Sukey. »Offensichtlich.«

»Ich mache mir Sorgen.« Der Tonfall der Mutter veränderte sich. Ihre Stimme bebte. »Wir machen uns Sorgen um euch.«

Damit hatten wir nicht gerechnet.

»Ha«, lachte Sukey. Streitlustig. Ungläubig.

»O nein!« Die Mutter krümmte sich.

»Was.« Sukey verschränkte die Arme.

»O nein. Meine Fruchtblase ist geplatzt!«

Wir starrten sie alle an. Ich kann wohl behaupten, dass sich alle dachten: Was ist das jetzt für ein Scheiß?

»Tust du jetzt so, als ob?«, fragte Sukey. »Der Termin ist doch erst in einem Monat!«

Die dicke Mutter war also gar nicht so dick.

Beziehungsweise war sie es nur vorübergehend.

Dann sahen wir das sogenannte Fruchtwasser. Wir sahen es, und es gefiel uns nicht.

»Au, au«, stöhnte Sukeys Mutter. »Eine Wehe.«

»Verdammt«, sagte Sukey. »Verdammt! Du vermasselst auch alles! Wieso musstest du unbedingt hierherkommen? Mann!«

»Du musst mich fahren. Au! Du musst. Ich kann jetzt nicht fahren. Du MUSST mich fahren, Sukey!«

Sukey sah uns alle an. Verzweifelt.

»Du kannst ja jederzeit zurückkehren«, schlug ich vor.

Aber es klang nicht ansatzweise machbar.

Sukey trottete in die Scheune und kam mit ihrem Matchsack heraus. Sie blickte zu Boden. Schüttelte geschlagen den Kopf.

Dann stiegen sie ins Auto, die Mutter mit Mühe.

Und Sukey fuhr los.

Es war nur eine Frage der Zeit, bis andere Eltern auftauchten. Wir sollten auch los, meinte Rafe – den Flugmodus einschalten und ab.

Er hatte kaum den Mut, seinen Sieg zu feiern. Das Spiel war aus, aber das Ende hatte niemanden von uns glücklich gemacht.

Also versammelten wir uns bei Einbruch der Dunkelheit um ein Lagerfeuer und versuchten, für den nächsten Morgen eine Route zu Juicys Villa zu finden.

Nicht einmal unsere Strecke von vorher, die mit den Funken sprühenden Stromleitungen und den umgestürzten Bäumen, wurde angezeigt.

Juicy wollte das Gras der Eltern rauchen, aber wir stimmten dagegen. Wir müssten einen klaren Kopf bewahren, sagte Terry.

Er versuchte, Jen den Arm um die Schultern zu legen, aber sie schüttelte ihn ab. Genervt.

»Die würden ja wohl keine Gewalt anwenden, oder?«, fragte Rafe.

»Sie können uns nicht austricksen«, sagte Terry.

»So ein Quatsch. Wenn Sukeys Mutter das geschafft hat, schaffen es alle«, sagte Jen. »Die ist doch grenzdebil.«

Es war vertrackt mit der Technik. Wir konnten uns nicht völlig isolieren, meinte David, außer wir schalteten die Handys ab oder warfen sie weg.

»Vielleicht bleiben wir einfach hier, obwohl sie es wissen«, schlug Dee vor. »Die Polizei werden sie ja wohl kaum holen.«

»Wir stehen für sie nicht an erster Stelle«, sagte David. »Außerdem sind sie noch auf der Suche nach Amy.«

Wir bemerkten Val am Rand des Lichtkreises. Und Burl. Sie waren zurückgekommen.

»Wir sind einen Berg hoch«, sagte Burl.

»Einen Berg«, nickte Val. »Da sind wir hoch.«

»Einen Berg?«, fragte Low. »Hier gibt es einen Berg?«

»Ein paar Meilen entfernt. Oben steht ein Mobilfunkmast«, sagte Burl. »Der Empfang ist stabil. Ich habe mit der Besitzerin telefoniert. Sie hat gesagt, ich soll ein paar Grundregeln weitergeben, wenn wir bleiben.«

Val trat näher ans Feuer und zog die Ärmel ihres Sweatshirts hoch. Sie hatte sich in kleiner Schrift Wörter auf die Haut geschrieben. Mit Kugelschreiber. Zuerst versuchte sie, den rechten Arm zu entziffern.

»Die ersten Regeln. Also. Ihr gehört das alles hier. Deshalb müssen wir machen, was sie sagt. Und wir müssen sie respektieren.«

»Aber wie würde sie es erfahren, wenn nicht?«, fragte Juicy.

Val zuckte mit den Achseln. »Kein Lärm am Wochenende.«

»Falls die anderen Leute aus der Stadt es hierher schaffen«, erklärte Burl. »Die Wochenendgäste haben gerne Ruhe und Frieden.«

»Dann«, las Val vor, »respektiert die Älteren.«

»Hm. Das ist leichter gesagt als getan«, meinte Rafe.

»Hey, ich zähle«, sagte Burl. »Versucht einfach, mich zu respektieren.«

»Kein Verstoß gegen das Gesetz«, sagte Val und wechselte vom rechten Arm zum linken. »Und kein Sex.«

»Was?«, kreischte Jen.

»Puritanisch«, sagte Terry.

»Frigide«, sagte Juicy.

»Das war respektlos. Ihr habt schon Regel Nummer zwei gebrochen«, sagte Jen.

»Die anderen lauten: Klaut ihr nichts. Erzählt ihr, was los ist, wenn sie sich meldet. Und versucht nicht, Kontakt zu den Kindern der Nachbarn aufzunehmen. Oder die Nachbarn zu beklauen.«

»Mit den Nachbarn hat sie es ja«, sagte David.

»Und Sex«, sagte Jen. »Wieso kümmert sie das überhaupt?«

»Was sollte man hier klauen?«, fragte Rafe. »Esel?«

»Das war's.« Val schob ihre Ärmel wieder hinunter.

»Gibt es was zu essen?«

»Welche Strafe droht denn, falls wir gegen die Regeln verstoßen?«, fragte Dee.

»Genau. Gibt es Strafen?«, fragte Juicy.

»Wie kann sie uns bestrafen, wenn sie gar nicht da ist?«, fragte Jen.

»Überwachung?«, fragte David.

»Hey, Evie!«, rief Jack. Er war gerade aus der Scheune gekommen, und Shel folgte ihm. »Wir haben den Verband abgemacht. Sie fliegt!«

Ein undeutlich zu erkennender Vogel flatterte von ihnen weg auf das Dach. Er landete und blieb ganz oben hocken.

Das ist ja schnell geheilt, schoss mir als Erstes durch den Kopf.

Als Zweites schoss mir durch den Kopf, dass es vielleicht die ganze Zeit über am Verband gelegen hatte.

Immerhin waren sie Kinder. Keine Tierärzte.

Aber ich sagte nichts. Natürlich nicht. Jack war mein lieber kleiner Junge.

»Unglaublich!«, sagte ich stattdessen.

Davids Handy pingte.

»Oh. Die Eltern werden krank«, las er vor.

»Wie krank?«, fragte ich.

»Fieber und Schüttelfrost. Kopfschmerzen.«

Wir sahen Burl an.

»Könnte alles Mögliche sein«, sagte er besonnen.

»Oder eine Seuche«, meinte Dee.

Wir saßen da und sagten wenig.

»Bitte was zu essen«, wiederholte Val.

»Der Topf steht auf dem Herd«, sagte Jen.

Val und Burl machten sich auf den Weg.

Wir anderen schwiegen. Ich hatte das mit der Seuche nicht ernst genommen. Für mich war das hauptsächlich eine Ausrede gewesen, um wegzukommen.

Jetzt war ich mir nicht mehr so sicher.

Ich war mir auch nicht sicher, was wir den Eltern schuldeten. Waren sie verzweifelt? Brauchten sie Hilfe?

Niemand wollte darüber sprechen. Aber wir dachten nach.

Dann bekam David wieder eine Textnachricht.

»Hm«, sagte er.

»Was?«, fragte Jen.

»Meine Mutter sagt, wir sollen jetzt nicht zurückkommen.«

»Was?«, fragte Rafe.

»Sie meint, es könnte ansteckend sein.«

Wir saßen in dem flackernden Lichtschein. Ich überlegte: die Eltern, ertappt bei einer selbstlosen Geste.

Fast wollte ich ihnen danken.

Nach einer Weile löschte Rafe das Feuer, und in dem Moment, als wir zurück zur Scheune gingen, sah ich den Himmel und zeigte hinauf. Wir blieben stehen und blickten nach oben.

»Verdammte Scheiße«, staunte Jen.

Über uns waberten Lichtwellen, grün und lila. Bänder und Strahlen. Wunderschön.

»Psychedelisch«, sagte Juicy.

»Unglaublich«, sagte David.

»Das ist die Aurora«, sagte Jack.

»*Aurora borealis*«, sagte Terry.

»Ich dachte, die gibt es am Nordpol«, widersprach Jen.

»Und am Südpol«, sagte Rafe.

»Ja. Die Pinguine können sie sehen«, sagte Jack.

»Mein Verwandter hat sie gesehen. Als er die sibirische Steppe erobert hat, vor tausend Jahren«, sagte Low. »Er hieß Dschingis Khan.«

Alte Banane.

»Wo sind wir eigentlich?«, fragte Jen.

Burl kaute auf irgendeinem Streifen herum. Vielleicht war es Beef Jerky. Oder rote Lakritze.

»In Pennsylvania«, sagte er. »In der Nähe der Staatsgrenze.«

»Kommt das Leuchten vom Unwetter?«, fragte Jen.

»Ist das ein Zeichen?«, fragte Low.

»Das bezweifle ich.« Burl kaute weiter. »Rein technisch sind das magnetische Aktivitäten auf der Sonnenoberfläche. Vielleicht ein solares Maximum.«

Er war ganz schön schlau, für einen Gärtner.

Lange nachdem die anderen in ihre Schlafsäcke und Zelte geschlüpft waren, legte ich mich draußen ins Gras und betrachtete die grünen Wellen. Endlich hatte ich Zeit für mich.

Es war die beste Lightshow meines Lebens.

Dschingis Khan hatte die Wellen gesehen, wenn man

Low glauben konnte. Die Inuit hatten sie gesehen. Walrosse und Pinguine. Und jetzt sah ich sie. Aber wer würde sie später noch sehen?

Ich stellte mir funkelnde Plattformen im Weltraum vor, silberne Luftschiffe, die vor den Milliarden Sternen vorüberzogen. Ich dachte an Kletterpflanzen, die Ruinen von Gebäuden und Denkmälern überwucherten.

Etwas juckte mich, und ich dachte: Krabbelt da eine Zecke auf mir herum? Genau jetzt? Gräbt sie sich in meine Haut?

Und dann dachte ich: Moment. Vergiss die Zecke. Warum beschweren wir uns ständig? Wir dürfen leben.

6 Im Traum freute ich mich, Sukeys Gesicht zu sehen. *Du liebe Sukey*, dachte ich im Halbschlaf. Unsere Anführerin. Du liebe Anführerin. Sie fehlte mir jetzt schon. Um ihr Gesicht war ein Strahlen, und irgendetwas pikste mich am ganzen Körper. Ich musste die spitzen Dinger rausholen.

Es waren Strohhalme, denn ich lag auf dem Heuboden und war von meiner Isomatte gerollt.

»Scheiße«, sagte das Gesicht.

Sie war es also wirklich.

Ich rappelte mich auf. Sie kniete neben mir und schnaufte, weil sie gerade die Leiter hochgeklettert war. Ihre Taschenlampe blendete mich.

»Wir konnten nirgendwo hin«, keuchte sie. »Nicht einmal zurück zum Haus. Weißt du noch, die Brücke über den Fluss, die wir beim Herweg überquert haben? Sie ist eingestürzt! Mindestens zur Hälfte weg. Ich habe es auf sämtlichen Strecken versucht. Aber sie kann nicht mehr laufen. Ich musste sie praktisch hereintragen.«

»Bekommt sie immer noch ein Kind?«

Was soll ich sagen, ich war schlaftrunken.

»Sie sitzt unten. Was mache ich jetzt?«

»Was ist denn mit deinem Stiefvater? Wo ist er denn?«

»Er ist nicht mein Stiefvater.«

»Egal, Suke. Der Vater des Kindes.«

»Sie haben sich getrennt. Sie hat herausgefunden, dass er eine andere hat.«

»Was, bei der Ecstasy-Nummer?«

»Nein. Schon vor dem Sommer. Egal. Er hat gesagt, er wollte das Kind nie. Dann ist er in die Stadt abgehauen, als sie Vorräte für das Unwetter eingekauft haben. Im Auto hat sie ständig davon geredet, aber ich habe nur gemeint, ich hätte ihr ja gesagt, dass das ein Arschloch ist.«

»Wir müssen den Notruf wählen.«

»Ich hab längst von unterwegs aus angerufen. Dauernd besetzt.«

»Versuch es weiter.«

»Aber die Wehen – die kommen jetzt quasi oft.«

Ich streckte den Arm aus und stupste Rafe. Ächzend wachte er auf. Dann stupste ich Jen.

»Stell dich an die Hochtür vom Heuboden, bis du drei Striche hast«, befehligte ich sie. »Wir brauchen einen Rettungswagen. Oder Medevac.«

Wir drei schnallten unsere Stirnlampen um und folgten Sukey die Leiter hinunter. Die anderen regten sich. Zwei Esel waren hereingelaufen.

Im Erdgeschoss saß Sukeys Mutter auf einer Decke, die gespreizten Beine vor sich ausgestreckt.

»Herrgott, ich danke dir für dieses lange Kleid«, murmelte Rafe.

Die Mutter wiegte sich stöhnend vor und zurück.

»Wir müssen sie ins Cottage bringen«, sagte Sukey. »Meint ihr nicht? Dort ist es sauberer.«

Die Mutter schüttelte den Kopf. »Ich bewege mich nicht von der Stelle«, sagte sie. Und stöhnte wieder. »Auf keinen Fall. Ich bewege mich nicht vom Fleck!«

»Bringt sie in diese Box dort«, rief Dee vom Speicher aus. »Die, wo kein Heu auf dem Boden liegt. Ich hab den Boden mit Bleiche geschrubbt, weil ich dort schlafen wollte. Dann bin ich trotzdem hier rauf. Es hat immer noch gestunken.«

Sukey und ich schleppten die Decke mitsamt der Mutter darauf, indem wir die beiden vorderen Ecken festhielten, so wie man ein schweres Möbelstück mit Hilfe eines Handtuchs oder eines Teppichs zieht.

Die Mutter kippte nach hinten und fiel um wie ein Sack.

»Ich hole Burl.« Val schwang sich von einem Deckenbalken herunter. Mittlerweile waren alle wach, bis auf die kleinen Jungs.

Wir setzten die Mutter wieder aufrecht, als wir die Decke geradegezogen hatten, dann lehnten wir sie an die Rückwand der Box. Ihre Augen waren geschlossen. Sie atmete laut.

»Kissen?«, fragte Sukey.

»Vielleicht Eis. Schau mal, wie sie schwitzt«, meinte Rafe.

»Wir haben kein Eis«, sagte David.

»Ich schlafe draußen.« Juicy zog seinen Schlafsack über den Boden und fegte damit Strohhalme, Staub und wahrscheinlich Eselsdung zusammen.

»Ich auch«, sagte Low. »Das ist echt eine heftige Nummer.«

»Und wie seid ihr geboren worden?«, brüllte Jen von der Heubodentür aus. »Glaubt ihr, euch hat der Storch gebracht? Blütenweiß, und Jungfrauenchöre haben ein feierliches Lied gesungen? Während er vorbeigeflogen ist und euch in ein goldenes Bettchen hat fallen lassen?«

»Es war vaginal«, sagte Sukey.

»Von wegen«, sagte Juicy. »Ich war ein Kaiserschnitt.«

»Warteschleife!«, rief Jen vom Heuboden aus herunter. »Ich hab die Warteschleifenmusik!«

Sukey wurde munter. Bis ihre Mutter schrie.

Und Burl eintrat. Ihm folgte eine kleine Gruppe schmuddeliger Leute, die wir noch nie gesehen hatten. Sie waren zu viert. Mit Bärten und fettigen Haaren. Hohe Rucksäcke ragten über ihre Schultern auf, und als sie näher kamen, roch ich Füße und Achseln.

Drei Männer und eine Frau, wenn ich die Geschlechter richtig erkannte. Nur die Bärte waren eindeutig. Haut und Haare und Kleider hatten allesamt dieselbe Farbe: Erde.

»Was sind denn das für Witzfiguren?«, fragte Sukey.

»Sie sind vom Appalachian Trail gekommen. Das sind Trail Angels«, erklärte Burl.

»Klingt ja schwul«, sagte Juicy.

»Ich hab dir doch gesagt, du sollst das Wort schwul nicht so gebrauchen«, schimpfte Rafe. »Jetzt muss ich Höllenfeuer auf deinen Blödkopf niederregnen lassen.«

»Was ist denn ein Trail Angel?«, fragte Jen.

»Sie gehen zu bestimmten Stellen auf den Trails und lassen Wasser und Essensvorräte da«, sagte Burl. »Als Spende. Für Fernwanderer. Die alle zweitausend Meilen zu Fuß zurücklegen.«

»Jemand läuft zweitausend Meilen?«, fragte Sukey.

»Die nennt man Thruhiker. Die meisten Trail Angels deponieren Sachen dort, wo sie mit dem Auto hinkommen. Die hier waren hartgesottener«, sagte Burl.

»Wir waren auf einer einwöchigen Rucksacktour, um Nahrungsmittel zu verteilen«, erklärte einer der Männer. »Wir waren gerade so gut wie durch, als das Unwetter kam.«

»Hey. Hat jemand eine medizinische Ausbildung?«, fragte Burl, an die Gruppe gewandt. »Wir haben eine Frau hier, die in den Wehen liegt.«

»Ich. Ich heiße Luca und habe ein paar Kurse als Rettungssanitäter gemacht«, sagte einer der Angels.

Sukey winkte ihn zu sich. Ihre Mutter schrie wieder – es war eher ein Brüllen.

»Ich tue mein Möglichstes.« Luca wuchtete seinen Rucksack herunter. Die anderen Angels setzten ihre Rucksäcke ebenfalls ab. Ich hätte Burl fragen können, wie er sie aufgegabelt hatte, aber ich war zu erleichtert, um auf den Gedanken zu kommen.

»Sukey! Ich brauche Sukey«, ächzte die Mutter.

»Ich bin gleich da«, sagte Sukey. »Ich wasche mir nur die Hände.«

»Wie ist die Adresse hier?«, rief Jen von oben. »Ich hab jemanden! Ich hab eine Vermittlung!«

Burt kletterte die Leiter hoch und nahm das Handy.

»Es ist eine unbefestigte Straße.« Er gab ein paar Fahrtanweisungen durch. »Der nächste Ort? Hm, na ja. Es liegt in einer menschenleeren Gegend. Aber östlich von uns gibt es einen Ort namens Alpha. Im Westen liegt Bethlehem.«

Zum Glück hatte Jack einen tiefen Schlaf.

Die meisten verließen die Scheune und meinten, dafür seien sie nicht zuständig. Ich fand, das galt auch für mich, aber Jen und ich mussten bleiben, weil Sukey uns darum bat.

Ein Rettungswagen tauchte nie auf.

Als der Kopf des Babys zu erkennen war und die Angels ermutigende Worte murmelten, ging ich aus der Box hinaus. Die Mutter wand sich und knurrte. Ich wollte alles sehen, nur das nicht, also suchte ich mir eines von Jacks braunen Säugetieren aus, vielleicht war es ein Murmeltier. Ich hockte mich neben seinen Käfig und versuchte, ihm ins Gesicht zu schauen, aber es hatte mir den Rücken zugewandt. Ich starrte sein Fell an. Wir waren beide Säugetiere, dachte ich.

Das hatten wir also gemeinsam.

Das Baby schrie.

So bekam Sukey eine Schwester. Aber ihre Mutter hörte nicht auf zu bluten.

Und so starb ihre Mutter.

Eine Weile fühlten wir uns ziemlich jenseits. Wahrscheinlich vor lauter Schock. Einerseits kannten wir Sukeys Mutter kaum. Sie hatte uns wie alle Eltern ziemlich genervt. Auch wenn ich darauf nicht näher eingehen wollte.

Andererseits war sie tot.

Sukey hatte ihre Mutter an sich auch nicht gemocht, aber so etwas reichte weit über »mögen« hinaus.

Irgendwer musste danach sauber gemacht haben. Ich sah nur ein rot getränktes Handtuch in einem Eimer. Jen und ich blieben bei unseren kleinen Brüdern, setzten uns zu ihnen und umarmten sie. Juicy und Low kamen einmal herein, sahen sich um und zogen mit hängenden Schultern wieder ab, traten aber noch nach dem Stroh.

Die Schleiereule flog über uns hinweg und hockte sich über der toten Mutter auf die offene Tür der Box. Der Leichnam war mit einem weißen Laken aus dem Bett im Cottage bedeckt.

Die Eule blieb. Hielt Wache.

Zum ersten Mal, seit wir auf dem Land waren, fühlte ich mich unsicher. Ich wusste nicht, ob es Angst war oder an dem Durcheinander lag.

»Evie«, sagte Jack. »Ist sie wirklich tot?«

»Ja, leider, Jack.« Da gab es nichts zu beschönigen.

»Warum ist sie gestorben, Evie?«

»Sie hat sehr viel Blut verloren.«

Er fing an zu weinen, und ich zog ihn zu mir auf den Schoß und schaukelte hin und her. Halb für ihn, halb für mich.

Ich versuchte, mich zu beruhigen, indem ich mir alltägliche, geordnete Systeme vorstellte: mein Zimmer zu Hause, die Kommode, den Spiegel, den Schrank. Die Kleiderbügel im Schrank, die Pullover, die zusammengelegt in den Schubladen lagen. Ich zählte sie und listete die verschiedenen Farben auf. Ich versuchte, mich an das Periodensystem der Elemente zu erinnern. In Chemie hatten wir es auswendig lernen müssen, aber das war schon im Herbst gewesen. Vor einer Ewigkeit. *1 H: Wasserstoff. 2 He: Helium. 3 Li: Lithium. 4 Be: Beryllium ...* dann wusste ich nicht mehr weiter.

Also ging ich die unregelmäßigen französischen Verben durch. Französisch mochte ich lieber als Chemie. *Être. Je suis. Ich bin. Tu es. Du bist.* Vertraute Form.

Sukey saß die ganze Nacht neben ihrer toten Mutter und hielt das Baby. Als es Morgen wurde, überredeten die Angels sie, es zu waschen, und führten sie aus der Scheune hinaus und in das Cottage.

Ich gab Jack und Shel eine Aufgabe, um sie abzulenken: »Sucht die Ziegen, findet heraus, ob sie auch wirklich noch da sind. Wir wollen keine verlieren«, sagte ich.

Dann ging ich zu dem Auto der Mutter, parkte es hastig hinter den Autos, mit denen wir gekommen waren, und öffnete den Kofferraum. Dort fand ich eine Tasche mit Babykleidung, dazu ein Fläschchen und eine Packung winziger Windeln. Sie hatte alles vorbereitet gehabt, dachte ich, und eine Welle brach über mir zusammen.

Sie hatte für ihr Baby sorgen wollen. Und jetzt würde sie es nie mehr können.

Sukey zog dem Baby einen Baumwollstrampler an.

Ich versuchte, mit dem Handy der Mutter ihren Stiefvater anzurufen – Sukey nickte mechanisch, als ich in der Kontaktliste auf seinen Namen zeigte –, aber er ging nicht ran. Die Mailbox war voll.

Wir hatten also zwei Probleme: wie wir das Baby füttern und was wir mit der toten Mutter machen sollten.

Einer der Angels hatte eine Packung Trockenmilch, aber die würde das Baby nicht vertragen. Ein anderer Angel – ein Biologe, der entlang des Trails Vögel beobachtet und erfasst hatte und sich den anderen angeschlossen hatte, als das Unwetter losbrach – warnte davor.

Wir hatten keine Mutter, deshalb brauchten wir Säuglingsnahrung.

Burl machte sich mit dem Auto auf. Etwa fünf Meilen entfernt gebe es einen Tankstellenshop, sagte er. Vielleicht hätten die etwas.

David und Terry halfen dabei, die Mutter in ein Leichentuch aus Bettlaken einzuwickeln. Die Angels berieten sich mit gedämpften Stimmen in einer Ecke der Scheune, neben einem leeren Hühnerstall.

Ich schlich mich heran, hockte mich hinter einen Esel und hörte zu.

»Sie ist doch noch ein Kind«, flüsterte einer. »Wie soll sie sich denn um ein Neugeborenes kümmern, Herrgott? Das können wir ihr nicht zumuten.«

»... ein Vorschlag. Lass sie Ja sagen.«

»Oder Nein.«

»Es ist hier nicht erlaubt, jemanden zu beerdigen.«

»Deshalb sagte ich ja Feuer.«

»Aber jemanden, der beerdigt wurde, kann man auch

wieder ausgraben. Wenn wieder alles unter Kontrolle

ist. Eine Feuerbestattung lässt sich nicht rückgängig machen.«

»Vielleicht warten wir noch?«

»Möglicherweise wirkt das traumatisierend. Ihr wisst schon. Die Verwesung. Es könnte viele Tage dauern, bis wir hier wegkommen. Sogar Wochen.«

»Der Vater?«

»Von der Bildfläche verschwunden. Nicht aufzutreiben.«

»Und wenn man sie für eine Autopsie braucht?«

»Die haben Wichtigeres zu tun. CNN meldet, es sind Tausende.«

Tausende was?

Sie schickten eine Delegation zu Sukey. Ich folgte ihnen. Sukey saß im Schneidersitz auf dem Bett im Schlafzimmer des Cottage und hielt das Baby in den Armen.

»Feuer«, begann die Angel-Frau, die weiß war, aber braune Dreadlocks hatte, »Feuer reinigt in der Tradition des Hinduismus und lässt die Seele den Körper verlassen. Deshalb bauen sie wunderschöne Scheiterhaufen. Sie wickeln die Verstorbenen in weiße ...«

Sukey starrte sie an. Und sprach. »Sie war verdammt noch mal keine Hindu.«

»Ich wollte nicht ...«, begann die Angel-Frau.

»Aber ein Scheiterhaufen wäre wohl okay.«

Wir anderen sollten Brennholz sammeln, da der Holzstoß neben dem Cottage nicht ausreichte. Es dauerte eine Weile, bis wir trockenes Kleinholz gefunden hatten. Rafe beaufsichtigte den Bau des Scheiterhaufens, und wir machten, was er sagte.

Als er hoch genug war, waren wir müde, und uns tat alles weh. Er ragte absichtlich über unsere Köpfe auf. Wir wollten das nicht aus nächster Nähe sehen.

Bei Sonnenuntergang trugen die Angels das lange weiße Bündel auf Brettern von der Scheune zum Scheiterhaufen und hoben es obenauf. Ihre Hände zitterten – ich weiß noch, dass mir das auffiel. Ich fürchtete, sie würden es fallen lassen.

Während Rafe das Anschürholz anzündete, kam Sukey heraus. Sie trug das Baby immer noch und wollte die Kleine nicht ablegen. Über ihre Wangen zogen sich schmutzige Tränenspuren, aber sie starrte direkt das Leichentuch der Mutter an und weinte nicht mehr.

Wir hatten mehrere Fehlversuche: Ein paar Scheite waren feucht. Erst mit der Zeit züngelten die Flammen hoch. Rafe war nervös. Er hatte einen Metallkäfig gebastelt, um das Holz zu ordnen – der Hühnerstall auf einem Wassertrog –, und fürchtete, das Ganze könne einstürzen. Jedes Mal, wenn sich ein Scheit oder ein Ast bewegte, holte er scharf Luft.

Die Angels waren quasi Hippies. Wahrscheinlich begannen sie deshalb unwillkürlich zu singen. David meinte, er habe das kommen sehen. Unvermeidlich, stimmte Terry zu.

Den Anfang machte die Frau, Darla. Sie sang ganz alleine auf Lateinisch. Sie wolle »etwas zum Gedenken beisteuern«, das sie aus ihrer Jugend kenne. Sie sei katholisch erzogen worden, aber mittlerweile habe sie sich dem Spirituellen zugewandt.

Sie hatte eine hohe, klare Stimme.

»*Aaaaa-ve Mari-i-a*«, sang sie. »*Grati-ia plena, Dominus tecum.*«

»Der Herr ist mit dir«, übersetzte Terry. »Du bist gebenedeit unter den Frauen, und gebenedeit ist die Frucht ...«

Rafe stieß ihm den Ellbogen in die Rippen.

Als sie fertig war mit Singen, übernahmen die anderen. Das nächste Lied war englisch. Ein Song aus den Sechzigern über den Wandel der Jahreszeiten, über Lachen und Weinen und den Frieden, *I swear it's not too late.* Wir hätten nicht mitgesungen, selbst wenn wir das Lied gekannt hätten. Bis auf Low.

Wir hörten zu. Eine Weile war es peinlich. Aber nach und nach nicht mehr.

Man empfand beinahe Liebe für die Mutter, wenn die Hippies sangen. Oder Mitleid, das für Liebe gehalten wurde.

Vielleicht war es ja auch dasselbe.

Die Angels wollten vermeiden, dass Sukey Knochenstücke sah, deshalb sammelten sie die Asche in einer Papiertüte. Wir hoben auf der anderen Seite des Felds ein flaches Grab aus und vergruben die Tüte dort. Dann zogen wir wieder zurück über die Wiese und zerstreuten uns.

Mir tat alles weh, so müde war ich. Ich schleppte mich die Leiter hoch, um Jack ins Bett zu bringen. Und ihm im Licht der Taschenlampe ein Buch vorzulesen. *George & Martha.*

Er war sofort weg. Mein Junge war noch erschöpfter als ich.

Ich blieb eine Weile neben seinem Schlafsack sitzen und lauschte seinem Atem.

In dieser Nacht glaubte ich, ich würde nie mehr etwas essen wollen, aber am nächsten Morgen wachte ich hungrig auf. Auch David hatte Hunger, und so gingen wir beide frühmorgens in die Küche.

Burl war mit einem Karton Säuglingsnahrung und einem Paket Windeln zurückgekommen. Er hatte eine Schnittwunde an der Wange, die Luca mit Desinfektionsmittel abtupfte. Darla stand am Tresen und vermischte Milchpulver und Wasser.

»Was ist passiert?«, fragte ich.

Burl zuckte zusammen, als Luca ihn mit einem Wattebausch berührte. »Da herrscht Gesetzlosigkeit«, sagte er. »Ich hatte Glück, wenigstens das hier zu kriegen.«

»Gesetzlosigkeit?«, fragte ich.

»Ich habe die Zufahrt abgeschlossen. Zu Fuß kann man zwar rein, aber nicht mit dem Auto.«

»Wir nähern uns der Herbst-Tagundnachtgleiche«, sagte Darla. »Jungfrau und Löwe stehen in einer Reihe. Habt ihr alle das Nordlicht gesehen?«

Wir nickten.

»Das könnte ein größeres Himmelsereignis sein«, sagte Darla. »Eine Botschaft. Absolut bedeutungsvoll.«

»Geladene Teilchen.« Burl klang resigniert. »Wissenschaft. Das ist nichts Ungewöhnliches. Hier in der Gegend gab es schon mal Nordlichter. Habe ich selbst erlebt. Im Sommer vor vier Jahren.«

Ich sah den Kühlschrank durch und die Küchenschränke. Wenn wir die Angels verpflegen mussten, reichten die Zutaten für eine, vielleicht zwei normale Mahlzeiten.

»Burl«, sagte ich. »Wie steht's mit Essen?«

»Hier kommen wir klar«, sagte er.

»Wir haben nur ungefähr drei Pfund Linguini.«

»Und altbackene gemischte Bagels«, sagte Darla.

Sie deutete auf den Tresen. Auch die hatte Burl mitgebracht.

»Ich zeig es euch nachher«, sagte er.

Jen kam aus dem Schlafzimmer – sie hatte Sukey die Nacht über mit dem Baby geholfen – und freute sich über die Flasche mit Babynahrung.

»Diese Windeln sind zu groß«, sagte Darla, als sie die Packung aufriss. »Die sind für achtzehn Monate!«

»Jetzt mach mal einen Punkt«, sagte Burl. »Es gab keine für Neugeborene.«

Ich packte Bagels und Frischkäse aus und rief alle von der Haustür aus. Die anderen drängten herein.

»Gut zu wissen, dass sie mitten im Chaos immer noch Bagels haben«, sagte Rafe.

»Der Beweis. Die Juden sind wirklich das auserwählte Volk«, sagte David.

Er stopfte sich einen Everything-Bagel in den Mund.

Mich packte der Neid. Es gab nur einen Everything.

»Antisemit«, sagte Jen.

»Na ja … ich bin aber doch Jude«, sagte David.

»Selbsthass«, meinte Jen.

»Ich habe sie aus einem Donut-Shop«, erzählte Burl. »Die Tür stand offen. Die Fenster waren eingeschlagen.«

Ich schnappte mir zwei Bagels und machte mich auf zur Scheune, um Jack zu suchen. Die kleinen Jungs saßen auf einem Heuballen und schrieben etwas in ein Notizbuch.

Als ich näher kam, sah ich die aufgeschlagene Bibel – eine Illustration mit Brotlaiben und Fischen. Die Brotlaibe sahen sehr aus wie Baguettes, und ich fragte mich, ob sie die damals in Judäa schon gegessen hatten.

Und die Fische lächelten.

»Ich habe euch was zum Frühstück mitgebracht«, verkündete ich.

»Danke, Evie.« Jack war vertieft.

»Was tut ihr da?«

»Wir dechiffrieren«, sagte er.

»Ihr seid ja besessen von dem Buch«, sagte ich.

»Ernsthaft. Ich mache mir Sorgen.«

»Musst du nicht, Evie.« Er teilte Shel etwas in Gebärdensprache mit, der nickte. »Shel meint auch, du sollst dir keine Sorgen machen.«

»Schwierige Zeit gerade«, sagte ich.

Ich umarmte ihn kurz von der Seite, bevor ich wieder ging.

In der Küche des Cottage wurde Burl ausgefragt.

»Da draußen haben einige Leute ziemliche Angst«, berichtete er. »Manche sind bis an die Zähne bewaffnet. Das Straßennetz ist unbenutzbar. Keine Chance also, zu deinem Haus in Westchester zu kommen.« Er sah Juicy an. »Selbst wenn die Straßen passierbar wären, könnten wir nicht tanken. Es gab einen Ansturm auf Benzin. Die Zapfsäulen, die noch nicht trocken sind, haben irgendwelche Irre in Beschlag genommen. Bei einer Tankstelle hat ein gelber Jeep die Einfahrt bewacht. Die Typen hatten Gewehre.«

Ich blickte mich um. Dee sah verängstigt aus. Juicy zerrte mit den Zähnen an einem Bagel und starrte auf den Boden, doch seine Hände zitterten. Rafe war aufmerksam und nachdenklich. Terry trommelte mit den Fingern auf den Tisch, nervös, aber er drehte nicht durch. Lows Miene nahm einen immer entschlosseneren Ausdruck an, als wäre es vielleicht jetzt an der Zeit, den rachsüchtigen Geist von Dschingis Khan zu beschwören.

Und Val – also, aus Val wurde ich nie schlau. Sie stand an Burls Seite und klopfte sich die Taschen ihrer Cargohose ab, bis sie ein Taschenmesser herauszog.

Jen und Sukey waren im Schlafzimmer und hatten nichts davon mitbekommen.

Als Burl uns zum Silo führte – Val, Rafe und mich –, folgten wir ihm wortlos. Und gespannt.

Die Tür des Silos war mehrfach massiv versperrt. Unter einer Gummiklappe verbarg sich eine Hightech-Tastatur. Während Burl auf Tasten drückte und Schlüssel drehte, reckte ich den Hals und blickte nach oben. Äußerlich machte es nicht viel her – graues Metall, von dem die weiße Farbe abblätterte, und Rostflecken. Führte ewig weit nach oben.

Dann drückte er die Tür auf. Und schaltete das Licht an.

An der Wand lief eine Treppe spiralförmig bis zum

Dach. An den Wänden standen Regale. Das Silo wirkte massiv und war sogar gedämmt. Es gab Ledersessel und Teppichboden. Überall waren Kabel verlegt. Ich sah einen Waffenschrank mit Glasfront.

Rafe pfiff durch die Zähne.

»Wir sind nur hier, um Essen zu holen«, sagte Burl.

Auf seine Anweisungen hin holten wir Trockenware aus den Regalen. Wir gingen zwei Mal hin und her, während er wartete, und trugen acht Kisten ins Cottage. Aus meiner Kiste kam zuerst eine Zehnpfundpackung Reis zum Vorschein. Es sah so aus, als würden wir den jetzt oft auf dem Teller haben. Dazu Bohnen, Dosenpfirsiche und Erdnussbutter.

»Na so was. Dann hattest du also doch ein eigenes Refugium«, sagte Rafe, während wir auspackten.

»Ich bin nur der Aufseher«, widersprach Burl. »Ich persönlich besitze gar nichts.«

Ich sagte zu Rafe, wir sollten noch einmal den Notruf wegen der Eltern wählen, falls sie nicht telefonieren konnten.

»Klar können die telefonieren. Das Haus hat Festnetz«, sagte er.

»Das funzt nicht«, sagte ich.

»Vielleicht doch. Vielleicht nicht. Auf dem Grundstück sind Erdkabel verlegt«, sagte Burl. »Aber sobald sie auf die Straße treffen, verlaufen sie oberirdisch. Und von diesen Leitungen funktionieren viele nicht mehr.«

Jen hatte auf dem Heuboden schon Empfang gehabt, und so setzte ich mich dort oben auf einen Strohballen und schrieb meinen Eltern: *Wie geht es euch?* und *Wie krank seid ihr?*

Bereit, den Notruf zu wählen, falls nötig.

Es kam nichts.

Ich blickte nach unten, als der Biologe gestikulierend mit Jack und Shel sprach. Ich hörte nicht, was er sagte, und sah nur ihre Köpfe von oben, aber nach einer Weile gingen die Jungen zu einem Käfig und trugen ihn durch die Flügeltür hinaus.

Dann noch einen Käfig und eine Kiste, bis alle Tiere weg waren. Nur das Aquarium und die Eimer blieben.

Ich kletterte die Leiter hinunter und folgte ihnen. Am Rand des Felds, wo eine Reihe Bäumchen den Garten des Cottage von der Weide trennte, standen die Käfige und Kisten aufgereiht auf dem Gras. Die Jungen beugten sich abwechselnd über jeden einzelnen.

Kaninchen hoppelten hinaus und flitzten davon. Ebenso ein Eichhörnchen. Ein orangefarbener Fuchs, dessen große dreieckige Ohren schmale schwarze Ränder hatten, machte einen Satz und verschwand.

Die Kiste mit dem Stinktier wurde weiter weg getragen, und ich wartete nervös. Aber die Jungs stapften ohne Zwischenfall über das Feld zurück, und der hochstehende Schwanz des Stinktiers wackelte träge, als es gemütlich ins Gebüsch schlüpfte.

»Wie hast du sie überzeugt?«, fragte ich den Biologen.

Er hatte glatte olivfarbene Haut. Für so einen älteren Typ war er gar nicht völlig entstellt.

»Ich habe ihnen nur gezeigt, dass die Tiere leiden.«

Wir standen nebeneinander, während die Jungs

auf uns zukamen, und ich war ein wenig verlegen. Ich sagte ihm meinen Namen und er mir seinen. Mattie. Das klinge wie ein Mädchenname, sagte ich.

Er meinte, das höre er oft. Es war wohl früher sein Spitzname gewesen, und der blieb hängen.

Jack machte ein ernstes Gesicht, als er zu mir kam. »Evie«, sagte er feierlich. »Das Unwetter ist vorbei. Und hier gibt es keine Plage. Also mussten wir sie freilassen.«

Oben auf dem Dachboden setzte ich mich an den Rand der Heubodentür und ließ die Beine hinaushängen. Die kleinen Jungs liefen auf den Bach zu, der durch den Wald floss. Sie trugen die Behälter mit den Fischen.

Ping, kündigte sich eine Textnachricht an.

Von meinem Vater.

Denguefieber, stand da.

Ich suchte es im Netz. *Eine von Mücken übertragene Tropenkrankheit ...*

Ich kletterte die Leiter wieder hinab.

Mattie begutachtete gerade Pflanzen im Gemüsegarten. Er drehte Blätter um und rieb mit dem Daumen über die Unterseite.

»Kommst du mit?«, fragte ich.

Wir suchten Burl und Luca, Terry und Jen. Gemeinsam setzten wir uns um den weißen Picknicktisch neben einer Vogeltränke.

»Das ist eine Tropenkrankheit«, erklärte ich ihnen.

»Wir sind doch nicht in den Tropen«, sagte Terry.

»Gut beobachtet«, meinte Jen.

»Krankheiten wandern heutzutage schnell«, sagte Mattie. »Seht euch nur die Fledermäuse an. Das Weißnasensyndrom. Und Lyme-Borreliose.«

»Vielleicht stimmt die Diagnose ja nicht«, sagte Luca.

»Aber Terrys Mutter ist Ärztin«, sagte ich.

»Bloß Gynäkologin«, sagte Jen.

»Naja«, rief Terry. »Sie ist immerhin Medizinerin. Keine Idiotin.«

»Die gute Nachricht lautet: Denguefieber wird nicht durch die Luft übertragen«, meinte Luca. »Und es ist ein Virus. Sie brauchen also keine Antibiotika.«

»Ihr müsst herausfinden, wie schlimm es ist«, sagte Mattie. »Vielleicht braucht jemand eine Transfusion.«

»Dann wären sie ja ganz schön am Arsch«, sagte Jen.

»Nicht unbedingt«, widersprach Burl. »Im Silo gibt es eine gute medizinische Ausrüstung.«

»Ich weiß, wie man Transfusionen macht«, sagte Luca.

»Habt ihr etwa auch Blutbeutel im Silo?«, fragte Terry sarkastisch.

»Nein«, sagte Burl.

»Ihr würdet das Blut spenden«, sagte Luca.

»Nein!«, sagte Terry. »Nein, nein, nein, nein, nein.«

»Es würde natürlich davon abhängen, welche Eltern es brauchen. Aber wahrscheinlich hätten einige von euch dieselbe Blutgruppe wie eure Eltern.«

»Wir kommen doch gar nicht hin«, sagte ich. »Die Brücke ist weg.«

»Wir könnten die letzte Meile laufen«, schlug Burl vor. »Und mit dem Van hinfahren – nur mit einem Fahrzeug, denn es gibt kein Benzin mehr. Außerdem könnte es gefährlich sein.«

»Wir wissen doch nicht mal, ob das wirklich nötig ist«, protestierte Jen. »Also echt jetzt. Ist Denguefieber was Ernstes?«

Ich scrollte.

»›Die meisten Patienten werden in zwei bis sieben Tagen wieder gesund‹«, las ich vor.

»Seht ihr? Das ist keine große Sache«, sagte Terry. Er lehnte sich zufrieden zurück.

»Manchmal tritt jedoch hämorrhagisches Fieber auf, das zu Organschädigungen, inneren Blutungen und zum Tod führen kann.‹«

»Oh«, machte Terry.

»Kannst du herausfinden, wer am schlimmsten erkrankt ist?«, fragte Burl, an mich gewandt. »Und wie krank sie sind? Wir sollten nur dort rausfahren, um Leben zu retten.«

»Alle sollten ihren Eltern schreiben«, sagte Mattie. »Werft ein weites Netz aus. Stellt diese beiden Fragen. Und dann sehen wir, was zurückkommt.«

Wir liefen durch den Garten und in die Scheune, suchten die anderen und sagten es ihnen. Ich winkte Low und Juicy herbei, die mit ihren ATVs stumpfsinnig Kreise zogen. Sie düsten mit hoher Geschwindigkeit über das Feld auf mich zu. Die Reifen wirbelten Erde und Steine auf, und in letzter Sekunde machten sie eine Vollbremsung. Volltrottel. Ich zuckte zurück.

»Wir müssen den Eltern schreiben.« Ich erklärte ihnen, was sie zu tun hatten. Da erinnerten sie mich

daran, dass ihre Handys beim Unwetter kaputt gegangen waren. Zum ersten Mal schienen sie sich darüber zu freuen. Hämisch geradezu.

Sie wendeten ihre Fahrzeuge und fuhren jauchzend wieder davon.

Sukey verbrachte ihre gesamte Zeit damit, das Baby zu wickeln, zu füttern und zu wärmen.

»Schaut mal her«, sagte sie ein wenig stolz zu Jen und mir. Ihre Schwester lag, in Decken eingewickelt, in der Mitte des Betts. Das Gesicht war rot und zerknautscht, der kegelförmige Kopf war mit schwarzen Haaren bedeckt. Sie bewegte sich kaum.

»Hey, yeah!«, sagte ich. Ich war mir nicht sicher, was Sukey erwartete. Ich konnte nicht sagen, dass das Neugeborene bezaubernd aussah. Ich versuchte, nicht zu lügen. Schließlich entschied ich mich für: »Gut gemacht. Du hast echt was geleistet.«

Dann betrachtete ich Sukey genauer. Ihre Kleidung war schmutzig, ihre fettigen Haare hingen schlaff herunter.

»Ich weiß was«, sagte ich. »Ich bleibe mit Jen hier. Wir passen auf das Baby auf. Du machst mal eine Pause. Gehst duschen. Okay?«

Jen half mir, sie zu überzeugen, und dann verschwand Sukey im Bad. Wir lauschten dem plätschernden Wasser.

Das Baby auf dem Bett zuckte im Schlaf.

»Da draußen sind Bewaffnete!«, sagte Jen. »Und wir sollen dort durchfahren, um Eltern den Arsch zu retten? Ausgerechnet?«

»Vielleicht schon«, meinte ich.

Dees Eltern waren beide sehr krank. Davids Mutter auch. Und die von Low (Adoptiv).

Adoptiert hin oder her, Low kannte seine Blutgruppe: O negativ. Er war ein Universalspender.

Er hatte keine Lust, zu fahren, nicht die geringste.

Aber letztlich sagte er Ja.

Burl deaktivierte die Fingerprint-Funktion der Silotür vorübergehend und gab uns die Schlüssel. »Geht ganz nach oben«, sagte er, als er in den Van kletterte. »Stellt einen Beobachtungsposten auf. Rund um die Uhr. Schickt mir eine Nachricht, wenn irgendwas passiert.«

Dee, David und Low saßen hinten im Van, Burl und Luca vorne. Nachdem sie losgefahren waren, stiegen Rafe und ich hinauf.

Oben an der Treppe, die an der Rundung der Wand entlang hinaufführte, sodass mir schwindelig wurde, befand sich ein Absatz mit einer Tür. Wir traten auf eine metallene Plattform, die aus der Halbkuppel des Dachs herausragte, mit einem wackeligen Geländer und einem klapprigen karierten Gartenstuhl.

Ich sah grüne Felder, unterbrochen von Baumreihen, und unbefestigte Straßen. Die braunen Dächer vereinzelter Gebäude, eine Farm rechts und eine Farm links. Auf der linken Seite die Rücken schwarz-weißer Kühe, die um einen länglichen Wassertank standen, und auf der rechten drei Kids in Shorts, die mit einem leuchtend gelben Frisbee spielten.

»Sind das die, mit denen wir uns nicht treffen sollen?«, fragte Rafe.

»Regel Nummer neun, glaube ich.«

Als ich ihnen zusah, wie sie rannten und warfen und wie die Scheibe durch die Luft flog, kam mir einen Augenblick lang alles normal vor. Kurz keimte ein Verdacht in mir auf: Vielleicht hatten wir uns den Rest nur ausgedacht. Das Unwetter und die umgestürzten Bäume zum Spaß erfunden. Die tote Mutter.

Erleichterung durchströmte mich. Bis mir klar wurde, dass ich mir das jetzt nur ausdachte. Echt war das Fieber. Und die Asche.

Der blaue Himmel in der Ferne wurde dunstig.

Eine Weile saß immer jemand von uns im Ausguck, solange es hell war. Wir bewahrten Vals Fernglas unter dem Stuhl auf.

Val hielt gerne Wache, auch wenn sie nicht allzu aufmerksam war. Sie band ein Seil an das Stahlgeländer der Aussichtsplattform und übte, hinauf- und hinunterzuklettern. Je mehr sie übte, umso schneller wurde sie beim Abseilen, und jedes Mal, wenn sie sich von der Metallhülle des Silos wegstieß, grinste sie breit.

Rafe hielt gerne Wache, weil er dann Golfbälle von oben abschlagen konnte, mit einem Schläger, den er aus dem Sommerhaus gestohlen hatte. Jen machte es gerne, weil es ihr eine Pause von der Babybetreuung verschaffte. Terry mochte es, weil er dann in aller Ruhe Tagebuch schreiben konnte.

Dort oben passierte nicht viel. Ich betrachtete den Himmel oder die Straße, steckte mir meine Kopfhörer ins Ohr und hörte Musik. Ich dachte an unsere abwesenden Freunde. Sie waren aufgebrochen, um ihr Blut zu spenden. Sogar Dee, die zwanghaft ihre Hände und ihren Körper desinfizierte, und David mit seinen Sabotageakten kamen mir langsam wie Heilige vor.

In ihrer Abwesenheit wurden sie abstrakt. Sie waren Vorstellungen, und Vorstellungen waren romantischer als Menschen.

Einmal träumte ich sogar mit offenen Augen von Low, aus Langeweile. Mich schauderte dabei, peinlich berührt von meinen eigenen Tagträumen. Aber immerhin war mir nicht mehr so langweilig.

Ich fragte mich, ob ein Umstyling helfen würde. Normalerweise ließen Frauen und Mädchen das machen, obwohl es eigentlich Männer und Jungs nötiger hatten. Wenn überhaupt. Ich erinnerte mich an diverse Filme, in denen Leute komplett verändert wurden, Menschen, die zu den attraktivsten Versionen ihrer selbst wurden. Sie verwandelten sich von Raupen in Schmetterlinge. Dazu inspirierende Musik.

In Filmen kamen Typveränderungen herüber wie Triumphe des menschlichen Geistes.

Das ließ darauf schließen, dass in der jüngsten Geschichte unsere Messlatte für Triumphe niedrig lag. Ein bisschen Lippenstift genügte, eine neue Frisur und etwas Haargel. Ein neues Outfit.

Das war aus dem menschlichen Geist geworden.

Mit solchen Betrachtungen verbrachte ich für meinen Teil meine Zeit oben auf dem Silo.

Die Tage vergingen langsam. Zu dieser Jahreszeit gab es wenige Unwetter und kaum Regen. Dem Kalender nach war es noch nicht Herbst, aber irgendwie hatte sich der Sommer verabschiedet. Das war eine andere Zeit gewesen, eine Zeit, in der wir ein Sommerhaus hatten, zu dem wir zurückkehren konnten, einen glänzenden See und den blauen Ozean.

Vormittags versorgten wir die Esel und Ziegen und halfen Mattie im Gemüsegarten. Abwechselnd bereiteten wir das Mittagessen zu. Am Nachmittag wuschen wir dann die Schmutzwäsche im Waschbecken des Cottage und hängten sie zum Trocknen auf. Wir schrubbten uns mit kaltem Wasser ab, benutzten Zahnbürsten gemeinsam, bis sie auseinanderfielen, und verwendeten nur kleine Tupfer Zahnpasta. Für diejenigen von uns, die ihre Periode hatten, gab es einen einzigen Schwamm, den wir in Stückchen schneiden mussten. Diese Stückchen kochten wir aus, um sie zu sterilisieren.

Die Angels tankten den Generator mit Benzin aus dem Silo auf. Sie streiften gerne durch den Wald. Wir kochten abwechselnd das Abendessen mit Darla und dem Angel namens John, der früher einmal als Sous-Chef gearbeitet hatte. Nach dem Essen ging Sukey mit der Kleinen ans Grab ihrer Mutter, gab ihr ein Fläschchen und wiegte sie in den Schlaf. Am Grab baute sie mit Steinen aus dem Bach einen Turm, jeden Tag wurden es ein paar mehr.

Meistens ließen wir das Licht im Haus ausgeschaltet, um Strom zu sparen und nicht aufzufallen. Manchmal machte Rafe abends draußen ein Feuer, aber nicht oft, aus Sicherheitsgründen. Wir saßen eng zusammen um das Feuer, während die Angels uns ihre Hippielieder beibringen wollten.

Darla meinte, Singen sei gesund.

»Das ist wie Lächeln«, sagte sie. »Je öfter du es machst, umso mehr willst du es!«

Juicy spuckte aus.

Sie brachten uns einen berühmten traurigen Song bei, in dem hieß es: »Hello darkness my old friend, I've come to talk with you again«, und einen fröhlichen, der ging: »When I die and they lay me to rest, gonna go to the place that's the best.« Jack mochte den fröhlichen Song, *Spirit in the Sky*, weil er von Jesus handelte, seinem imaginären Freund. Für uns andere war das in Ordnung, denn die Angels meinten, der Song sei ironisch. Ein Jude aus Massachusetts habe ihn geschrieben.

»Never been a sinner, I never sinned, I got a friend in Jesus«, sangen wir schräg, während auf unserem puckförmigen Lautsprecher die Karaoke-Version lief.

Manchmal brüllten wir, beinahe trotzig: »Never been a sinner! I never sinned!«

Von Davids Handy kam ein Foto an Rafes Handy. Es zeigte die Bibliothek im Sommerhaus. Stühle und Tische und Sofas waren zur Seite geschoben worden, an die hohen Bücherregale heran, und an ihrer Stelle lagen Matratzen auf dem Boden.

Auf den Matratzen lagen Eltern, und neben ihnen David und Dee und Low. Als wir das Bild größer zogen, erkannten wir dünne rote Linien zwischen den Armen von Jung und Alt. Anmutige Schlauchschleifen.

Es erinnerte mich an einen Artikel über ein Pharmalabor, den ich einmal gelesen hatte, mit Bildern. Darauf waren Hunderte Pfeilschwanzkrebse, deren Blut für medizinische Tests gewonnen wurde. Die Maschinen zapften nur so viel Blut ab, dass die Tiere nicht starben, sondern überlebten, damit man ihnen immer wieder Blut entnehmen konnte.

Die Firma nannte sich eine Blutfarm.

Jack stand neben mir und starrte das Bild an, als ich es vergrößerte. Im Hintergrund war klein und unscharf der Kamin zu sehen, darüber ein Gemälde von Jägern mit ihren Hunden.

Er berührte den Bildschirm mit der Fingerspitze und bewegte sie an einem roten Schlauch von David zu Davids Mutter entlang. Er fuhr die Schleifen nach.

»Er geht dahin zurück, wo er hergekommen ist«, sagte er.

Laut Darla befanden sich Jack und Shel an einem entscheidenden Punkt ihrer »Kindheitsreise«. Die Zeit ohne Schule und ohne andere Kinder könne »ihre soziale und schulische Entwicklung bremsen«.

Sie hatte eine Idee. »Eine eigene Prärieschule!«, rief sie und klatschte begeistert in die Hände. Wir zuckten zusammen.

Die Jungs bekämen Unterricht in bestimmten Fächern: Mattie würde Biologie übernehmen, John Geschichte und sie selbst Lyrik.

»Die Angels haben nicht genug zu tun«, meinte Terry, als wir uns darüber berieten. »Sie könnten zappelig werden. Sogar destruktiv.«

»Müßiggang ist aller Laster Anfang«, sagte Rafe.

Also sagten wir Ja. Sie dürften die kleinen Jungen

»unterrichten«, wenn sie wollten. Wir dankten ihnen für ihr Interesse.

Manchmal setzte ich mich in ein geparktes Auto, ohne mich zu rühren. Ich dachte dann an Fabriken. Ich hatte sie in hundert Variationen auf dem Bildschirm gesehen und immer im Bewusstsein gehabt, dass sie da draußen waren: rotierende, surrende, unendlich viele sich bewegende Teile. Die das Zeug machten, das wir benutzten.

Jetzt fragte ich mich, ob sie immer noch in Betrieb waren und Dinge herstellten. Oder ob sie verlassen und dunkel dalagen. Leisteten andere Fabriken an anderen Orten die Arbeit, die sie immer verrichtet hatten? Oder wurden bestimmte Elemente überhaupt nicht mehr hergestellt?

Ich ließ den Blick auf dem Armaturenbrett ruhen, auf der Vinyloberfläche, dem Staub auf den Rundungen. Ich fragte mich, was unter dem Plastik steckte und welche Teile davon es bereits nicht mehr gab.

Mein Handy hatte mich nicht mehr interessiert, seit sich die Nachrichten wiederholten und sie immer mehr grausige Meldungen brachten, sobald ich darauf schaute. Ich löste das Problem, indem ich es ignorierte.

Auch die anderen beachteten ihre Handys nicht mehr – zwischen Updates vergingen Tage. Rafe und David schickten abends immer eine kurze Nachricht, nur: *Okay?* Und *Okay* zurück.

Eine Zeit lang war das alles.

Vor dem Unwetter hatten wir manchmal einen Blick auf die Bildschirme der Eltern geworfen, hatten uns ihre Geräte geschnappt, wenn wir schnell etwas brauchten. Hatten kurz einen Fernseher durch eine offene Tür gesehen. Aber jetzt hatten wir hauptsächlich, was vor uns lag, das Cottage und die Scheune und das hohe Gras auf den Feldern. Hohes und niedriges, Büschel und kahle Stellen. Topografie. Wir hatten das Holz der Wände und Zäune, das Metall der geparkten Autos mit ihren fast leeren Tanks.

Wir hatten die Ecken der Gebäude und die Hänge der Berge, die Linie der Baumwipfel. Je mehr Zeit verging, umso seltsamer und irrealer wirkte jedes flache Bild. Unheimliche, zarte Oberflächen. Hatten wir sie immer schon gehabt?

Wir hatten so viele Bilder gehabt. Bilder waren einfach überall, jede Stunde, jede Minute, jede Sekunde.

Aber jetzt waren sie fremd. Jetzt sahen wir alles dreidimensional.

Im Lyrikkurs wurde letztlich alles besprochen, worauf Darla Lust hatte. Sie sagte auch »Geisteswissenschaften« dazu. Einmal erzählte sie von einem Erlebnis mit Kopfläusen in der dritten Klasse.

»Ich wurde vor den anderen Kindern nach Hause geschickt«, erzählte sie den kleinen Jungs. »Alle haben es gewusst. Sie haben mit dem Finger auf mich gezeigt. *Die hat Läuse! Nissen, Nissen, Nissen!*, haben sie gerufen.«

Ein anderes Mal erzählte sie von einer Freundin in Maine, die Alpakas züchtete und aus der Wolle Socken machte. Die Socken waren teuer, aber sie hielten die Füße im Winter verdammt warm.

»Und sie leiten Feuchtigkeit ab«, erklärte sie Jack.

Shel zeigte ihr die Gebärden für *Alpaka* und *Socke*.

In Geschichte erzählte John von Orten, die er besucht hatte – die Liberty Bell, Disneyland, das Museum of Ice Cream –, aber hauptsächlich war es die Biografie seiner Ex-Freundin.

Sie hatte mit ihm Schluss gemacht und fehlte ihm.

Biologie war am besten. Es fand in der Scheune statt. Mattie rief Schaubilder auf seinem Laptop auf und projizierte sie auf eine weiße Wand.

Proterospongia stand auf einem davon. Es sah aus wie ein schlauchförmiger Baum mit Augäpfeln, die aus den Zweigen sprossen.

»Das hier«, sagte Mattie, »sind lebende Beispiele dafür, wie der einzellige Vorfahr sämtlicher Tiere ausgesehen haben könnte.«

Auch andere besuchten den Unterricht, jeden Tag wurden es mehr. Zuerst waren es nur Jack und Shel. Dann ging auch Juicy hin, dann Rafe, dann Jen und Sukey, mit dem Baby. Alle. An manchen Vormittagen setzten sie sich zusammen in die Scheune. Ich sah von der offenen Tür aus zu und betrachtete ihre wissbegierigen Mienen, die Gesichter vertrauensvoll nach vorne gewandt. Sie hätten Schulkinder einer vergangenen Zeit sein können. In einem Frankreich, als es noch Sonnenkönige und Spiegelsäle gab, in einem England vor den Weltkriegen.

Kinder, die voller Zutrauen von ihren Lehrern lernten. Sicher in dem Wissen, dass vor ihnen eine geordnete Zukunft lag.

Sie saßen still da und blickten zu den Projektionen hoch.

Alles, was andere geschaffen hatten, alles, was andere sich wohl überlegt hatten, stürzte wieder auf mich ein. Die satten Farben und eleganten Linien. Illustrationen, künstlerische Darstellungen. Es gab Querschnitte und Baumdiagramme, Diagramme wie Sternbilder und Leitern und Landkarten und Spiralen, und sie erzählten die Geschichte des Planeten.

Wir sahen das erste Vorkommen flüssigen Wassers, nachdem der Mond entstanden war. Die Erde vor drei Milliarden Jahren, mit dreihundert Meter hohen Flutwellen und Hurrikanen. Den Zeitpunkt, als Sauerstoff in die Atmosphäre gelangte, freigesetzt von den Algen, die das restliche Leben ermöglichten. Die Diagramme zeigten, wann die Plattentektonik begann. Eine Chronik des ersten Sex.

Mattie sagte: »Die sexuelle Reproduktion könnte die Evolutionsrate gesteigert haben.«

Alle nickten aufmerksam. Sogar Juicy.

»Der erste mehrzellige Organismus? Weiß das jemand? Vor achthundert Millionen Jahren. Vor fünfhundertfünfzig Millionen Jahren die ersten Nachweise von ...? Gut, Jack. Quallen, Schwämme und Korallen. Die ersten bekannten Fußabdrücke auf dem Festland sind fünfhundertdreißig Millionen Jahre alt. Frühzeitliche Tiere könnten also das Land erkundet haben, bevor überhaupt Pflanzen dort wuchsen.«

»Und die ersten Tiere mit Knochen?«, fragte Jack.

»Die ersten Wirbeltiere gab es vor vierhundertfünfundachtzig Millionen Jahren.«

Die Liste der Erstvorkommen war so lang, dass sie am nächsten Tag fortgesetzt werden musste. Jede neue Form, die Mattie auf die Scheunenwand projizierte, sahen wir in Farbe und mit allen Einzelheiten: hier eine Meeresschnecke, da ein Kieferloser, dort die Filamente eines Pilzes oder kleine Härchen, auch Zilien genannt.

Er zeigte Dinosaurier und Strahlenflosser, Schildkröten und Fliegen. Er zeigte Silhouetten von Bäumen mit Zapfen und erklärte uns, das seien Nacktsamer. Als sie die Erde zu beherrschen begannen, mussten pflanzenfressende Tiere zu gewaltiger Größe heranwachsen, um die nährstoffarmen Pflanzen zu erreichen.

Er zeigte eine grafische Darstellung von Ereignissen, die zum Aussterben von Arten führten. Sie sah aus wie die dornige Linie eines Seismografen.

Bald hatten wir uns diesen Bildern so verschrieben, dass wir schon fast zu Jüngern wurden.

Eines Abends aß ich eine halbe Scheibe Roggenbrot aus einer frisch geöffneten Packung aus dem Silo, bevor ich den Schimmel darauf bemerkte. Mattie betrachtete den Schimmel genauer, sagte den anderen, sie sollten das Brot nicht essen, und bemühte sich dann, nicht in Panik zu geraten, während er im Vorratsschrank nach einem Brechmittel suchte.

Ich nahm es ein, und er klopfte mir sanft auf den Rücken, während ich mich ins Gebüsch übergab.

Er erklärte mir, der Schimmel sei giftig gewesen. Umbringen würde mich das nicht, da ich jetzt den Großteil davon wieder losgeworden sei, aber die Reste in meinem Körper könnten zu Halluzinationen führen, wie Magic Mushrooms oder Peyote. Ich solle einfach viel Wasser trinken und es ausschlafen, sagte er.

Mitten in der Nacht wachte ich verwirrt auf. Ich glaubte, ich hätte draußen ein Auto gehört.

Total weggetreten, mit matschigem Kopf, verschwommenem Blick und zitternden Knien, kletterte ich die Leiter vom Heuboden hinunter. In der Scheune war es dunkel, nur eine Glühbirne in einem Käfig über dem Eselsstall brannte. Die Tiere standen zur Wand, eng beieinander, die Köpfe gesenkt.

Jemand schnarchte, und als ich vorbeischlich, überlegte ich, ob ich Alarm schlagen sollte. Aber mir war schwindelig, und ich konnte nicht klar denken.

Mit der flachen Hand schob ich die Scheunentür auf. Low und David standen neben dem Van. Die Scheinwerfer waren noch an, und Falter flatterten in den Lichtstrahlen herum.

»Dee ist nicht mit«, sagte Low.

»Sie ist bei denen geblieben«, sagte David.

Ihre Gesichter lagen im Schatten, die Scheinwerfer des Vans hinter ihnen. Die Augen waren für mich nur Höhlungen.

»Sie ist übergelaufen«, sagte Low.

»Feigling«, sagte David.

»Verräterin«, sagte Low.

»Geht es den Kranken besser?«, fragte ich ihn.

»Sie kommen klar«, sagte Low.

155

»Trotzdem Idioten«, sagte David.

»Und was ist mit Amy?«

»Die war im Keller.«

»Was? Die ganze Zeit über?«

»Ja. In einer dunklen Ecke. Sie hat Frühstücksflocken aus der Packung gegessen.«

Die Scheinwerfer erloschen, und Burl und Luca stiegen aus. David schaltete eine Taschenlampe ein. Matchbeutel und Schlafsäcke wurden ausgepackt. Ich war erleichtert und wusste nicht so recht, weshalb – vielleicht, weil das alles war.

Sie waren nur zu viert. Sie hatten keine Eltern mitgebracht.

Erneut überkam mich Schwindel, als ich die Zurückgekehrten betrachtete. Wenn ich die Augen zusammenkniff, glaubte ich, hinter ihnen undeutlich die abwesenden Eltern zu sehen. Die Nacht verschwamm. Vielleicht waren es auch nur ihre Gestalten, ihre Abbilder. Aber nein, das waren nicht sie, wurde mir klar – oder doch?

Sie waren es und gleichzeitig nicht sie, sondern vielleicht diejenigen, die sie nie gewesen waren. Beinahe konnte ich diese anderen Eltern im Garten sehen, wo die Erbsen wuchsen, die Füße fest zwischen den Reihen. Sie standen reglos da, ihre Gesichter leuchteten in einem Glanz, der schon lange vergangen war. Vor meiner Geburt. Ihre Arme hingen seitlich herunter.

Sie waren immer schon da gewesen, dachte ich verschlafen, und sie hatten immer schon mehr sein wollen, als sie waren. Ich erkannte, dass man sie sich als 156 Versehrte vorstellen musste. Jede erwachsene Person war krank oder traurig und hatte Probleme, die ihnen anhafteten wie gebrochene Gliedmaßen. Jede hatte besondere Bedürfnisse.

Wenn man das vor Augen hatte, machte es einen weniger wütend.

Ihre Hoffnungen hatten sie mitgerissen, getragen von der Chance auf einen Glücksfall. Doch statt eines Glücksfalls verstrich nur die Zeit. Und sie waren stets nur sie selbst.

Trotzdem hatten sie anders sein wollen. Ich nahm mir vor, in Zukunft daran zu denken, als ich zurück zur Scheune ging. Was Menschen sein wollten, aber niemals sein konnten, begleitete sie stets. Gesellschaft.

7 In Lyrik ging niemand außer den kleinen Jungs, und selbst sie nahmen nur aus Rücksicht auf Darla teil. Sie war immer sehr bemüht um sie.

An dem Vormittag, nachdem ich halluziniert hatte, saß ich in der Nähe und legte versonnen Wäsche am Picknicktisch zusammen. In aller Ruhe. Zur Erholung.

David und Low warfen mit den Dagebliebenen einen Tennisball hin und her. Sie erzählten vom Sommerhaus und von der Krankheit der Eltern.

Darla musste etwas über Töpfern unterrichtet haben, denn ich schnappte die Wörter »Ton kneten« und »indigen« auf. Und »Mutter Erde«.

Jack interessierte sich nicht sonderlich für Keramik. Er schlug seine Bibel auf und versuchte, unbemerkt hineinzugucken.

Ihr Monolog verstummte.

»Ist das dein Lieblingsbuch, mein Schatz?«, fragte sie ihn.

»Es ist mein fünftliebstes. Wenn man Reihen mitzählt. Meine alten mag ich immer noch am liebsten. Deshalb sind es *Frosch und Kröte*, *George & Martha*, das *Guinness-Buch* und dann noch *Witze für Kinder*.«

»Was gefällt dir daran?«

»Hauptsächlich, dass es ein Rätsel ist.«

»Die Bibel ist ein Rätsel?«

»Wir haben schon eine Menge herausbekommen«, sagte Jack. »Die erste Spur war: Gott ist das Codewort für Natur. Und danach haben wir das mit der Dreifaltigkeit gelöst. Mit Gott und Jesus.«

»Was habt ihr gelöst, mein Lieber?«

Unschuldige Handhaltung.

»Also, wenn Gott für die Natur steht, dann steht Jesus für die Wissenschaft. Deshalb nennt man Jesus Gottes Sohn. Das bedeutet nicht der richtige Sohn. Gott hat ja kein Sperma.«

»Meine Güte! Du kennst dich aber aus.«

»Darla. Er ist doch nicht mehr im Kindergarten«, sagte ich.

»Es bedeutet nur, dass die Wissenschaft von der Natur kommt. Schaut mal.«

Er neigte sein Heft, damit wir hinsehen konnten.

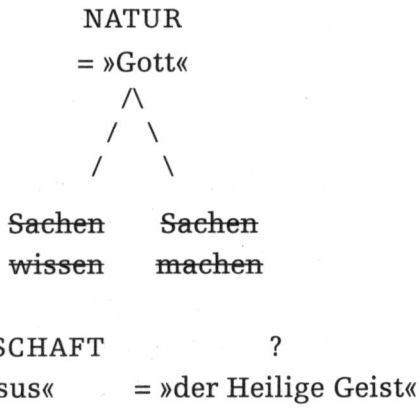

NATUR
= »Gott«

Sachen wissen

Sachen machen

WISSENSCHAFT
= »Jesus«

?
= »der Heilige Geist«

Ein Fenster ging zu Bruch. Ich konnte nicht sehen, welches es war, aber ich hörte, wie Glas zersplitterte. Juicy kam gerannt.

»O Mann. Ich hab's kaputt gemacht!«, rief er von hinter dem Haus. »Das Badezimmerfenster!«

»Das sieht wirklich sehr kreativ aus, mein Süßer«, sagte Darla zu Jack.

Juicy schlenderte zurück und ließ sich schwer auf die Bank fallen. Er zupfte Scherben aus dem Tennisball.

»Und der Beweis ist, dass es zwischen Jesus und der Wissenschaft viele Gemeinsamkeiten gibt«, sagte Jack. »Zum Beispiel müssen wir an die Wissenschaft glauben, wenn sie uns retten soll. Das Gleiche gilt für Jesus. Wenn man an ihn glaubt, kann er einen retten.«

»Das ist ja kompletter Unsinn, kleines Kerlchen«, sagte Juicy.

»Nein, das ergibt schon einen Sinn«, insistierte Jack.

»Autsch!«, sagte Juicy.

Er hatte Blut am Finger.

»Hör doch mal zu, Juicy. Die Wissenschaft kommt von der Natur. Sie ist quasi ein Teil davon. So wie Jesus ein Teil von Gott ist. Und wenn wir daran glauben, dass die Wissenschaft wahr ist, können wir handeln. Und wir werden gerettet.«

Juicy steckte sich den blutenden Finger in den Mund. »Gerettet wie in den Himmel kommen? Das ist Schafscheiße, Holmes.«

»Dein Mund ist der unhygienischste Teil deines Körpers, Justin«, sagte Darla.

160   Sie fand den Namen Juicy unwürdig und nannte ihn

bei seinem richtigen Namen, egal, wie er sich dabei wand.

»Nein. Wie die Erde. Das Klima. Die Tiere«, sagte Jack. »Der Himmel ist Teil des Codes. Das Wort steht nur für einen Ort, an dem wir alle gut leben können.«

»Das brennt ganz schön«, sagte Juicy.

»Ich hole am besten das Desinfektionsmittel.« Darla stand auf.

»Schau mal«, sagte Jack ernst zu Juicy. Er blätterte eine Seite in seinem Heft um. »Jesus hat doch Wunder gewirkt. Aber genau das tut die Wissenschaft auch. Fast alles. Siehst du? Hier haben wir den Beweis.«

Shel machte Gebärden.

»Das ist kein mathematischer Beweis, sagt er«, erklärte Jack. »Es ist kein Mathebuch. Nur ein Entwurf.«

Jesus = Wissenschaft

		Jesus	Wissen-schaft
1.	Heilt die Kranken	✓	✓
2.	Macht Blinde sehend	✓	✓
3.	Macht aus wenig Essen viel	✓	✓
4.	Geht auf dem Wasser (HOVERCRAFT!)	✓	✓
5.	Erweckt die Toten	✓	✗

4/5

»Hovercraft?« Juicy machte große Augen.

»Shel findet Hovercrafts richtig toll«, sagte Jack. »Sie sind ein Beispiel. Dafür, dass wir es mit Hilfe der Wissenschaft schaffen, auf dem Wasser zu gehen. Verstehst du?«

Jack betrachtete Shels Gebärden und übersetzte rasch. Ich bewunderte, wie er das beherrschte.

»Andere Beispiele: Die Wissenschaft kann Wasser gefrieren lassen. Und wenn es zu Eis geworden ist, können wir darauf laufen. So wie Jesus.«

Darla kam mit einer Schachtel Pflaster zurück.

»Die Wissenschaft baut auch Brücken, und die führen übers Wasser. Es ist schon echt eine Menge.«

»Das Buch da wurde vor quasi zweitausend Jahren geschrieben«, sagte Juicy. »Da war die Wissenschaft noch nicht mal erfunden.«

»Du hast gar keine Ahnung«, sagte Shel. Laut.

»Sheldon!«, rief Darla nach einem Augenblick. Sie lächelte über und über. »Du kannst ja sprechen!«

Auch ich hatte ihn vorher nie sprechen gehört. Allerdings hatte ich gewusst, dass er es beherrschte – Jack und Jen hatten es mir beide erzählt. Aber er sprach nur zu besonderen Gelegenheiten.

Juicys Ahnungslosigkeit gehörte wohl dazu.

»Na klar.« Jack zuckte mit den Achseln.

»Das ist eine wunderbare Selbstentfaltung, mein Schatz«, sagte Darla zu Shel. »Geisteswissenschaften ist um, Jungs.«

Wieder setzten Unwetter ein. Sie walzten entlang der ganzen Küste herein.

Die Scheune lag höher als das Cottage, und die meisten Bäume standen vereinzelt auf der anderen Seite des Feldes. Zu weit entfernt von unseren Gebäuden, um durch das Dach der Scheune oder des Cottage zu krachen. Im Landesinneren verloren die Unwetter ein wenig von ihrer Wucht.

Trotzdem regnete es ununterbrochen. Wir spielten auf improvisierten Spielbrettern, die wir mit Kreide auf den Zementboden der Scheune gemalt hatten, aber wenn wir uns wegen der Regeln in die Haare gerieten, ging es nicht mehr weiter. Die Energie verflog.

Jen hielt Terry an der kurzen Leine. Manchmal ignorierte sie ihn, dann wieder knutschte sie mit ihm, wenn sie nichts Besseres zu tun hatte. Ich knutschte nicht mit Low. Ganz egal, wie oft er versuchte, mich zufällig zu streifen, ich brachte einfach kein Interesse auf. Es lag weniger an den gebatikten Shirts und den Sandalen (plus der alten Banane), sondern dass er nicht kapierte, wie wir die Sachen betrachteten.

Mangelnde Selbstwahrnehmung, das war Lows Problem.

Wir saßen da und lauschten den Geschichten der Angels. Fehler, die sie begangen hatten, die schlimmsten Situationen ihres Lebens. Und die seltsamsten. Damals auf einem Fischkutter in Alaska, als es Lucas Aufgabe war, Plattfischen von der Größe eines Sofas den Kopf abzuschneiden. Als einer Frau nach einem Unfall der Augapfel aus der Augenhöhle heraushing und er einen Pappbecher darüberkleben musste. Oder als er auf einem Schlauchboot in Norwegen zusah, wie das blaue Eis hoch aufragender Gletscher in das sich erwärmende Meer fiel, während auf einer Eisscholle ein Mann am Klavier saß.

Der Gletscher stürzte herunter wie Wasser, erzählte er, und der Mann spielte ein Trauerlied.

Mattie hatte bei einem seiner Jobs per Post einen halben Finger von einem Mann geschickt bekommen, der ins Gefängnis musste. Ein andermal war er auf einer brasilianischen Insel nachts barfuß im Sand gelaufen und in einen abgebrochenen Flaschenhals getreten. Er bohrte sich durch den ganzen Fuß hindurch.

»Seht ihr?« Er zog eine Sandale aus, um uns die Narben zu zeigen. »Da ist die Eintrittswunde und da die Austrittswunde.«

Wir mochten die Angels. Sie hatten uns nicht zur Welt gebracht – sie hatten niemanden zur Welt gebracht –, und darin fühlten wir uns verbunden. Darin waren wir gleich.

Ich machte es mir zur Gewohnheit, wenn es nur leicht regnete, alleine auf der Farm herumzulaufen. Ich suchte mir ein ruhiges Plätzchen und stand einfach da, lauschte dem Plätschern der Regentropfen auf den Blättern und dem Boden. Ich schloss die Augen, um herauszufinden, was ich sonst noch hören konnte.

Ich übte, zu vergessen, was außerhalb meiner Reichweite lag, und nur wahrzunehmen, wo ich mich befand. Ich übte, nass zu sein, zu frieren und Hunger zu haben und das nicht zu beachten.

Manchmal nahm ich Jack mit, und ein Bestimmungsbuch, aus dem Schrank, das wir durch eine Plastikhülle hindurch studierten. Wir lernten die Namen von Bäumen und Sträuchern und lasen ihre Geschichte nach. Wir lernten, welche zur Zeit der amerikanischen Ureinwohner hier gewachsen und welche von weit her gebracht worden waren. Ahorn aus Norwegen, Maulbeerbäume aus Asien, sibirische Ulme.

Ein Baum aus China namens Kaiserbaum.

Schließlich gaben wir das mit dem Wachehalten auf. Eingenebelt wie wir waren, inmitten tief hängender Wolken, konnten wir vom Silo aus gar nichts sehen.

Außerdem hatten wir Angst vor Blitzen. Deshalb stiegen wir nicht mehr hoch.

Der Regen hielt uns vom Wachturm fern, daher war es auch der Regen, der uns die Männer mit den Gewehren brachte.

Wir saßen in der Küche des Cottage um den Tisch, da kam auf einmal ein Mann herein, den wir noch nie vorher gesehen hatten.

Er zog eine Waffe aus der Jacke. Wir standen schnell auf.

Er roch übel, nicht nach Schweiß, sondern nach etwas anderem – vielleicht Benzin. (Motoröl und rohes Fleisch, meinte Rafe später.) Er hatte einen grauen Bürstenhaarschnitt und einen buschigen Bart, wie plötzlich alle Männer. Seine Jeans war schmutzig, und über einem knalligen T-Shirt, im Orange von Pylonen, trug er eine Tarnweste. Ihn umgab eine bedrohliche Energie, wie ein Brummton.

Nüchtern zeigte er uns die Waffe. Sie sah schwer

aus. »Wie kommt es, dass ihr hier herumsitzt? Kugelrund und fröhlich?«

Wir starrten ihn an. Wir waren nicht kugelrund. Und sonderlich fröhlich fühlten wir uns auch nicht.

Er fragte: »Was ist euer Geheimnis?«

Er fragte das nicht nett.

Mit seiner Waffe dirigierte er uns zur Tür hinaus. Dann sprach er in ein Walkie-Talkie und ging mit Luca zu dem verschlossenen Tor, damit er es öffnete.

Dahinter warteten Trucks und Jeeps.

Ich rannte zur Scheune, um die kleinen Jungs zu suchen. »Jack«, flüsterte ich. »Hier sind bewaffnete Männer. Du musst mit Shel ein paar Campingsachen zusammensuchen und weglaufen. In den Wald. Versteckt euch, bis ich euch suche.«

»Ich will nicht weg von dir, Evie«, sagte Jack.

»Aber du musst. Im Ernst. Los! Los! Ab jetzt!«

Sie sprangen von der Heubodentür auf der Rückseite nach unten ins Freie. Sobald sie weg waren, ging ich wieder nach draußen. Die Fahrzeugkolonne fuhr durch das Tor. Noch mehr Männer saßen hinten auf den Pick-ups und Geländewagen. Sie sahen aus wie Soldaten, nur nicht so ordentlich und ohne Uniformen.

»Hinterwäldler-Soldaten«, sagte Rafe.

Ein paar standen auf dem Trittbrett eines Jeeps, außerhalb der Türen, und hielten sich an einem Gestänge auf dem Dach fest. Ihre Gewehre waren klobig und lang. Die Männer parkten die Autos ungeordnet, und ein schwerer Wagen fuhr über den Zaun, der um den Gemüsegarten lief. Er riss den Draht aus dem

Boden und rollte mitten über unsere besten Tomaten-
pflanzen.

Bei dem Anblick bekam ich einen heißen Kopf.

Luca sagte ihnen, wir könnten Sandwiches anbieten, aber dann müssten sie gehen. Es sei ein Baby hier,
sagte er. Ein Säugling. Und Jugendliche. »Sie erholen
sich von einem Trauma.« Ein Soldat stieß ihn fest in die Schulter, während die
anderen alles durchwühlten.

Wir standen vor dem Cottage und warteten. Einer
von ihnen war etwa in unserem Alter, ein Rotschopf
mit starker Akne. Er bewachte die Tür mit seiner
Waffe, während drinnen Schranktüren zuknallten und
Töpfe klapperten.

Die Männer stopften sich Essen in den Mund, während sie herauskamen, und als ich einen Blick in die
leere Küche warf, lag der Inhalt von Schubladen und
Schränken überall auf dem Boden verstreut. Die Nach-
wehen eines Einbruchs.

Es dauerte nicht lange, bis sie das Silo entdeckt hatten. Sie scharten sich um uns und trieben uns in die
Scheune, wo der Anführer eine kleine Ansprache hielt.

»Ihr lasst uns da rein«, sagte er.

Was eingesperrt sei, sei wertvoll, und wertvoll seien
Lebensmittel. Deshalb. Für jede fünf Minuten, die wir
sie nicht reinließen, würden wir bestraft.

Wir sahen uns gegenseitig an, wohlwissend, dass
Burl der Schlüssel war. Ich konnte ihn nirgends entdecken.

»Du da«, sagte der Anführer zu Mattie, der schützend den Arm um Sukey gelegt hatte. Das Baby protestierte ein wenig, und Sukey wiegte es, damit die Kleine nicht gleich aus Leibeskräften schrie.

»Ja?«, sagte Mattie.

»Rüber mit dir. Dorthin. Leg die Hand auf die Bank.«

Es war die Werkbank, an der Wand, die Mattie für seine Projektionen nutzte. Das Scheunentor stand offen, und im Licht von draußen sah ich einen langen Spinnenfaden seitlich von der Bank wehen, der sich an einem Splitter verfangen hatte.

An dieses Spinnennetz erinnere ich mich.

Mattie stellte sich also neben die Bank. Legte die Hand darauf. Ein Soldat band die Hand mit einem Seil an den Schraubstock am Ende der Bank. Der Anführer hatte ein elektrisches Werkzeug in der Hand, gelb und schwarz. Ich starrte es an.

»Ein Tacker«, flüsterte Rafe.

Der Anführer wandte sich um und schaltete das Gerät an. Es machte ein schrilles Geräusch. Mattie zuckte zusammen.

»In fünf Minuten jage ich eine Heftklammer in diese Hand«, sagte der Anführer.

Die Angels warfen sich mit angespannter Miene Blicke zu. Wo war Burl? Hier jedenfalls nicht. Ich sah mich verstohlen um. Ich wollte ihn nicht verraten, und ich wollte ganz sicher auch nicht, dass die Soldaten unsere Lebensmittel nahmen.

Andererseits war da der Tacker.

»Das ist ein biometrisches Schloss«, sagte jemand.

Darla. Es überraschte mich nicht, dass sie als Erste
klein beigab.

»Heißt?«

»Man kann es nur mit einem Fingerabdruck öffnen.«

»Von wem?«, fragte der Anführer.

»Er ist nicht hier«, sagte Luca.

»Zu schade aber auch.« Der Anführer wandte sich urplötzlich um, und Mattie schrie auf. Von einer Klammer mitten in seiner Handfläche lief Blut.

Er hörte auf zu schreien und schien sich zu bemühen, nicht zu weinen. Er presste die Lippen zusammen. Stoßweise atmete er aus und sagte: »Okay. Okay. Okay.«

»Ich suche ihn«, sagte Luca.

»Ich helfe dir.« Ich musste da raus.

Außerhalb der Scheune ließ es sich viel freier atmen.

Wir gingen nicht, wir rannten und riefen Burl dabei. Wir entdeckten ihn hinter dem Haus, wo er sich am Generator zu schaffen machte und mit geliehenen Ohrhörern Musik hörte. Er hatte keine Ahnung.

Wir klärten ihn auf und kehrten in die Scheune zurück.

Mattie rief: »Burl! Lass sie nicht das Essen nehmen!«

Der Anführer schoss ihm eine weitere Klammer in die Hand.

Sie drängten Burl aus der Scheune und ließen Mattie festgeklammert dort, bewacht von dem rothaarigen Jugendlichen. Ganz hinten packte Rafe mich am Ärmel, einen Finger auf die Lippen gelegt. Wir blieben, bis alle Männer draußen waren.

Der Junge trug die Haare hinten in einem Büschel, 169

ein Vokuhila. Ein Zahn war klassisch abgebrochen, ganz vorne. Seine braunen Arbeitsstiefel klafften an den Knöcheln auf, die Zungen hingen heraus, die Schnürsenkel schleiften am Boden, und an seinem weißen Muskelshirt waren quer über dem Bauch schwarze Schmierer.

Er wählte diesen Augenblick, um sein langes Gewehr aufzuklappen. Dann setzte er sich damit auf einen Heuballen, das Gewehr auf sein dürres Knie gestützt, und schob eine Patrone hinein.

»Schnapp es dir«, flüsterte Jen und stieß Rafe mit dem Ellbogen. »Solange er lädt, kann er nicht schießen!«

»Aber wenn er es rechtzeitig wieder zuklappt?«, fragte Rafe.

»Jetzt! Jetzt!«, sagte Jen. Wir stießen ihn beide.

Unbeholfen ging er zu dem Jungen und packte das aufgeklappte Gewehr. Sie rangen kurz miteinander – Mattie beobachtete das Ganze von der Werkbank aus, während sich Blut um seine gefesselte Hand sammelte –, bis Rafe dem Jungen mit dem Knie in die Eier trat. Er ächzte und ließ die Waffe fallen.

Eine Patrone rollte über den Boden.

»Hier!«, rief Jen und stürzte sich auf die Waffe, bevor sich der Junge wieder aufrichten konnte.

»Versteck sie«, sagte Rafe zu ihr. »Versteck sie einfach irgendwo.«

Ich ging zu Mattie und beäugte die Klammern. Sie saßen tief und waren kaum zu erkennen, ich sah nur aufgedunsene Haut und Blut.

»Wir werden Luca brauchen«, sagte er. Ihm stand

Schweiß auf der Stirn, und es fiel ihm schwer, zu sprechen. »Vielleicht kann er sie rausholen.«

In der Ferne war gedämpft splitterndes Glas zu hören. Wir rannten nach draußen. Unten am Silo drängten sich Leute, aber von hinten konnte ich nicht viel erkennen. Dann strömten Soldaten heraus, sie schüttelten jubelnd die Gewehre, die sie in den Händen hielten.

»Schaut euch das an! Eine H&K MP5!«

»Ich hab eine Ruger!«

»Ich hab einen historischen Sechsschüsser!«

»Alt ist doch scheiße.«

Hinter ihnen kam der Anführer heraus, und nach ihm Burl, die Hände an den Handgelenken zusammengebunden. Es waren Plastikfesseln, wie ich sie von der Polizei im Fernsehen kannte.

»Na los«, sagte Burl. »Schneidet mir die Dinger ab. Was könnte ich schon anstellen? Immerhin bin ich waffenmäßig ein bisschen unterlegen.«

»Ich soll euch glauben, dass ihr nichts außer Erdnussbutter und Pfirsichen übrig habt?«

»Und den ganzen Reis!«, sagte Burl. »Die Reissäcke werden wir dringend brauchen. Lasst uns doch nur einen da. Einen Sack.«

Die Angels standen zusammen. Jen zupfte Luca am Ärmel und bat ihn, Mattie zu helfen, während sich die Soldaten auf die Motorhauben ihrer Wagen oder auf den Boden setzten und ihre neuen Waffen luden. Sie rissen die Patronenschachteln auf, die sie gestohlen hatten.

»Einen Sack!«, stimmte Darla an. »Einen Sack! Einen Sack!«

Ihre vielen Armreifen klimperten, während sie klatschte. Es nervte mich.

»Psst«, mahnte David sie.

»Was ist das da?«, fragte der Anführer plötzlich. Er streckte den Arm aus.

Wir folgten seinem Blick. Am Rand der Wiese vor dem Wald standen drei Ziegen.

»Schaf schmeckt nicht«, sagte ein Mann mit einer Armbrust.

»Lamm schmeckt lecker«, sagte der Anführer.

»Das dort ist ein ausgewachsenes Schaf.«

»Tatsächlich sind das Ziegen«, sagte Terry.

»Also, Ziege schmeckt echt scheiße«, sagte der Anführer.

»Aber eine Menge Protein«, sagte die Armbrust.

Ein Schuss fiel. Ich hätte beinahe aufgeschrien. Eine Ziege knickte ein und brach zusammen. Die anderen beiden hauten ab.

Ich drehte mich mit angehaltenem Atem im Kreis, bis ich sah, wo der Schuss hergekommen war: der Rotschopf, von der Tür im Heuboden aus. Diesmal hatte er eine kleine Waffe. Er hob die Arme hoch und jubelte. *Ju-huu.*

Jack war dort draußen. Jack war irgendwo hinter den Ziegen.

»Jack könnte getroffen werden«, zischte ich Burl leise zu. »Jack ist dort drüben.«

»Er soll aufhören zu schießen«, sagte Burl zum Anführer. »Komm schon, Mann.«

Der Junge hob wieder seine Kurzwaffe. Ich spannte
den ganzen Körper an. Ich wandte mich zu der umge-

fallenen Ziege um, ein weißer Haufen auf dem Boden, und sah das, was ich am meisten fürchtete: Jack kam unter den Bäumen hervorgerannt und ließ sich neben der Ziege auf die Knie fallen.

»O nein, o nein, o nein«, sagte ich wohl. Ich blickte verzweifelt zwischen ihm und dem Jungen mit der Waffe hin und her. Der Junge bemerkte es nicht. Er feierte einfach nur seinen Schuss. Schwenkte die Waffe durch die Luft und tanzte oben auf dem Heuboden herum.

»Ist er …?«, fragte David.

»Scheint komplett zurückgeblieben zu sein«, nickte Juicy.

Zum Glück war der Anführer – die anderen Männer nannten ihn »Gouverneur« – in Richtung seines schlammbespritzten Trucks losgegangen, und als der Junge seine Waffe wieder hob, kam er an ihm vorbei und brüllte ihm etwas zu. Der Junge wirkte enttäuscht, entspannte aber den Arm.

Ich rannte los, querfeldein zu Jack.

Er kniete weinend neben der Ziege, die schwach atmete und aus einem Loch im Brustkorb blutete.

»Dilly, Dilly«, schluchzte Jack. Die Ziegen hatten Marken mit ihren Namen an ihren Halsbändern. »Sie ist die einzige Lamancha-Ziege hier. Sie ist so süß. Sie ist die süßeste Ziege von allen.«

Ich wäre am liebsten bei ihm geblieben, wusste aber, dass das nicht ging.

Als die Ziege nicht mehr atmete, brachte ich ihn zurück in den Wald, wo Shel hinter dichtem Gestrüpp kauerte.

Ich hatte nie die Stimme gegen Jack erhoben, doch diesmal war ich nahe dran.

Mattie war losgemacht worden, als ich wieder bei der Scheune ankam. Bleich lag er auf ein paar Heuballen auf dem Rücken, während Luca ihm Verbandsmull um die Hand wickelte.

»Hübsch habt ihr's hier«, sagte der Gouverneur zu Burl, dann nahmen seine Männer das Cottage ein.

Er postierte Wachen an der Küchentür, die beiden dicksten Soldaten. Sie trugen Karohemden und hatten Gewehre an Riemen über der Schulter hängen.

»Warum gehen die nicht?«, fragte ich Burl.

»Sie glauben, dass wir noch mehr Lebensmittel haben. Sie wollen uns aushungern. Und die Ziege essen.«

»Wir hätten die Waffen vorher rausholen sollen«, sagte ich. »Dann hätten sie jetzt nicht alle.«

Ich wusste, das war falsch, noch bevor ich es ausgesprochen hatte.

»Eve. Bitte.« Burl klang noch müder als sonst. Er war enttäuscht von mir, das merkte ich. Es war kein gutes Gefühl. »Wenn wir die Waffen herausgeholt hätten, wären wir tot.«

Sie hatten das Gemüse im Garten nicht bemerkt, also suchte ich Jen, und wir buddelten es gemeinsam aus. Wir transportierten mehrere Ladungen Karotten und Grünkohl in unseren Shirts und versteckten den Haufen in einem verrottenden Baumstamm.

Dann wurde Mattie aus der Scheune geführt. Er

diente anscheinend immer noch als Geisel. Oder als Sündenbock. Die beiden dicken Wachleute banden ihn an einem Bäumchen fest, das neben dem Haus wuchs. Er hielt den Blick in die Zweige gerichtet, während sie die Knoten festzogen.

Die Soldaten zerrten die tote Dilly in die Mitte des Hofs. Sie beugten sich vor, sodass ihre Arschritzen zu sehen waren, und zerlegten sie. Ein dicker Wachmann zog etwas heraus, das aussah wie lange graue Würste. Vielleicht Gedärm.

Jen kotzte.

»Hahahaha«, machte der rothaarige Junge.

Ich hätte ihn am liebsten abgestochen.

Auf dem Heuboden lagen wir in unseren Schlafsäcken nebeneinander im Dunkeln und flüsterten. Ein paar von uns wollten einen Aufstand planen. Doch das Geflüster hörte bald auf. Solange die Soldaten ihre Waffen hatten und ihre Waffen geladen waren, kam der Aufstand nicht so recht in Fahrt.

Ich schlüpfte aus dem Schlafsack und kletterte die Leiter hinunter. Meine Schuhe fand ich nicht, aber ich hatte auch nicht vor, weit zu laufen. Also ging ich barfuß durch das Scheunentor und über den Rasen zu den Zelten, in denen Burl und die Angels schliefen.

Ich wollte gerade an Burls Türklappe tappen, da hörte ich leises Gemurmel.

»Sie bringen die restlichen Ziegen morgen um«, sagte Burl.

»Und dann?«, fragte jemand. Wahrscheinlich Luca.

»Du da«, ertönte eine Stimme hinter mir.

Etwas Metallenes stieß mich in den Rücken. Ich wollte mich umwenden, aber es drückte mich vorwärts.

Ich wusste, wer das war: der Rotschopf.

»Na los«, drängte er mich. »Ich schieß dir in den Fuß.«

Komplett zurückgeblieben, hatte Juicy gesagt. Das wusste ich nicht, aber ich hatte Angst vor ihm: Er schien mir jemand zu sein, der selbst nicht absehen konnte, was er tun würde.

Also entfernte ich mich langsam von Burls Zelt und überlegte, ob ich laut schreien sollte. Die Waffe des Jungen kratzte über meine Wirbelsäule.

»Du warst im Wald«, sagte er. »Du versteckst da was.«

»Ich gehe nur zum Pinkeln dahin, das ist alles«, sagte ich. Ich pinkelte wirklich im Wald, das stimmte. Das machten wir alle. Wir hatten eine Regel: Die Toilette im Cottage war ausschließlich für das große Geschäft.

»Ihr versteckt Essen. Ihr habt ein Lager. Und das zeigst du mir jetzt.«

»Jetzt? In der Dunkelheit? Da ist aber nichts«, protestierte ich. Er durfte Jack nicht entdecken.

»Ist da draußen jemand?«, rief Burl.

»Sei still«, befahl der Rotschopf. »Geh weiter. Beweg dich!«

»Darf ich meine Schuhe holen?«

»Bewegung!«

Vorsichtig lief ich barfuß über das Feld, während der Junge mich permanent mit seinem Gewehr stieß.

Meine Augen gewöhnten sich an die Dunkelheit, als die Bäume vor uns auftauchten, eine schwarze Masse, die den Himmel ausfüllte.

Ich wusste nicht, wohin ich ihn führen sollte. Jack und Shel waren dort draußen, und ich stand hier im Dunkeln mit einem schießwütigen Idioten, der glaubte, ich könne ihn ans Ende des Regenbogens leiten.

Trotzdem. Mattie war weit schlimmer dran als ich. Und er beklagte sich nicht.

»Da draußen sind nur Bäume und Büsche.« Ich trat vorsichtig auf. »Da gibt es nichts zu sehen.«

Er schaltete eine Lampe ein. Ein grelles weißes Licht leuchtete rechts und links von uns und dann vor uns, als er die Waffe von meinem Rücken wegnahm. Er überholte mich auf dem Pfad zwischen den Baumstämmen.

»Wenn du abhaust, erschieß ich dich.«

»Das hattest du bereits erwähnt.«

Ich trat mit dem nackten Fuß auf einen spitzen Zweig, sodass ich nach Luft schnappte. Der Junge erschrak und wirbelte zu mir herum. Ich hielt die Arme hoch, als würde das etwas nützen.

»Das hat wehgetan.« Mein Fuß pochte, und ich humpelte.

Seine Lampe hypnotisierte mich, während wir uns zwischen den Bäumen hindurchschlängelten. Ich starrte die Blätter und Äste im Lichtschein vor uns an und suchte nach einer Strategie, um den kleinen Jungen auszuweichen. Wo gingen wir überhaupt hin? Aber mir fiel nichts ein. Mein Kopf war leer. Vielleicht würden wir ewig so weiterlaufen. Vielleicht würden wir einfach wieder aus dem Wald hinauslaufen und in ein Nichts dahinter.

Vielleicht war es mir mittlerweile egal.

Die Stöcke auf dem Boden vor ihm bildeten ein Muster, wie mir auffiel, während er eine nervige Melodie pfiff. Das Muster erinnerte mich an die Kuchen, die wir immer zu Thanksgiving aßen, mit einem Gitter aus Mürbteig obenauf. Was waren das noch für Kuchen gewesen? Apfel? Blaubeere?

Jetzt hätte ich liebend gern einen Kuchen, dachte ich.

Er stolperte, und die Lampe bewegte sich ruckweise. Er fiel.

Blätter und Äste brachen und knackten, jemand schrie. Das weiße Licht schien schräg von unten herauf.

Er war durch das Geflecht in ein Loch gefallen, das tiefer war als er groß.

Als ich hineinguckte, brüllte er von unten.

»Mein Bein! Ich hab mir das Bein gebrochen! Hilf mir!«

Aber er hatte immer noch seine Waffe, deshalb ging ich weg.

Wahrscheinlich war es eine Fallgrube, erklärte mir Burl nach meiner Rückkehr. Der Wald befand sich nicht auf dem Grund der Besitzerin. Manche Leute gingen dort jagen und stellten Fallen auf.

Ausnahmslos jeder von uns hätte sich ein Bein brechen können, wollte ich jammern. Oder auch den Hals. Aber ich war froh über die Grube. Und dann ging ich schlafen.

Wir waren erschöpft, als die Soldaten in die Scheune stürmten. Ich brauchte einen Augenblick, um zu begreifen, dass sie zornig waren. Wir setzten uns alle auf, rieben uns die Augen und blinzelten, während sie ihre Gewehrkolben gegen Pfosten und herunterhängende Glühbirnen stießen.

Es war Morgen.

»Die Ziegen! Wo zum Teufel sind die Ziegen?«

Anscheinend hatten sich die Ziegen aus dem Staub gemacht.

»Okay, verdammte Scheiße«, sagte der Gouverneur. »Ihr scheißverdammten Kids. Dafür bezahlt ihr.«

Damit wandten sie sich um und stapften wieder nach draußen. Verwirrt folgten wir ihnen, schlüpften in unsere Schuhe, kletterten aus unseren Boxen und vom Heuboden hinab.

Mattie stand wieder unter dem Baum, die Arme oben in den Ästen festgebunden. Ein paar Männer richteten ihre Waffen auf ihn.

»Was glaubt ihr denn, warum sie davongelaufen sind?«, rief Burl. »Wenn geschossen wird! Ihr seid schuld!«

»Hier rüber!« Die dicken Wachmänner stießen die Angels mit ihren Gewehren, bis sich alle drei innerhalb des Kreises aus Klingendraht befanden, den sie um Mattie und seinen Baum gespannt hatten.

Nur Burl stand noch außerhalb des Kreises – Burl und wir.

Und die Soldaten.

»Beschafft uns die Ziegen«, sagte der Gouverneur in unsere Richtung. »Solange wir die Ziegen nicht zu

Gesicht bekommen, mache ich alle fünf Minuten das hier«, und er steckte etwas, das aussah wie eine große, lange rote Gabel durch den Klingendraht.

Es berührte Darla an der Seite, sodass sie schreiend zusammenzuckte.

»Ein Viehstock«, murmelte Terry.

Der Gouverneur stieß immer wieder zu, bis sie auf den Boden fiel und sich krümmte und an einer Rasierklinge kratzte. Blut lief ihr über die Stirn.

»Holt sie her«, sagte der Gouverneur.

»Kopfwunden bluten stark«, erklärte uns Burl. »Sie wird wieder. Es ist wahrscheinlich besser, ihr macht, was er sagt.«

Jack und Shel hatten die Ziegen durch die flachsten Stellen des Bachs getrieben. Vorbei an der eingestürzten Fallgrube, wo der Rotschopf mit seiner Flinte im Arm schlief. Zwischen den Bäumen hindurch, über einen Schotterweg an einer baufälligen Garage und den verrosteten Zähnen eines Pflugs vorbei. Vorbei an einer abgeblätterten Reklametafel für Satellitenfernsehen. Auf eine eingezäunte Weide neben dem Haus eines Nachbarn – eines der Häuser, die man vom Silo aus sehen konnte.

Schwarz-weiße Kühe standen herum, und am anderen Ende rupften die Ziegen hohes Gras.

»Wenn wir sie zurückbringen, erschießen sie sie«, sagte Jack. »So wie er Dilly erschossen hat. Wie Dilly.«

»Wenn nicht, tun sie den Angels noch mehr weh«, erklärte Rafe.

»Oder einem von uns«, sagte ich.

»Das ist gemein. Warum sollten sie denn sterben müssen?« Jack begann zu weinen.

»Sieh mich an, Jack«, sagte ich. »Wir müssen sie zurückbringen. Es ist ernst.«

»Aber sie können doch nichts dafür!«, heulte Jack. »Wir dürfen die Tiere nicht opfern. Wir müssen sie retten. Ich würde lieber mich selbst opfern.«

»Aber die Soldaten wollen nicht dich«, sagte ich. »Sie essen keine kleinen Jungs.«

»Sie essen uns nicht«, murmelte Jack.

Schließlich machten sich die kleinen Jungs zum anderen Ende der Weide auf. Wir warteten bei der Farm, auf deren Veranda ein paar Skateboards, mehrere Roller und schlammverkrustete Stiefel lagen. Ich klopfte an die Tür, aber es war niemand zu Hause.

Durch die Fenster sahen wir das Wohnzimmer, in das Sonnenlicht fiel. Es war voller Plüschtiere, die wie eine Grundschulklasse auf dem Teppich aufgereiht waren. Vor ihnen saß ein gigantischer Stofflöwe auf einem Sessel, so einer von denen, die man ihn auf einem Jahrmarkt gewinnen kann. Er hatte ein aufgeschlagenes Bilderbuch auf dem Schoß.

Ich rechnete damit, dass der Löwe gleich umblätterte.

Dann hörte ich ein *Määh*. Die Ziegen kamen langsam näher, Jack und Shel trotteten vor ihnen her.

Wir liefen auf der Straße zurück.

Jack und Shel schnieften jämmerlich und streichelten den Ziegen immer wieder die Rücken und die Köpfe. Wir anderen waren abgelenkt und nervös. Ich dachte an den Klingendraht und an Matties Hand, die sich dunkel gefärbt hatte und von dunklen Adern durchzogen war.

Aber auch auf mir lastete das Todesurteil für die Ziegen. Ich warf einen kurzen Blick zur Seite auf ihre Köpfe, als wir sie wieder in den Wald führten, auf ihre müden Augen mit den langen weißen Wimpern. Ihre feuchten Nasen und stumpfen kleinen Hörner, ihre sanft gerundeten Rücken.

Wenn Jack ihnen die Hand auf das Fell legte, schienen sie sich gar nicht von unseren Hunden zu unterscheiden, damals im Sommerhaus.

Zufrieden wackelten sie mit ihren Stummelschwänzen.

Die Soldaten hatten die Angels mit ihren Viehstöcken getriezt und zugesehen, wie sie um sich schlugen. Dabei zerschnitten die Klingen den Angels die Arme und Beine.

Als wir zurückkamen – wir hatten die Ziegen auf dem Feld gelassen und Jack und Shel im Wald –, hatten sie bereits aufgehört. Sukey sei mit dem Baby nach draußen gekommen, erzählte Burl. Sie habe sich einfach hingestellt, das Baby gewiegt und die Soldaten angestarrt. Bis sie schließlich aufgaben. Das Baby war wohl ein Spaßverderber.

Jetzt pinkelten zwei von ihnen an die Hauswand, während ein anderer auf seinem Handy spielte. Als sie die Ziegen bemerkten, überprüften sie, ob ihre Gewehre geladen waren, und zogen los.

Die Angels lagen verkrümmt auf dem Boden innerhalb des Klingendrahts, ihre Arme und Knöchel bluteten. Über ihnen war Mattie an dem dünnen Stamm des Hartriegels zusammengesackt. Seine Knie waren gebeugt, er hing an seinen festgebundenen Handgelenken. Es sah aus, als würde er schlafen.

Wir hielten den Draht nach unten, damit Low und Rafe darübersteigen konnten. Zuerst hoben sie Luca hoch. Seine Füße schleiften auf dem Boden, als sie ihn zwischen sich über das verklumpte Gras trugen. In der Scheune legten wir ihn auf Heuballen und gingen zurück, um John und Darla zu holen.

Ich fragte Burl, ob wir Mattie losbinden und auch mitnehmen konnten, aber Burl schüttelte den Kopf.

So weit sollten wir nicht gehen. Das könnte das Fass zum Überlaufen bringen, sagte er.

Hinter uns stand der Gouverneur oben in der Heubodentür, der Herr all dessen, was er im Blick hatte. Dabei hatte er eine Hand in seinem Hemd stecken, wie auf einem Gemälde von Napoleon.

Darla war am schlimmsten verletzt. Blutflecken färbten die gelben Ärmel ihrer Hippietunika rot. Kaum vernehmbar flüsterte Luca von seiner Bank aus Heuballen, zwei ihrer Schnittwunden müssten genäht werden: Eine klaffte auf und blutete noch. Juicy bot an, sie zu nähen – in letzter Zeit fand er Gefallen an blutigen Dingen –, aber Burl lehnte dankend ab. Er würde sich selbst darum kümmern.

Also leitete Luca ihn beim Nähen von Darlas Wunden an, und wir setzten uns zu ihnen. Erst war sie ohnmächtig, dann wachte sie stöhnend auf. Luca mühte sich zittrig zu uns herüber und spritzte ihr ein

Schmerzmittel aus dem Verbandskasten, Burl trug mit einem Wattebausch Jod rund um die größte Schnittwunde auf.

Sie fing an zu kichern und redete Unsinn, ziemlich undeutlich. »Rasierklingen«, gluckste sie. »Rasierer, Radierer, Rasierer Radierer Rasierer Raser! Rosine!« Aber sie ließ es geschehen, dass Burl die Nadel wieder einstach.

Während wir zusahen, wie die Nadel in die Hautfetzen eindrang und herauskam – Low war fasziniert, Jen übergab sich in der Ecke –, hörten wir die Schüsse.

Ich steckte mir die Finger in die Ohren. Mir war schon klar, dass das kindisch aussah, aber ich dachte an die Wackelschwänze und die müden Augen und konnte nicht anders.

»Warum erschießen sie alle auf einmal?«, fragte Juicy. »Das Fleisch verdirbt doch, wenn sie es nicht sofort essen.«

»Sie haben einen großen Gefrierschrank«, sagte Burl. »Einen begehbaren. Habt ihr es noch nicht gehört? Sie wohnen in einem McDonald's.«

Die Soldaten prahlten mit den Edelstahltheken und den Wasserhähnen in den Waschbecken, aus denen immer noch so heißes Wasser kam, dass man sich verbrühen konnte. Von den schweren Tüten mit tiefgefrorenen Pommes in dem begehbaren Gefrierschrank. Dort wollten sie die Tiere zerlegen, im Komfort ihrer Großküche.

Sie trugen die Ziegen an den Beinen und schleuderten sie auf die Ladeflächen zweier Pick-ups. Hufe und
Hörner schlugen gegen das Metall.

Jack steckte tief im Wald, das Gesicht abgewandt. So war es doch, oder?, fragte ich Jen. Das hier würde er doch bitte nicht mit ansehen.

Und Shel auch nicht, sagte sie. Wir blickten uns fest in die Augen. Wenn der Blick fest genug war, konnten wir es wahr machen.

Aber der Gouverneur war immer noch nicht überzeugt, dass wir alle Lebensmittel hergegeben hatten. Als die Ziegentöter abfuhren, behielt er sechs Mann bei sich, darunter auch die beiden dicken Wachmänner und den Typ mit der Armbrust. Und Mattie ließ er gefesselt am Baum. Er ging mit seinen Soldaten ins Silo und transportierte Unmengen von Vorräten in ihre Jeeps.

Wir blieben in der Scheune, die drei bandagierten Angels lagen, wir anderen saßen auf Heuballen.

»Ihr nehmt mich nicht ernst«, sagte der Gouverneur zu Burl, der an der Tür stand, als die Transporte weniger wurden. »Ihr glaubt wohl, ich mache Spaß.«

»Nein«, sagte Burl.

»Wir wissen, dass du keinen Spaß machst«, sagte Darla. Sie war immer noch durcheinander wegen des Schmerzmittels, das Luca ihr verabreicht hatte. Sie lag auf dem Rücken und zwirbelte fettige Dreadlocks um einen Finger, die Arme in weißen Verbänden. Ihre klappernden Armreifen trug sie nun um die Fußknöchel. Ich kannte sie mittlerweile gut: Fischanhänger und Peace-Zeichen, Mondsicheln und Sterne, Spiralen und Yin-Yang-Symbole. »Aber du hast eine total schwarze Aura.«

»Lass stecken, Darla«, sagte Rafe.

»Ich erschieß den Typ«, sagte der Gouverneur. »Den Lehrer.«

»Er ist Biologe«, sagte Sukey.

Quer auf ihrem Schoß lag das Baby in seiner Decke und sah aus wie ein übergroßer Kokon.

»Und wenn er Tarzan ist, scheißegal. Wenn ich bis Sonnenuntergang nicht höre, wo die restlichen Lebensmittel sind, verpass ich ihm einen Schuss in den Bauch«, sagte der Gouverneur. »Langsam und schmerzhaft. Sonnenuntergang. Hab euch gewarnt.«

»Ihr habt riesige Tüten Tiefkühlpommes«, sagte Juicy. »Das haben eure Leute erzählt.«

»Außerdem können wir euch nicht geben, was wir nicht haben«, sagte Burl.

Ich fand das ganz schön mutig von ihnen, so mit ihm zu reden.

»Ist nicht euer Problem, was ich habe. Bis Sonnenuntergang«, sagte der Gouverneur.

Beim Gehen trat er einem Esel gegen das Bein.

Der Esel scheute, dann schlug er mit dem Schwanz.

Juicy sammelte Spucke, wandte aber das Gesicht von uns ab, um sie loszuwerden. Er war reifer geworden.

»Ein hundertprozentiger Vollidiot«, sagte er.

Nach der Ankunft der Soldaten hatte der Regen nachgelassen, aber jetzt setzte er wieder ein. Wir gingen zu Matties Baum hinaus und spannten das Vordach seines Zelts über ihm auf, damit er trocken blieb, aber er war bereits durchnässt. Trotzdem lächelte er schwach, als Val und ich ihm einen trockenen Schlafsack um die nassen Schultern legten.

»Wenn sie den Jungen finden, der in die Grube gefallen ist, wird er mich verraten«, sagte ich zu Burl, als wir zur Scheune gingen. »Meinst du, ich werde bestraft?«

Er holte frische Watte heraus und begann, den Verband um einen von Darlas Armen zu lösen. Rafe und Jen setzten sich an ihren Kopf und legten ihr die Hände auf die Schultern, damit sie nicht zurückzuckte.

»Ich glaube, der Junge ist ihnen egal«, sagte er, während er die durchtränkte Watte abzog.

»Der Typ ist doch schwachsinnig«, sagte Terry.

»Er hat wahrscheinlich einfach nur mitgemacht«, sagte Burl.

»Oh, oh, oh, oh«, machte Darla.

»Das Medikament wirkt nicht mehr«, sagte Rafe.

»Es tut weh«, sagte Darla.

Dann erhob sich Luca von seinen Heuballen. Er schwankte.

»Ich mach das.« Er nahm Burl die Watte ab.

Plötzlich zirpten Grillen, an unterschiedlichen Stellen der Scheune gleichzeitig.

Grillen hätten gar nicht da sein dürfen.

»Die Handys«, sagte Juicy. »Das sind Handys.«

So war es. Manche hatten noch Energie, und als Klingelton war Grillenzirpen voreingestellt. Sie klingelten alle im selben Moment.

8 Mein Handy war keines von diesen Telefonen, denn meines hatte ich schon längst in einer Küchenschublade begraben. Also war ich auch keine von denen, die rangingen. Ich gehörte nicht zu denen, die sie herbrachten.

Ich sage das nicht, um zu behaupten, ich wäre unschuldig, ich sage es nur, weil es wahr ist.

Es gibt da so einen Spruch: Geh nicht mit einem Messer zu einer Schießerei.

Aber ein Messer ist besser als nichts.

Eine Stunde vor Sonnenuntergang standen wir bibbernd im Regen oben auf dem Silo und sahen zu, wie Mattie, immer wenn er ohnmächtig wurde, nur an den Handgelenken hing. Ich sah ihn durch die kahlen Zweige über seinem Kopf: Die meisten Blätter waren abgerissen.

Die Soldaten schlugen gerne mit ihren Gewehren auf den Baum ein, direkt über Matties Kopf.

Er wachte ruckartig auf, wenn seine Handgelenke zu sehr schmerzten, und sackte erneut zusammen, sobald er wieder ohnmächtig wurde. Ich stellte mir ständig vor, wie wir ihn endlich losbinden würden.

Wie seine Arme herunterfallen würden, die größte Erleichterung, die es geben konnte. Dann würden wir ihn
wegbringen, in Sicherheit. Wir würden ihn waschen
und seine Hände versorgen und ihm saubere Sachen
zum Anziehen geben.

Wir würden ihn irgendwo hinlegen, wo es weich war.
Ich blickte hinunter zu Burl, der unter mir auf dem
Absatz der Wendeltreppe stand. Ich betrachtete seine
schmalen Schultern und die Falten in seinem Gesicht.
Ich dachte bei mir, wie müde er doch aussah.

Er hatte uns durch die biometrische Tür eingelas-
sen, und wir waren nach oben gestiegen. Der Gouverneur und seine Soldaten versuchten nicht, uns
aufzuhalten – sie hatten schon alles aus dem Silo genommen. Vom Cottage her waren Gelächter und Musik
zu hören, als wir durch den Regen rannten. Sämtliche
Fenster waren hell erleuchtet und warfen ein gelbli-
ches Licht auf Matties Baum.

Angespannt warteten wir oben im Ausguck. Wir
alle, bis auf Sukey, die mit dem Baby unten geblieben war, und die Angels, die in der Scheune lagen und
ihre Wunden pflegten. Wir standen so gedrängt oben
auf der Plattform, dass ich fürchtete, jemand könne
hinunterfallen.

Dann fuhren drei wohlbekannte Autos vom Tor aus
herein, die Reifen knirschten auf dem Schotter. Eines
der Autos gehörte meinen Eltern.

In unserem Auto lag immer Zeug auf dem Boden.
Leere Chipstüten und zerdrückte Getränkedosen und
Brösel von White-Cheddar-Popcorn. Jetzt war es ein
beinahe liebevolles Gefühl, als ich an diesen Abfall

zurückdachte. Die Überreste reichlich vorhandener Snacks.

Mir war damals nicht eingefallen, den Müll aufzuheben. Sicher würden sich meine Eltern darum kümmern. Früher hatten wir sie alles für uns machen lassen – das war selbstverständlich gewesen. Dann kam der Tag, an dem wir das nicht mehr wollten.

Später fanden wir heraus, dass sie keineswegs alles gemacht hatten. Das Wichtige hatten sie weggelassen.

Und das kannte man als: die Zukunft.

»Was habt ihr ihnen erzählt?«, fragte ich David.

»Dass die Soldaten Gewehre haben.«

»Vielleicht haben sie etwas, wovon wir nichts wissen«, sagte Juicy hoffnungsvoll. »Eine Geheimwaffe.«

Wir dachten darüber nach. Ich hatte das Gefühl, zu schweben, als wir zusahen, wie die Eltern aus den Autos ausstiegen und die Türen hinter ihnen zufielen. Zu schweben oder zu gleiten.

Ich befand mich hoch oben über dem Geschehen und wollte am liebsten dort bleiben. Für immer. Oben im Silo oder sogar fliegen. Ich könnte über alles hinweggleiten, über die Farm und die Felder, und beobachten, was unter mir passierte, ohne jemals selbst handeln zu müssen.

Ich könnte für alle Zeiten oben in der Luft bleiben, solange Jack neben mir schwebte.

»Wem machen wir hier was vor?«, sagte Rafe.

Acht Eltern waren gekommen, inklusive meinen. Ganz dünn plötzlich. Mit dem Chaos hatten sie abgenommen. Wie Filmstars mit einem Personal Trainer.

Aber falls sie Geheimwaffen hatten, waren diese Waffen gut verborgen.

Wir sahen zu, wie sie zu Matties Baum gingen und dort im Nieselregen stehen blieben.

Sie wussten gar nichts über ihn, dachte ich. Sie hatten keine Ahnung, was für ein guter Mensch er war.

Ich hätte gerne ihre Gesichter gesehen. Es wurde dunkel.

Sonnenuntergang, hatte der Gouverneur gesagt. Wir waren nervös.

Wir wollten eigentlich rausgehen, andererseits fürchteten wir, wir könnten sie ablenken. Ich lief die Treppe hinunter, als Burl von oben rief.

»Bleibt hier drinnen! Ihr seid nur eine Belastung. Ich sage ihnen, was Sache ist.«

Er sollte sich beeilen, dachte ich. Bevor die Soldaten sie überraschten, oder sie die Soldaten.

»Dann los, raus«, sagte Juicy. Er hatte kein Problem damit, unhöflich zu sein.

»Die Sonne geht gleich unter«, sagte Rafe entschuldigend.

»Ich gehe jetzt«, sagte Burl.

»Ich will mit dir mit«, sagte Val.

»Sind deine Eltern auch dabei?«

»Nicht dabei. Keine Eltern.«

Sie verließen das Silo, und wir anderen blieben im Ausguck.

Wir sahen zu, wie Burl am Baum mit den Eltern redete und wie sich einer von der Gruppe löste – ein Vater, nicht meiner. Meiner kniete neben meiner Mutter. Anscheinend band er ihr den Schuh zu.

Manchmal hatte sie Rückenschmerzen, deshalb bückte er sich für sie. Jetzt tat ihr wohl der Rücken weh. Ganz übel war er nicht, mein Vater.

Der andere Vater joggte zu seinem Auto und kam mit einem Werkzeugkasten zurück. Er nahm etwas heraus und durchtrennte den Klingendraht. Der Draht fiel herunter, und sie banden Mattie los.

Juicy wollte Rafe abklatschen, aber für Abklatschen war Rafe zu cool. Burl führte zwei Väter Richtung Scheune – sie trugen Mattie zwischen sich, seine Arme um ihre Schultern, und sein Kopf kippte nach hinten.

Die laute Musik aus dem Cottage verstummte. Eine jaulende Country-Stimme brach mitten im Ton ab.

Wir reckten die Hälse, um besser zu sehen, und drängten uns eng aneinander ans Geländer. Der Gouverneur kam zur Tür heraus, hinter ihm die beiden dicken Wachmänner, und nahmen ihre Gewehre ab. Es wurde geredet, sie wurden laut, aber wir verstanden nichts.

Dann wurde jemand geschubst. Uns war nicht ganz klar, wer. Es standen zu viele Leute zusammen. Ein Schuss fiel. Zwei Schreie. Wir starrten uns an.

Aber anscheinend war in die Luft geschossen worden, denn niemand taumelte. Die Eltern wichen zurück.

Den Vätern wurden Waffen in den Rücken gedrückt. Mütter gaben mit hoher Stimme panische Sachen von sich. Die letzten Soldaten kamen aus dem Cottage. Sie gestikulierten mit ihren Waffen – selbst mit der Armbrust – und wiesen ruckartig immer wieder damit Richtung Scheune. Die Gruppe lief los.

»Sollen wir besser auch runter?«, fragte Jen.

»Wir wären ja Weicheier, wenn wir hierblieben«, sagte Juicy.

»Burl will, dass wir das Silo nicht verlassen«, meinte Low.

»Respekt für Burl«, sagte Rafe. »Wisst ihr noch? Das ist eine Regel.«

»Ihr bleibt, wo ihr seid«, rief Sukey nach oben.

»Seht mal, was ich gefunden habe!«, rief eine zweite Stimme. Ebenfalls von unten.

Ich duckte mich nach drinnen und schaute. Val stand an der Silotür. Sie winkte jemanden hinter sich herbei.

Ich brauchte einen Augenblick, um Dee zu erkennen. War sie dünner geworden, so wie die Eltern? Waren ihnen im Sommerhaus die Lebensmittel ausgegangen? Oder wirkte nur ihr Gesicht alt?

»Schau einer an«, sagte Low.

»Sie hat sich in einem Auto versteckt«, sagte Val.

»Sie brauchten Hilfe, um hierherzufinden«, erklärte Dee schwach. »Und ihr wart es, die sie hierhaben wollten. Ihr wart es, die gesagt haben, ihr braucht ihre Hilfe.«

»Nur weil sie uns angerufen haben«, sagte Low.

»Ihr habt sie zuerst angerufen«, sagte Dee.

»Nein«, empörte sich Low.

»Na, irgendjemand war es«, sagte Dee. »Daher wussten sie, wo ihr seid. Und deshalb haben sie euch alle angerufen. Zur gleichen Zeit.«

»Blödsinn«, sagte Rafe. »Von uns hat sie niemand angerufen.«

Wir schüttelten die Köpfe.

»Nicht angerufen«, sagte Jen.

»Nein«, sagte Low. »Würden wir niemals tun.«

»Ich hab angerufen.«

Wir blickten nach unten. Sukey wiegte das Baby. Sie hob nicht einmal den Kopf. Sie wich unseren Blicken aus.

Wir schwiegen.

Ich konnte es kaum fassen.

Doch sie hatte es selbst zugegeben.

»Okay«, sagte Dee. »Ich habe recht. Ich habe gewonnen.«

»Einen Scheiß hast du gewonnen«, sagte Jen.

Aber sie wirkte besiegt. Sie hatte Sukey nähergestanden als wir alle.

»Na, das ist ja großartig«, sagte Rafe nach einem Moment. »Völlig für den Arsch. Und jetzt haben diese Psychos acht neue Geiseln.«

»Was machen wir jetzt?«, fragte Juicy.

Er sah Rafe an, und Rafe sah mich an.

Ich dachte an Jack und Shel, die sich immer noch unbemerkt versteckt hielten. Irgendwie wollte ich immer noch, dass wir abhauten und zu ihnen gingen. Und es den Älteren überließen, den Kampf auszufechten.

Aber ich konnte nicht.

Also redeten wir. Und stimmten ab.

Die Delegation bestand aus mir, Rafe und Terry. Sukey und Dee kamen auch mit – Dee bestand darauf, und Sukey hatte das Baby. David blieb im Silo.

Der Rest ließ sich an Vals Kletterseil herunter und machte sich im Dunkeln auf in den Wald. Unsere Gruppe ging zur Scheune hinüber, wo der Typ mit der Armbrust die Tür bewachte.

Innen war es düster, ein paar Campingleuchten hingen an Balken. Die Eltern steckten in einer Box, deren Tür mit einem Vorhängeschloss gesichert war. Mir war nicht klar, wofür das Schloss gut sein sollte, denn die Box hatte nur eine halbhohe Wand. Sie hätten herausklettern können. Egal.

In einer anderen Box waren Burl und die Angels. Sie beugten sich über Mattie.

Die Soldaten schienen ihn vergessen zu haben. Oder sie hatten vielleicht doch noch Mitleid bekommen.

Ich bezweifelte das.

»Eve!«, sagte meine Mutter.

»Eve!«, sagte mein Vater.

Etwas an ihnen war komisch, jenseits ihrer ausgemergelten Körper und Gesichter. Da fiel es mir ein: Sie waren stocknüchtern.

»Oh. Ein Familientreffen«, spottete der Typ mit der Armbrust.

»Gott sei Dank«, sagte meine Mutter. »Dir geht es gut. Und Jack? Wo ist Jack?«

»Er ist in Sicherheit«, sagte ich. »Erst mal.«

»Eve. Wir haben uns solche Sorgen gemacht.«

»Wir haben euch gesagt, dass sie Waffen haben«, zischte ich. »Und ihr seid ohne alles einfach so hergekommen?«

»Wir haben das Gesetz auf unserer Seite, Eve«, sagte mein Vater und richtete sich gerade auf. Er bemühte sich, zuversichtlich auszusehen. »Die Macht des Gesetzes!«

Vielleicht war er ja doch betrunken.

»Wir haben ein Verfahren angedroht«, sagte ein Vater neben ihm.

Das musste Rafes Vater gewesen sein, denn Rafe vergrub das Gesicht in der Hand und schüttelte den Kopf.

»Wir zerren diese Mistkerle vor Gericht. Denen wird noch Hören und Sehen vergehen«, brummte ein anderer Vater. »Wenn sich alles wieder normalisiert hat.«

»Ein Baby! Das Baby!«, juchzte eine Mutter. Die Mütter versammelten sich an der Tür der Box und versuchten, die Kleine zu berühren. Sukey hielt das Baby hoch und ließ sie.

Wir wandten uns von der Babystreichelaktion ab.

Wie üblich war Terry unser Sprecher, ohne seine Brille sah er allerdings nicht mehr so gelehrt aus. Unser Terry war nun mal ein kleiner Moppel.

»Verzeihung. Wo ist der Gouverneur?«, fragte er den Armbrustmann.

Die Armbrust zeigte nach oben.

Die anderen Soldaten saßen auf Strohballen und unserem aufgestapelten Bettzeug auf dem Heuboden. Sie rauchten. Es roch nach Gras.

Es gefiel mir nicht, dass sie mit ihren schmierigen Ärschen auf meinem Schlafsack hockten. Kein bisschen.

»Sir«, rief Terry. »Dürften wir um Ihre Aufmerksamkeit bitten?«

»Na klar, mein Junge.« Der Gouverneur nahm einem der Fettsäcke den Joint ab. »Hab gerade nichts Besseres zu tun.«

Jedenfalls hatten sie die Sonnenuntergangsfrist aufgegeben. Die Eltern hatten sie wenigstens abgelenkt.

»Unter vier Augen«, sagte Terry.

»Kommt rauf.« Der Gouverneur inhalierte tief. Und hielt den Atem an.

Also stiegen wir die Leiter hoch, erst Terry, dann Rafe, dann ich.

»Erzählt ihr uns jetzt, wo der Rest versteckt ist?«, fragte der Gouverneur. »Oder müssen wir die Eltern foltern?«

Neben ihm zückte ein Fettsack ein kleines schwarzes Ding, das aussah wie der Bartschneider meines Vaters.

»Ein Taser. Hat fünfzigtausend Volt«, prahlte der Dicke. »Macht einen Lichtbogen. Jagt tausendzweihundert durch den Körper.«

»Es gibt kein anderes Versteck«, sagte Terry. »Leider.«

»Also weißt du«, meinte der Gouverneur nachdenklich, »so langsam könnte ich anfangen, das zu glauben.«

»Hören Sie.« Terry kniete sich höflich vor sie hin. Das war improvisiert. Wir hatten ihm nie gesagt, er solle sich hinknien. »Die Eltern sind echte Arschlöcher. Vollidioten. Das wissen wir. Was glauben Sie denn, weshalb wir abgehauen sind? Sie leben in einer Fantasiewelt. Aber wir haben etwas Reelles im Angebot.«

»So gut wie Essen?«, fragte der Gouverneur.

»Vielleicht sogar besser«, sagte Terry.

»Dann raus mit der Sprache«, sagte der Gouverneur.

»Sie haben doch ihre Autos gesehen«, sagte Terry. »Den Mercedes, den Volvo SUV und das alte Modell S?«

»Ja«, sagte der Gouverneur. »Beschissene Bodenfreiheit, aber guter Wiederverkaufswert. Die nehmen wir.«

»Natürlich«, sagte Terry. »Wir würden nichts anderes erwarten.«

Die Fettsäcke lachten. Der Gouverneur lächelte.

»Die Autos erwähne ich nur, weil sie auf etwas hindeuten«, sagte Terry. »Auf etwas, das wir Ihnen geben können, wenn Sie versprechen, dass Sie hier weggehen.«

»Nämlich, mein Junge?«

»Ihr Geld.«

Schweigen schlug uns entgegen. Aber auch Interesse.

Unsere Eltern waren nicht die Jachteltern. Lange nicht. Aber einige Ressourcen hatten sie.

»Was du nicht sagst«, kommentierte der Gouverneur langsam.

»Wir können uns Zugang zu den Bankkonten verschaffen«, sagte Rafe. »Einer von uns ist ein Techie. Quasi ein Hacker. Und zu ihren Laptops. Und zu einem Hotspot, wenn wir auf einen Berg in der Nähe steigen, da steht ein Mobilfunkmast. Wenn Sie hier weggehen, überweisen wir Ihnen das Geld.«

Wieder Schweigen.

»Hm«, machte der Gouverneur. Er nickte langsam. »Über wie viel reden wir?«

»Wir haben noch keine genauen Zahlen«, sagte Terry.

»Aber das finden wir heraus. Es gibt einige ETFs, Sir. Und Geldmarktfonds.«

»Hm«, machte der Gouverneur wieder. Unentschlossen.

»Einen Versuch ist es wert«, sagte einer der Dicken.

»Okay, Junge. Gib uns ein paar Minuten. Wir, äh, denken darüber nach.«

Er wirkte müde. Seine Augen waren nur Schlitze. Er war total breit, wie mir klar wurde.

»Mehr verlangen wir gar nicht«, sagte Terry. »Und danke.«

»Du hast dich ja echt ins Zeug gelegt«, sagte Rafe, nachdem wir die Leiter wieder hinuntergeklettert waren. »Mit der Arschkriecherei.«

»Die sind alle nicht das hellste Licht im Hafen«, sagte Terry. »Ich musste dick auftragen.«

»Mission erfüllt«, sagte ich.

»Jetzt warten wir ab«, sagte Rafe.

Dem Armbrustmann schien es egal zu sein, was wir machten. Ich zog mit einem Hoodie und einer Stirnlampe los, um nach Jack zu sehen. Der Regen hatte ein wenig nachgelassen.

Als ich ihn, Shel und den Rest unter einer Plane sitzend fand, die sie über einen selbstgebauten Unterstand gespannt hatten, war der Rotschopf bei ihnen. Jetzt ohne seine Waffe. Die hatte Jen in der Hand.

Sein Bein war mit einem Stück Stoff eingebunden, und er aß mit den Fingern aus einer Schüssel.

»Ihr behandelt den, der die beste Ziege von allen getötet hat, ziemlich freundlich«, sagte ich zu Jack.

»Er hatte Hunger«, sagte Jack. »Und Durst. Und sein Bein tut ihm ziemlich weh. Also haben wir gesagt, er soll das Gewehr hochwerfen. Und dann haben wir ihn rausgezogen.«

»Ich mag Makkaroni«, sagte der Junge mit vollem Mund.

»Er war ziemlich ausgehungert«, sagte Jen.

»Das wäre sonst gegen die Genfer Konvention«, sagte Low.

»Außerdem ist er geistig behindert«, sagte Juicy. Geflüstert hatte er das nicht, aber falls der Rotschopf es gehört hatte, widersprach er nicht.

Jack zog mich am Ärmel meines Hoodies, um mich zur Seite zu nehmen.

»Wir wollen zurück, Evie«, sagte er. »Jen hat gesagt, die Eltern sind da. Bringen sie alles wieder in Ordnung, Evie?«

»Ich weiß es nicht, Jack«, sagte ich. »Bisher nicht. Bisher haben sie es eher schlimmer gemacht.«

»Alles ist nass. Und mir ist so kalt«, sagte er. Er übertrieb nicht: Er hatte blaue Lippen, und seine Hände zitterten. »Der Brennstoff für den Ofen ist aus. Und in unseren Wassertanks sammeln wir nur noch Regenwasser. Außerdem fehlst du mir.«

»Aber diese Männer sind gefährlich«, erklärte ich ihm. »Das ist es nicht wert, erschossen zu werden.«

»Und Karotte braucht einen Arzt.«

»Karotte? Seid ihr jetzt befreundet?«

»Befreundet nicht. Aber jemand muss doch sein Bein richten. Shel sagt, er kann nie mehr richtig laufen, wenn das nicht gerichtet wird. Er braucht Hilfe.«

»Daran hätte er denken sollen, bevor er mich mit der Waffe bedroht hat«, sagte ich.

»Er kann nicht so gut denken. Er hätte dich nicht erschossen.«

»Woher willst du das wissen, Jack? Vielleicht hätte er dich erschossen. Du weißt doch, was mit Dilly passiert ist.«

»Shel hat ihm das Bein mit seinem T-Shirt verbunden. Aber du solltest mal draufschauen. Da drunter sieht es echt schlimm aus.«

Ich schickte ihn zurück zum Lagerfeuer und besprach mich mit Jen. Wir waren unsicher, wie wir weiter vorgehen sollten. Die Soldaten schienen in der Scheune und im Cottage zu bleiben. Der Gouverneur war breit und ziemlich weggetreten. Zumindest vorübergehend.

Und im Silo war es warm und trocken.

Vielleicht wären die kleinen Jungs dort genauso sicher.

Karotte stellte das Risiko dar, meinte Jen. Würde er sich wieder mit den Soldaten zusammentun? Uns wegen des Beins tief in die Scheiße reiten?

»Hey, Karotte«, sagte ich. »Ist einer von den Männern dein Vater?«

Karotte leckte seine Schüssel aus. Er schüttelte den Kopf.

»Ich hab keinen Vater.«

»Woher kennst du die dann?«

»Ich arbeite im Restaurant.«

»Dem Restaurant?«

»Dem McDonald's«, erklärte Jack. 201

»Ich mach dort sauber. Sie sind mit ihren Autos gekommen. Ich hab sie reingelassen«, sagte Karotte. »Jetzt haben sie die Schlüssel. Sie sind der Chef.«

»Verstehe«, sagte ich.

Und so war es auch.

Aber als wir zwischen den Bäumen hervortraten, strahlte ein grelles Licht über dem Feld. Wir blieben stehen und starrten es an. Es war schon eine Weile her, seit wir so starke Lichter gesehen hatten. Sie blendeten. Sie wurden noch heller und kamen rasch näher, immer tiefer, und etwas machte einen höllischen Krach. Es war der Lärm eines Rotors.

Ein Helikopter.

»Sie müssen die Bullen gerufen haben!«, rief Juicy.

»Sind das die Bullen?«, rief Rafe.

Es war so laut, dass es keinen Sinn hatte, zu schreien. Hatten die Eltern doch Feuerkraft mitgebracht? Wir konnten es nicht glauben.

Rund um die Scheune regte sich nichts.

Der Gouverneur schlief hinter einem Lenkrad.

Wir strahlten uns an. Ich spürte den Wahnsinn der Hoffnung in mir. Einen irren Auftrieb. Alle spürten das. Es war ansteckend.

Die Rotorblätter wirbelten Luft auf, und unsere Haare wehten, als die Lichter sich senkten. Wir kauerten uns in der Nässe und Dunkelheit zusammen. Dann landete er. Er sah gewaltig aus.

Männer sprangen hinaus aufs Gras. Männer in Schwarz, wie eine SWAT-Einheit. Sie hatten Waffen dabei und stürmten mit den Gewehren an der Schulter in Formation auf die Scheune zu. Sie hatten eine Strategie, so viel war klar.

Die Rotorblätter des Helikopters kamen schwirrend zum Stehen. Wir gingen darauf zu.

Eine Gestalt in einem langen Mantel und hohen Stiefeln trat zuletzt heraus. Eine Frau. Im Licht war ihre gelassene Miene zu erkennen. Sie war zierlich und alt.

Sie warf uns einen Blick zu. Winkte herüber. Und ging weg.

»In der Scheune mit den Soldaten sind Jugendliche«, rief ich ihr nach und folgte ihr, während Lärm und Licht hinter uns schwächer wurden. »Ein Baby. Unsere Eltern. Und die Trail Angels und Burl. Die sind unschuldig.«

Ich glaube, sie sagte: »Ich weiß.«

Ich war mir nicht ganz sicher, denn sie drehte sich nicht um. Ihre Worte schwebten ihr voraus.

Als sie beim Silo ankam, folgten wir ihr nach drinnen. Forschen Schrittes durchquerte sie den Raum und setzte sich in einen der beiden Sessel.

David, der über ein Laptop gebeugt in dem anderen Sessel saß und tippte, faltete sich auf. Fragend sah er sie an.

»Sind Sie die Besitzerin?«, fragte Jen.

Die Frau nickte kaum merklich. Sie nahm ein Handy aus der Manteltasche und drückte auf eine Taste. »Holen Sie die Zivilisten heraus«, sprach sie hinein. »Die Eltern kommen ins Cottage. Und die Kinder schicken Sie zu mir.« Dann zog sie eine Schachtel Zigaretten und ein Feuerzeug hervor. Zündete sich eine an und nahm einen Zug.

Instinktiv wollte ich ihr sagen, dass sie hier besser nicht rauchen sollte, aber ich hielt den Mund.

»Was passiert jetzt mit den Typen?«, fragte Juicy.

»Nun ja«, sagte die Besitzerin. »Ich fürchte, sie haben gegen die Regeln verstoßen.«

»Lärm am Wochenende«, wagte sich Jack vor. Er stand neben mir, immer noch durchnässt und zitternd.

»Genau, mein Kleiner«, sagte die Besitzerin. Vielleicht bildete ich es mir nur ein, aber ich fand, sie hatte einen zärtlichen Gesichtsausdruck. »Unter anderem. Stell dich dort rüber zu dem Heizgerät, Jack. Dir ist ja eiskalt.«

Hatte ich seinen Namen gesagt? Wann?

Sie machte einige schnelle Gebärden für Shel, der auch zum Heizgerät ging. Er bückte sich und hielt die Hände davor.

Diese ältere Frau beherrschte sogar die Gebärdensprache.

»So, und die anderen bleiben, wo sie sind«, sagte sie.

Sie besaß eine ganz eigene Ausstrahlung. Ich zog gar nicht in Betracht, mich zu widersetzen.

»Ihr könnt nach oben gehen, wenn ihr wollt«, fuhr sie fort. »Ich weiß, dass euch die Aussicht gefällt. Aber tretet nicht nach draußen. Eve, bring mir bitte zuerst noch einen Aschenbecher.«

Auch meinen Namen hatte ich ihr nicht genannt.

»Ich weiß nicht, wo ...«

Sie winkte Richtung Wandregal. Und wirklich, da

stand eine kleine Metallschale. Ich stellte sie auf die Armlehne des Sessels.

Hinter uns kam Sukey mit dem Baby durch die Tür. Dann Dee. Sie blieben schüchtern stehen und warteten.

»Gut«, sagte die Frau. »Mögen die Spiele beginnen.« Sie drückte wieder eine Taste auf ihrem Telefon. Wir wussten nicht, was sie damit meinte, aber mehr sagte sie nicht. Sie klopfte die Asche in der Schale ab. Wir machten uns daran, die Treppe hochzusteigen.

Von der Plattform aus blickten wir auf die Scheune hinunter. Zuerst war alles ruhig und ziemlich dunkel. Hinter einem der beiden Fenster flackerte etwas.

»Eine fette Kerze«, sagte Rafe.

»Da drinnen sollten sie keine Kerzen anzünden«, sagte Jen.

Nebel waberte in die Lichtkegel unserer Stirnlampen. Ein Schrei durchbrach die Stille, und dann erschien die Silhouette eines der SWAT-Typen in der Heubodentür. Das erkannte ich an seinem Kopfschutz und dem klobigen Gürtel, den er um den Bauch trug. Er hatte uns den Rücken zugewandt, aber es sah aus, als hätte er sein Gewehr im Anschlag.

»Was macht er da?«, fragte Jen.

Wir schauten weiter zu. Wieder wurde geschrien. Ich blickte kurz hinüber zum Cottage, dort war das Licht an. Die Tür stand offen. Väter und Mütter eilten über den Rasen. Und gingen nacheinander hinein. Ich zählte mit: acht. Alle.

Ein Esel lief gemächlich über ein paar Steinplatten neben den geparkten Autos. Klipp-klapp. Klipp-klapp.

»Ernsthaft«, sagte Jen. »Was macht der Typ da?«

»Bewachen?«, sagte Rafe.

Plötzlich war ein Knistern zu hören. In einem Fenster schlugen Flammen hoch. Dann in dem anderen.

Das war kein Nebel.

»Sag es ihr!«, rief Jen. »Sag ihr, dass die Scheune brennt!«

Ich rannte also wieder die Treppe hinunter, Juicy polterte hinter mir her. Juicy war immer gerne mit von der Partie.

»Ihre Scheune«, keuchte ich atemlos. »Sie hat Feuer gefangen! Die Scheune brennt!«

»Das alte Ding«, sagte sie. »Entspricht nicht den Bauvorschriften. War längst abrissreif.«

Immer noch ruhig. Seelenruhig.

»Aber ... aber ...«

»Vielleicht sind Menschen darin eingesperrt«, sagte Jack ernst.

»Dann hätten sie nicht mit Tasern herumspielen sollen«, sagte sie. Wir starrten sie an. Ich zumindest.

»Oder mit Waffen. Das ist noch schlimmer. Und gegen die Regeln.«

»Vielleicht haben sie die Regeln ja gar nicht gekannt«, gab Jack zu bedenken.

»Doch, natürlich, mein Kleiner«, sagte die Besitzerin. »Jeder kennt die Regeln.«

Wir verloren gute zehn Minuten. Ohne eine Ahnung, was wir tun sollten. Wir waren verängstigt, aber auch wie gelähmt. Zuerst brannte es nur innerhalb der Scheune, dann schlugen die Flammen von der anderen Seite des Dachs hoch. SWAT-Leute füllten die Heubodentür, die Rücken nebeneinander, Schulter an Schulter. Eine Mauer aus dunklen Männern.

Eines der beiden Scheunenfenster wurde von innen zerschmettert, und jemand versuchte, sich durch die Öffnung zu winden, fiel aber rückwärts um. Im Fenster züngelten Flammen.

Da wussten wir, dass wir es versuchen mussten.

Was, wenn die Angels noch dort drinnen waren?

Sie hatte gesagt, die Eltern sollten herausgeholt werden. Und die Kinder. Die Angels hatte sie nicht erwähnt.

Wir seilten uns ab, damit wir der Besitzerin nicht gegenübertreten mussten, und die kleinen Jungs blieben, wo sie waren. Wir versuchten es an den Doppeltüren der Scheune. Sie mussten von innen zugekettet sein – wir zogen und zerrten, konnten sie aber nur etwa fünf Zentimeter weit öffnen.

Das Feuer zu löschen, war ein aussichtsloser Kampf. Wir trugen Eimer von einem Wasserhahn hin und zurück, aber es nützte nichts. Wir probierten es mit dem Schlauch aus dem Gemüsegarten, doch der war zu kurz.

Also holten wir Harken und Spaten und versuchten, ein Loch in die Doppeltüren zu schlagen. Der Rauch war dick, wir husteten, man konnte kaum etwas sehen. Hinter uns strömten Eltern aus dem Cottage und riefen uns zu, dort wegzugehen. Sie brüllten, das Gebäude könne einstürzen.

Ein paar von ihnen wurden schließlich handgreiflich, sie warfen uns zu Boden – es erwischte Low und Jen –, und plötzlich waren auch die SWAT-Leute da, und wir waren in der Unterzahl.

Ein Schuss fiel, wir konnten ihn bei dem Lärm des

Feuers kaum hören. Dann gab es noch mehr Schüsse, tat-tat-tat, und mehrere Eltern heulten und rissen uns an sich.

Als wir von den Scheunentüren weggedrängt wurden – wir hatten zwei lange, zackige Scharten hineingeschlagen –, wurde der Regen stärker, es donnerte, und bald schüttete es.

Die SWAT-Leute trieben uns ins Cottage, wo es so eng war, dass wir das Gefühl hatten, es würde kein einziger Mensch mehr hineinpassen. Überall waren Mütter und Väter.

Wir wurden in die Küche gedrängt wie in einen übervollen Aufzug. Selbst ins Bad und ins Schlafzimmer. Wir füllten das kleine Haus komplett.

»Ihr seid in Sicherheit«, sagte ein SWAT-Mann, aber dann wich er zurück.

Verdammt, er sperrte uns ein.

Von draußen war er gedämpft zu hören: »Bleibt jetzt einfach, wo ihr seid. Ich meine das ernst.«

Die Nacht im Cottage wurde lang und tranig. Wir dösten unruhig, aneinandergepresst, aufrecht in Grüppchen oder am Boden sitzend, an stehende Beine gelehnt. Juicy und Dee lagen zusammengerollt auf dem Küchentisch. Ich beneidete sie.

Wir waren feucht und schwarz von Rauch und Asche, und mehrere Väter murrten und schnarchten. Einige Mütter schnieften und flüsterten. Ich machte mir Sorgen um Jack im Silo. Ich weiß nicht, wie ich eingeschlafen bin, aber ich muss es wohl sein, denn allmählich wurde es Morgen.

Licht fiel herein, und es hatte aufgehört, zu regnen. Wir kamen uns eingesperrt vor und waren frustriert. Jemand erwähnte das zerbrochene Badezimmerfenster und fragte, wer klein genug sei, um durchzupassen, da drückte Juicy Rafe gegen die Innenseite der Tür. Und stellte fest, dass sie gar nicht abgeschlossen war, denn sie ging auf.

Auf der anderen Seite stand Jack, hinter ihm Shel. Sukey und das Baby und Dee.

Und Karotte. Er verlagerte immer wieder das Gewicht von einem Fuß auf den anderen.

Ich umarmte Jack richtig fest. Ich gebe es zu.

Hinter ihnen qualmte die Scheune. Keine Flammen. Sie war noch da, aber das Rot hatte sich überwiegend in Schwarz verwandelt, und Teile von ihr waren eingestürzt.

Wir rannten hinaus zum Feld. Der Hubschrauber war weg. Esel grasten auf dem flachgedrückten Gras, wo er gelandet war. Und eine Ziege.

Eine Ziege war noch übrig. Die Soldaten hatten sie übersehen.

Wir rannten zu den Autos. Die unserer Eltern waren noch da, nicht aber die Jeeps der Soldaten. Das Tor stand offen.

Eltern liefen vor dem Cottage und im Inneren herum und versuchten, irgendwo Empfang für ihre Handys zu finden. Sie wuschen sich Gesicht und Hände an den Waschbecken. Manche benutzten die Toilette und ließen, wie scheußlich, die Tür dabei offen.

»Wo sind die Angels?«, fragte ich Jack. »Wo ist Burl?«

Er schüttelte den Kopf. Er wusste es nicht.

»Wir haben uns schlafen gelegt«, sagte er. »Neben den Heizgeräten. Die Frau war nett. Sie hat uns auf einem kleinen Ofen heiße Schokolade gemacht und saß lächelnd in ihrem Sessel. Sie hat uns Geschichten in Gebärdensprache erzählt. So konnte Shel auch zuhören. Dann sind wir eingeschlafen. Als wir aufgewacht sind, war sie nicht mehr da.«

Meine Mutter fragte, ob es irgendwo in der Gegend guten Empfang gebe. Hier sei er zu schwach, sagte sie – zumindest für Anrufe. Wir sagten, das sei uns schon aufgefallen.

Sie meinte, sie müssten die Polizei verständigen. Die Feuerwehr. Alle.

Die Eltern glaubten immer noch an Rettungsdienste.

Val erzählte von dem Mobilfunkmast. Es würde zwar nichts nützen, aber sie würde sie hinführen. Wenn sie darauf bestanden.

»Wir müssen die Scheune überprüfen«, sagte Jen, nachdem die meisten Eltern mit Val losgezogen waren. Sie saß mit Sukey am Picknicktisch, während Sukey dem Baby die Flasche gab.

Die Eltern interessierten sich null für die Scheune. Sie fanden, darum sollten sich die Behörden kümmern.

Wir hatten schlichtweg Angst, hineinzugehen. Die Wände oder das Dach könnten über uns einstürzen. Und was würden wir finden? Die Leichen der Angels?

»Eine Seite ist ganz offen«, sagte David. »Da ist kein Dach mehr drauf. Wahrscheinlich können wir in dem Teil gefahrlos herumlaufen.«

Ich wollte das nicht. Ganz und gar nicht. Niemand von uns wollte das.

Aber es musste sein.

Ich ließ Jack und Shel draußen warten, und Sukey reichte Jack das Baby. Wir anderen schritten vorsichtig durch die Asche und das verbrannte Holz. Stellen, an denen Teile des Dachs herabhingen, mieden wir. Wir hielten uns von brüchigen Wänden fern. Alles stank nach Rauch. Es gab keine Boxen mehr.

Pfosten und Balken waren heruntergestürzt, und im dunklen Inneren hatten wir es schwer, uns zu orientieren. Überall lagen Mauerstücke und Dachschindeln und Holzbretter mit Nägeln darin. Das Feuer hatte alles schwarz gefärbt, und wir konnten das eine nicht vom anderen unterscheiden.

Dann fand Juicy geschmolzene Waffen, die auf einem Haufen unter den herabgefallenen Bohlen des Heubodens lagen. Er fand Reißverschlüsse unserer Schlafsäcke.

David fand die geschmolzene Sohle eines Stiefels, mitsamt einer Stahlkappe.

Jen fand einen Schädel. Mit Haut und Haaren daran.

Sie übergab sich sofort. Jen hatte einen aktiven Würgereflex.

Das seien nicht Darlas Haare, sagte Low. Auch nicht die eines der anderen Angels. Diese Haare waren grau. Und kurz geschoren.

Eher wie vom Gouverneur.

Es gab auch andere Knochen, Rippen und große, wie Beinknochen. Oberschenkelknochen, meinte Juicy.

Wir versuchten nicht, die Knochen zu zählen oder

sie zu Personen zusammenzusetzen. Wir gingen einfach hinaus.

Wir verließen die Scheune. Und kehrten nie wieder zurück.

Zwei Väter waren dageblieben, um an den Autos herumzubasteln. Eines von denen, die wir gefahren hatten, sprang wohl nicht an. Ich ging in die Küche und schaltete mein Handy ein.

Ein paar alte verpasste Anrufe von meinen Eltern ploppten auf.

Und eine einzelne neue Nachricht von einer unbekannten Nummer.

Sie erleichterte mich gewaltig.

Hier ist die Besitzerin. Macht euch keine Sorgen um Burl und die Angels, stand da. *Sie sind jetzt bei mir.*

»Hey, komm mal her!«, rief Jack von draußen. »Evie! Der Baum! Schau dir das an!«

Ich ging nach draußen und drehte mich um, um zu sehen, was er sah. Das Skelett des Hartriegels, der gar keine Blätter mehr gehabt hatte, hatte an all den dünneren Stellen der Zweige kleine weiße Knubbel. Hunderte. Tausende.

Eine Krankheit, dachte ich erst. Ein Pilz.

Dann begriff ich, dass es Blütenknospen waren. Es war Herbst, aber der Baum war über und über voller Knospen.

9 Unser Bettzeug und der Großteil unserer Kleidung waren verbrannt, daher besaßen wir nicht mehr viel. Nur die Handys und einige wenige Anziehsachen, die im Cottage in der Wäsche gewesen waren. Ein paar abgenutzte Zahnbürsten und Campingsachen.

Die Eltern sagten, die Straßen würden nach und nach wieder befahrbar, und einige Tankstellen hätten geöffnet.

Aber wer sollte die Esel füttern, wenn wir weg wären, fragte Jack. Und die einsame Ziege, die überlebt hatte? Er und Shel hatten während der Schießerei im Wald auf sie aufgepasst, erzählte er mir. Sie hatten sie am Halsband festgehalten, während die anderen aufs Feld gelaufen waren.

Den Eltern war das völlig egal.

Vor der Abfahrt müsse sie ihnen noch das Grab ihrer Mutter zeigen, sagte Sukey.

Die Eltern hatten von dem Todesfall erfahren, als sie die Bluttransfusionen bekommen hatten – David hatte die Nachricht überbracht. Aber einige von ihnen waren zu krank gewesen, um das aufzunehmen, andere mussten betrunken gewesen sein. Oder unaufmerksam. Sie hatten es nicht einmal erwähnt.

Sukey wollte, dass sie es begriffen. Sie wollte, dass es bei ihnen ankam.

Schweigend gingen wir zu dem Steintürmchen in der Ecke des Feldes am Waldrand. Die Eltern trotteten still neben uns her, nur Jens Mutter versuchte, ihre Hand zu nehmen. Jen schlug die Hand weg.

Sukeys Turm war mittlerweile mannshoch. Er wirkte wie ein Wachposten. Wehrhaft.

Natürlich bewegten sich die Steine nicht, schon klar. Aber irgendetwas an ihrer Stellung ließ das möglich erscheinen.

»Gebt ihr etwa uns die Schuld dafür?«, fragte eine Mutter. Sie klang erbärmlich.

»Wir geben euch für alles die Schuld«, sagte Jen.

»Wem denn sonst?«, fügte Rafe hinzu.

»Ich gebe euch nicht die Schuld«, sagte Sukey. Das Baby jammerte, und sie wiegte es.

Die Mutter sah sie dankbar an.

»Ihr wart nur einfach blöd«, sagte Sukey. »Und faul.« Nicht so dankbar.

»Ihr habt die Welt aufgegeben«, sagte David.

»Ihr habt zugelassen, dass sie alles in Scheiße verwandeln«, sagte Low.

Da vergaß ich beinahe den Geschmack von alter Banane.

»Ich enttäusche euch ja ungern, aber so viel Macht haben wir nicht«, sagte ein Vater.

»O ja. Das sagen sie alle«, meinte Jen.

»Hört mal zu. Uns ist klar, dass wir euch im Stich gelassen haben«, sagte eine Mutter. »Aber was hätten wir denn machen können?«

»Kämpfen«, sagte Rafe. »Habt ihr jemals gekämpft?«
»Oder habt ihr einfach genau das gemacht, was ihr wolltet?«, fragte Jen. »Immer?«

Die Mütter sahen einander an. Ein Vater rieb sich den Bart. Andere steckten die Hände in die Taschen, wippten auf den Absätzen und musterten den Erdhaufen neben den Steinen.

»Okay. Das war also eine Einäscherung«, sagte eine Mutter. Sie wechselte das Thema.

»Ein Scheiterhaufen«, sagte Rafe.

»Sukey hat den Steinturm gebaut«, sagte ich.

»Sehr stark«, sagte mein Vater, der Künstler.

Sukey verdrehte die Augen.

Zumindest das konnte sie noch.

»Wir sollten ein paar Worte sprechen«, sagte eine Mutter.

»Nein«, sagte Sukey.

»Einen Segensspruch«, sagte eine andere Mutter.

»Die Beerdigung haben wir schon abgehalten«, sagte Rafe.

»Wir haben ein Kirchenlied gesungen«, sagte ich. »Also jemand.«

»Ein Angel«, sagte Juicy.

Er wandte sich um und spuckte aus. Er traf den Schuh eines Vaters.

»Das ist widerlich«, sagte eine Mutter. Seine.

»Gut«, sagte Juicy.

Als wir zurück waren, war Jack nirgendwo zu sehen. Auch Shel nicht, und auch die Esel und die Ziege nicht.

Ich vermutete, die kleinen Jungs brachten die Tiere zur Farm der Nachbarn. Das wäre vernünftig. Jack folgte in letzter Zeit seinen eigenen Vorstellungen.

Juicy und Low unternahmen mit den ATVs eine letzte Schleudertour über das Feld. Ein Rennen.

In der Küche machte eine Mutter geistesabwesend sauber. Als wäre das Cottage ein gemietetes Ferienhaus, das wir besenrein übergeben müssten.

»Ich glaube nicht, dass die Polizei kommt«, sagte ein Vater vom Badezimmer aus.

»Sag bloß«, meinte Rafe.

»Wir müssen auf Jack und Shel warten«, erklärte ich meiner eigenen Mutter.

Sie hatte hinten im Kühlschrank eine Dose Bier gefunden und riss sie auf.

»Kannst du denn irgendwo hin, mein Lieber?«, fragte sie.

Sie richtete die Frage an Karotte, der am Tisch saß und den Schmutz aus seinen Fingernägeln nagte. Er hatte sich eine der nutzlosen geschmolzenen Waffen genommen und in seinen Patronengürtel gesteckt.

Wahrscheinlich glaubte er, das sehe umwerfend aus. Er schüttelte den Kopf.

»Ein Zuhause?«, bohrte sie nach.

»Hab ich nicht«, sagte Karotte.

Da fiel mir auf, dass sein Bein nicht verbunden war. Und mir wurde bewusst, dass er den ganzen Tag über schon normal gelaufen war.

»Moment. Du hast doch gesagt, dein Bein ist gebrochen? War es nur verstaucht?«

Ich ärgerte mich. Jack hatte gesagt, Karotte würde

nicht mehr richtig laufen können, und wir waren bereit gewesen, Kopf und Kragen zu riskieren.

»Es war wirklich gebrochen. Sie hat es wieder hingekriegt«, sagte Karotte.

»Sie hat dein Bein gerichtet? Die Besitzerin hat das geschafft?«, fragte Jen.

Er zuckte mit den Schultern. »Sie hat es repariert.« Er zog ein Hosenbein hoch. Wir sahen ein ganz normales, dürres, haariges Bein. Ihm fehlte rein gar nichts.

»Moment«, unterbrach Jen. »Ich erinnere mich doch an den Zustand. Nicht mal ein Arzt ...« Sie schaute mich an. Schüttelte den Kopf. Verdutzt.

Ich hatte die Verletzung nie mit eigenen Augen gesehen, deshalb hatte ich keine Meinung dazu.

»Sie hat gesagt, ich soll hierbleiben«, sagte Karotte.

»Wer hat dir das gesagt?«

»Na, sie. Die Besitzerin. Sie hat gesagt, ich bin der neue Aufseher.«

»Was, du?«, fragte Rafe.

»Sie hat meinen Finger auf das Feld gelegt«, sagte Karotte.

Er hatte kein Zuhause. Also hatte die Besitzerin ihm eines geschenkt.

Der Plan der Eltern entsprach im Großen und Ganzen dem unseren: Schutz durch Reichtum. Wir würden uns auf den Weg zu Juicys Villa machen.

Seine Familie war immer noch die wohlhabendste.

»Glaubst du, es hätte funktionieren können?«, fragte

ich David, als ich mit ihm und Rafe am Feldrand stand und auf die kleinen Jungs wartete. »Dass wir den Soldaten ihr Geld geben?«

»Vielleicht«, sagte er. »Je nach der Qualität der Sicherheitssoftware auf den anderen Laptops. Ich hatte die von meinen Eltern gerade geknackt, als der Scheunenbrand nachgelassen hat. Da war nicht viel zu holen. Das wäre ein Reinfall geworden.«

»Wir haben uns redlich bemüht«, sagte Rafe. »Diplomatisch. Eine friedliche Lösung.«

»Später wäre es nicht mehr friedlich gewesen«, sagte ich.

»Wohl wahr«, sagte David.

Wir grinsten uns an, als wir uns die Wut der Eltern vorstellten. Abgesehen vom Trinken war Geld das Einzige, womit es ihnen todernst war.

»Evie!«, rief Jack. »Die Nachbarn waren zu Hause! Sie sind echt nett. Sie kümmern sich um die Esel. Und um Jiminy.«

Shel nickte.

»Wir müssen jetzt los, Jack«, sagte ich. »Es ist so weit.«

»Ich weiß, Evie«, sagte er.

Zusammen mit dem Van hatten wir sechs Autos, wir mussten uns also hineinpferchen. Jen und Shel fuhren bei uns mit.

Jack hatte noch seine Schleiereule gesucht, um sich zu verabschieden, aber sie schlief wohl irgendwo. Er weinte ein bisschen, weil er sie nicht fand, und auch Shel war niedergeschlagen. Sie saßen eng beieinander und ließen die Köpfe hängen. Jen quetschte sich neben mich.

Als die Karawane abfuhr, beobachtete uns Karotte vom Dach des Silos aus. Und winkte uns mit seiner geschmolzenen Waffe einen ruppigen Salut zu.

Ich kam mir vor wie eine Geflüchtete. Oder eine Kriegsgefangene. Womöglich beides.

Meine Mutter hing am Telefon, sobald sie Empfang hatte, und sprach über Logistisches. Wo man tanken und Lebensmittel einkaufen konnte. Wo die sicheren Bereiche waren. Sie erwähnte die Nationalgarde und irgendwas von Checkpoints.

Jen und ich blickten aus dem Fenster.

Es war nicht so, wie wir es in Erinnerung hatten. Überall lagen geknickte Stromleitungsmasten. Umgestürzte Bäume und Äste waren aus dem Weg geräumt und am Straßenrand aufgehäuft worden. In Gräben flossen braune Bäche, mit Müllhaufen darin. Menschen trotteten in kleinen Grüppchen neben der Straße dahin. Wir sahen verlassene Autos, einen quergestellten Sattelschlepper. Dunkle Ladenfronten mit offenen Türen. Überfahrene Hunde und Vögel und Kaninchen und Waschbären, sogar ein paar Hirsche.

Ich hatte noch nie so viele überfahrene Tiere gesehen.

»Lasst die Fenster zu«, sagte meine Mutter. »Wie das stinkt!«

Heerscharen von Geschöpfen waren auf diesen Straßen in die Schlacht gezogen. Aber sie hatten es nicht gewusst. Niemand hatte ihnen gesagt, dass Krieg herrschte.

Krähen und Geier blickten von den Kadavern auf. Womöglich waren ja schon immer so viele überfahren worden, meinte Jen. Aber jetzt gab es niemanden, der die Leichen wegräumte.

Nachdem Jack die ersten toten Tiere gesehen hatte, traten ihm Tränen in die Augen. Er schaute nicht mehr nach draußen. Er und Shel hielten den Blick starr auf ihre Tablets gerichtet und spielten. Auf den Bildschirmen strahlten Paläste auf grünen Hügeln.

Durch das Fenster sahen wir Zeichen von Leben: Arbeiter, die Kabelrollen trugen und Leitern geschultert hatten, rannten herum und riefen einander über die Schultern etwas zu. Wir fuhren an Straßenarbeitern mit Warnschutzjacken und Helmen vorbei. Wir fuhren an einem Kran und an Monteuren vorbei, die einen Strommast aufrichteten. Wir fuhren an anderen Familien in ihren Autos vorbei, die ebenso vollgestopft waren wie unseres.

Kinder blickten uns aus Rückfenstern an.

Das Land hatte eine andere Beschaffenheit. Es war alt und müde. Beinahe hilflos.

Alle Autos hielten gleichzeitig an einer Tankstelle. Die Eltern wollten keine Trennung riskieren. Am Straßenrand reckten Männer Schilder hoch: HIER BENZIN oder KEIN KREDIT.

Wir parkten in zwei Reihen. Nur wer pinkeln musste, durfte aussteigen, deshalb sagte ich, ich müsse, und Jen genauso.

»Lasst eure Telefone im Auto«, sagte mein Vater. Er traute uns wahrscheinlich nicht.

Was nur fair war. Wir trauten ihm nämlich auch nicht.

»Fünf Minuten, mehr kriegt ihr nicht«, sagte er.

Also gingen wir zur Toilette, nur um irgendetwas zu machen. Aber es war schmutzig dort, die Klos waren verstopft, auf dem Boden lagen durchnässte Papierklumpen und schmutzige Windeln, sodass wir noch nicht einmal das Waschbecken benutzen wollten. Stattdessen liefen wir durch den kleinen Shop und betrachteten die leeren Regale. Sie waren so gut wie leer. Es gab noch Schweinekruste, mit Limón-Chili-Geschmack. Zwei Rollen Pfefferminzbonbons.

An der Kasse saß ein sehr alter Verkäufer, dessen Gesicht aussah wie versteinert, und beäugte uns misstrauisch. Vielleicht hielt er uns für Diebinnen.

»Tampons!«, sagte Jen.

Sie standen neben dem Kautabak hinter der Theke.

»Was kostet eine Packung?«, fragte ich den Verkäufer und deutete darauf. Aus Neugier. Wir hatten kein eigenes Geld.

»Vierzig.«

»Cent?«

»Dollar.«

»Vierzig«, flüsterte Jen beim Hinausgehen.

Je näher wir Juicys Wohngebiet kamen, um so sauberer wurden die Straßen, die aufgehäuften toten Tiere wurden weniger, und man sah mehr Teams, die Telefon- und Stromleitungen reparierten. Nun gab es Villen, die von der Straße zurückgesetzt lagen, mit aufwendig gestalteten Gärten. Riesige Rollrasen hatte irgendwer gemäht. Der Müll war gesammelt worden.

»Die andere Hälfte«, sagte Jen.

»Wir sind die andere Hälfte«, sagte ich.

»Zumindest vorübergehend.«

»Alles ist vorübergehend«, sagte Jack.

Er hörte sich an wie dreiundachtzig.

Wir hielten hinter den anderen Autos vor hohen Metalltoren. Oben standen Initialen aus Metall, ziemlich protzig. Wir saßen da und warteten darauf, dass die Tore aufgingen.

»Schau mal! Siehst du? Das verheißene Land.« Ich stupste Jack, damit er von seinem Tablet aufblickte.

»Das verheißene Land hatten wir schon, Evie«, sagte er leise.

»Hey, Jack.« Mein Vater versuchte, seinen Blick im Rückspiegel auf sich zu ziehen. Er setzte ein Lächeln auf, das falsch aussah. Und einen heiteren Tonfall. »Kopf hoch, mein Junge. Alles wird gut!«

Jack schaltete sein Tablet aus und drehte es um. Dann legte er seine akkurat gefalteten Hände darauf.

»Das sagst du dauernd«, antwortete er. Er sprach immer noch leise. »Du bist mein Vater. Aber du bist ein Lügner.«

Vom Vordersitz kam nur Schweigen.

Auf dem Weg über die lange Zufahrt kamen wir an prachtvollen Blumenbeeten vorbei, eingefasst mit rotem Zierkohl, an Brunnen mit abstrakten Skulpturen, die klares Wasser spien, an Baumgruppen, die sich bereits gelb und rot färbten.

Jen pfiff durch die Zähne.

»Nicht schlecht«, sagte mein Vater.

»Und all das von ein paar beschissenen Filmen«, sagte meine Mutter.

»Sie sind nicht alle beschissen.«

»Die meisten aber. Das sagt er selbst.«

»Du solltest mal die Ranch in Bel Air sehen«, sagte mein Vater.

»Du hast sie jedenfalls nicht gesehen«, gab meine Mutter zurück.

»Oh doch. Auf den sozialen Medien.«

Sie schnaubte.

Wir parkten. Es gab einen überdachten Parkplatz. In der Ferne machte ich einen filigranen Gartenpavillon aus und durch ein paar Bäume einen Teil eines riesigen verschnörkelten weißen Hauses, das aussah wie eine Fake-Version von irgendwo in Europa. Vielleicht Italien.

»Ich gehe direkt in den Pool«, sagte meine Mutter und schnallte sich ab. »Und dann in den Whirlpool. Angeblich hat er ein Glasdach.«

»Wie kann man einen Infinitypool ohne Meer haben?«, fragte Jen.

»Das werden wir wohl herausfinden«, sagte mein Vater.

»Die Bar ist ja hoffentlich gut ausgestattet«, sagte meine Mutter.

Und stieg aus.

»Ihr steht das nun wirklich nicht zu«, brummte Jen.

Für uns wählten wir das Gästehaus, damit wir unter uns sein konnten. Bis auf Dee, die sich dafür entschied, zusammen mit den Zwillingsgören den Personaltrakt von Fake-Italien zu bewohnen. Und Juicy, der in seinem eigenen Zimmer schlafen wollte.

Die Eltern, die nicht zur Farm gefahren waren, waren zuerst bei der Villa angekommen. Jemand von ihnen hatte in Juicys Bett geschlafen und musste hinausgeworfen werden.

Dass er im Haupthaus wohnte, bedeutete nicht, dass er mit den Oldies abhing, versicherte er uns. Bloß nicht.

Wir ließen ihn.

Das Gästehaus hatte nur drei Schlafzimmer, aber zusätzlich gab es ein Wohnzimmer mit einem Ausziehsofa. Außerdem waren da noch drei weitere Sofas, eines in L-Form. Und eine kleine Küche und zwei Bäder. Wir überließen Sukey und Jen ein Schlafzimmer nur für sie beide und das Baby, denn wenn das Baby schrie, konnten wir die Tür zumachen.

Dann sahen wir zu, dass wir warm, trocken und sauber wurden.

»Sie wollten sie auf dem Weg hierher konfiszieren«, erzählte uns Sukey, als wir unsere Schlafplätze einrichteten.

»Konfiszieren? Die Kleine?«

»Sie haben gesagt, sie müssten sich um sie kümmern. Und ich wäre zu jung, um die Verantwortung zu tragen.«

Für mich hörte sich das an wie Ferien.

»Ausgeschlossen, habe ich gesagt.«

»Na ja, du könntest sie ja manchmal als Babysitter gebrauchen«, schlug Jen vor.

»Hmpf«, machte Sukey.

Für kurze Zeit verstrichen die Tage dort wie in einem Märchenschloss. Eine Weile gab es sogar Personal – eine Haushälterin und ein Reinigungsteam, Gärtner, eine Tierfriseurin für die Hunde. Sie kamen und gingen.

Im Sommerhaus hatte man uns herrlich ignoriert, auf der Farm waren wir uns selbst überlassen gewesen. Hier führten wir zu Anfang ein weitgehend separates Leben. Juicys Eltern gaben uns Kleidung aus ihren begehbaren Schränken, von denen jeder einzelne größer war als mein Zimmer zu Hause. Und wir bekamen ein Budget zum Online-Shopping: Terry machte einen bescheidenen Vorschlag, und die Eltern akzeptierten ihn. Wir bestellten sogar unsere eigenen Lebensmittel.

Für Alkohol oder Gras hatten wir natürlich kein Budget. Das mussten wir weiterhin klauen. Aber da kannte sich Juicy aus – und das schon seit Jahren.

Bezüglich Technik und Internet gab es neue Regeln, Regeln, die sich die Eltern selbst auferlegten. Eine Stunde Nachrichten abends, eine morgens. Den Rest der Zeit schalteten sie das WLAN und die Fernseher aus. Und sie sperrten nicht unsere Handys, sondern ihre eigenen. Es sei ungesund, sich im Elend der anderen zu suhlen, sagte eine Mutter.

Ausgenommen waren Finanzen und Arbeit. Die Väter sagten, sie müssten ihre Investitionen beobachten, und ein paar Eltern waren noch in irgendeiner Form beschäftigt. Zwei Uni-Angestellte gaben Online-Seminare, darunter meine Mutter, die sagte, die feministische Theorie ruhe nicht.

Aber okay, eines gab sie zu: Die Zahl der Anmeldungen sei deutlich rückläufig.

Ansonsten folgten sie ihrer üblichen Routine. Zum Frühstück gab es Bloody Mary und Irish Coffee. Bier zum Mittagessen, und wenn die Uhr auf vier sprang, war die Jagd eröffnet.

Jack war höflich zu unseren Eltern. Höflich, aber distanziert. Er hatte ihnen einmal vertraut, doch sie hatten ihn im Stich gelassen. Mir schien, er versuchte, seine frühere treue Zuneigung zu ihnen aufzubringen – ohne großen Erfolg. Sie waren unzuverlässige Quellen.

Ich selbst hatte nie viel erwartet. Jedenfalls nicht mehr, seit ich sogar noch jünger war als er. Mit sieben hatte ich aufgehört, ihre Hand zu halten. Und ich hatte es nie wieder gemacht. Ich erinnere mich genau an das letzte Mal: Wir waren an einer dichten Menschenmenge auf einem Platz in Manhattan vorbeigekommen, dem Union Square, wie ich später rekonstruierte. Die Menschenmenge war wütend. Sie riefen Protestslogans. Hielten Schilder hoch. Ich weiß nicht, was darauf stand – ich war zu klein, um sie lesen zu können. Ich lief zwischen meinen Eltern, beide an der Hand, und fragte sie nach dem Grund.

Egal, sagten sie. Ich löcherte sie. Ich wollte nicht aufgeben. Sie konnten die Schilder schließlich lesen. Sie waren groß genug.

Aber sie weigerten sich schlichtweg, es mir zu sagen. Sei still, hieß es nur. Sie seien zum Abendessen verabredet und spät dran. Es sei quasi unmöglich, dort Reservierungen zu bekommen. Ich entriss ihnen meine Hände. Rannte in die Menschenmenge hinein, schlängelte mich zwischen den Beinen von Fremden hindurch. Zerrte irgendwelche Leute an den Ärmeln. Fragte sie, weshalb sie so wütend waren. Ein paar antworteten, aber ich hörte nicht, was sie sagten.

Mein Vater kam mir nach und holte mich schließlich ein. Sein Gesicht war rot und verschwitzt, und er biss die Zähne zusammen. Jetzt seien sie wirklich sehr spät dran, und das sei meine Schuld, sagte er. Ich erhielt Hausarrest.

Immer wenn mich in letzter Zeit Unmut überkam, erinnerte ich mich an meine Erkenntnis, nachdem ich das schimmlige Brot gegessen hatte.

Denn meine Mutter und mein Vater – sie waren gar nicht so anders als Karotte. In einem begrenzten Bereich hatten sie ganz passabel funktioniert. Speziell angepasst an das Leben in ihren eigenen kleinen Nischen. Habitatspezialisten, so hätte Mattie es vielleicht ausgedrückt.

Das Habitat meines Vaters war die Kunstwirtschaft gewesen. Er hatte sich darin mit Leichtigkeit bewegt, hatte seine aufragenden bunten Skulpturen vom Krieg gezeichneter Frauen produziert und verkauft. Er hatte gewusst, wie man sich auf Empfängen in Galerien und Museen bewegt und flapsige ironische Sprüche und exzentrisches Verhalten Sammlern und Kritikern darbietet. Und sechsstellige Summen für die üppigen Brüste erzielt, die er mit Szenen der Verwüstung aus Afghanistan und Syrien und dem Jemen überzogen hatte. Für die Hintern, die Abbildungen von ausgebombten Häusern und brennenden Krankenhäusern zeigten.

Das Habitat meiner Mutter war die Universität gewesen, ihre Artikel mit vielen langen Wörtern und den Namen anderer Akademiker. Artikel, die fünf Leute lasen.

Als ihre Habitate zusammenbrachen, hatten sie kein vertrautes Terrain mehr. Keine Karte. Keine Ausrüstung. Kein Werkzeug.

Nur ein paar geschmolzene Waffen, um die Hüften geschnallt.

Mit der Zeit wurde uns langweilig. Bei der Kälte konnte man nur begrenzt in dem solarbeheizten Infinitypool schwimmen (er bestand aus mehreren stufenförmig angelegten Becken an einem Hang, die nach unten hin immer kleiner wurden). Es gab einen Drei-Loch-Golfplatz, einen Volleyballplatz und im Keller von Fake-Italien sogar eine Squashhalle, außerdem noch eine bescheidene Bowlingbahn.

Wir waren mal mehr, mal weniger interessiert an diesen Aktivitäten. Wir lernten Gebärdensprache, die uns Jack und Shel gemeinsam beibrachten. Ein bisschen Spanisch von Sukey. Jen ließ Terry bei sich im Bett schlafen, und ich deutete Low gegenüber sogar an, dass ich vielleicht mit ihm rummachen würde, sobald er endlich lernte, sich okay anzuziehen. Und sich regelmäßig die Zähne putzte.

Auf der Stelle fing er an, sich Klamotten von Rafe auszuleihen. Die Hosen waren zu kurz, sodass seine Knöchel hervorschauten.

Trotzdem. Vielleicht würde ich nachsichtig mit ihm
sein.

Terry schlug ein neues Spiel vor: Wir sollten uns vor dem Abendessen mit den Eltern zusammensetzen und in Teams spielen, wir gegen die Alten. Das Gewinnerteam würde dann einen Siegespreis von den anderen einfordern.

Sie dürften sich aussuchen, was sie wollten, nur der Rahmen müsste angemessen sein.

»Aber was könnten wir denen denn geben?«, fragte Rafe.

»Unsere Zeit vielleicht«, sagte Sukey.

»Unsere Arbeitskraft«, sagte David.

»Barservice«, meinte Juicy, der sich gerade mit Mixology beschäftigte.

»Sie müssten uns Alk geben, wenn wir das verlangen«, sagte Jen. »Also mal ehrlich, Hut ab vor Juicy, aber Klauen bringt's nicht immer.«

»Mehr ist auf jeden Fall besser«, sagte Juicy.

»Mehr ist normalerweise immer besser«, stimmte Val zu.

Sie selbst trank nie. Ohne Burl war sie etwas trübsinnig, aber sie lehnte es ab, sich selbst zu therapieren. Kein Alkohol, kein Gras und auch kein Anzeichen von Libido. Val war durch und durch Straight Edge.

Oder sie war noch nicht in der Pubertät. Wir wussten nicht, was zutraf.

Also erklärten wir ihnen das Spiel – es war einfach, wir hatten es immer auf Autofahrten gespielt. Jemand dachte sich ein Wort oder einen Ausdruck aus, und das andere Team musste es durch Fragen erraten. Das Wort konnte eine Person, einen Ort, ein Ding oder einen Begriff bezeichnen.

Hier hatten die Alten oft einen klaren strategischen Vorteil. Viele von ihnen wussten schlichtweg mehr. Außerdem hatten sie in ihren jeweiligen Bereichen Berufserfahrung.

Siegessicher waren sie mit dem Belohnungssystem einverstanden.

Aber wir hatten Displays, wir hatten Zeit und suchten eine Herausforderung. Jeden Nachmittag widmeten wir dem Lernen. Es gab Webseiten mit Quizfragen, die sich als nützlich erweisen könnten. Es gab Wikipedia. Wir paukten.

Das erste Spiel endete mit einer Niederlage für uns, als die Eltern drei Wörter in Folge gewannen – mit den Namen Bella Abzug, Christine de Pizan und Margery Kempe. Sie frohlockten und verlangten acht Stunden »technische Beratung« durch David, so nannten sie das, wenn er für sie Fehler behob und Behelfslösungen fand.

»Beratung« beinhaltete eigentlich einen Dialog, aber verstehen wollten sie ja nichts. Sie wollten nur die Serviceleistung.

Als Belohnung für David besorgte Juicy drei ganze Lines von dem hervorragenden Kokain seiner Mutter. Das war riskant für Juicy, denn seine Mutter wachte mit Argusaugen über ihren Vorrat.

David war äußerst dankbar dafür.

Das zweite Spiel verloren wir genauso übel. Sie verlangten Sukeys kleine Schwester für einen Tag, damit sie »ein bisschen Schnuckelzeit« mit dem Baby verbringen konnten (würg). Sukey protestierte, doch wir entschieden, dass der Preis zulässig war. Sukey fügte sich der Mehrheit, lief aber dann den Großteil des Tages auf und ab und machte sich Sorgen, die Eltern würden dem Baby schaden.

Ihre Schwester sei kaum zwei Monate alt, sagte Jen. Wie viel Schaden könnten sie denn überhaupt anrichten?

Sukey konterte damit, dass man ihnen prinzipiell keine Kindererziehung anvertrauen dürfte. In dieser Hinsicht mussten wir ihr zustimmen.

Als die Kleine eingehüllt, gewickelt und gefüttert zurückgegeben wurde, sah sie natürlich genauso aus wie vorher und benahm sich genauso wie vorher – sie lag da, ohne irgendetwas zu tun, sie quengelte nur gelegentlich –, aber Sukey war trotzdem misstrauisch. Sie hatten dem Baby eine bescheuert aussehende Schleife auf den Kopf gesetzt, die Sukey mit extremer Voreingenommenheit herunterriss.

Im dritten Spiel waren die Eltern betrunkener als sonst und zudem arrogant. Es endete unentschieden, so dass ein Tiebreak nötig war. Die Alten konnten es kaum glauben: Wir setzten sie mit Nicki Minaj matt, was für uns ein Selbstläufer gewesen wäre.

»Und sie ist auch noch Feministin«, erklärte ich meiner Mutter und streute dadurch Salz in die Wunde.

»Das ist umstritten«, sagte meine Mutter, nachdem sie gegoogelt hatte.

Wir trugen Bier und Schnaps davon.

Mit der Zeit senkte sich aber eine neue Dunkelheit auf die Eltern herab. Eine Ursache dafür waren die einbrechenden Börsenkurse, eine weitere das Wetter. An unserem Aufenthaltsort gab es keine Unwetter, doch woanders traten sie vermehrt auf. Genauso wie Dürren und Hitzewellen. Kalt- und Warmfronten, unterbrochene Handelswege. Alles schien im Wandel begriffen zu sein. Wegen des Wetters wurden Flughäfen geschlossen, vernichtete Ernten »destabilisierten« die Märkte. Der Nordpol war viel zu warm. In Teilen Europas war es eisig.

Außerdem hatten die Hausangestellten gekündigt. Die Eltern beklagten sich empört. Es sei so plötzlich gekommen. Man hätte ihnen allen gesagt, es bleibe mehr Zeit. Viel mehr Zeit. Daran sei jemand anders schuld, das stehe fest. Nicht die Wissenschaftler, sagte jemand. Die hätten ihr Bestes gegeben. Vielleicht die Politiker. Und womöglich die Presse.

Wir lauschten Diskussionen über Hamsterkäufe und das Für und Wider, diverse Vorräte anzulegen. Welche Währung wäre die beste? Die Eltern redeten stundenlang darüber. Eine Weile waren sie geradezu besessen davon.

Gold? Waffen? Munition? Batterien? Antibiotika? Sie stritten, und wir bemerkten eine gewisse Unruhe. Auseinandersetzungen und Entschlüsse.

Aber keine Einigkeit. Ein breit gefächertes Portfolio wäre angeraten, beschlossen sie.

Also kamen ständig Lieferungen. Sonnenkollektoren und Trockenwaren und Medikamente. Die Eltern verbrachten manchmal Tage mit Auspacken. Es kursierten Begriffe wie »Krankheitsmigration« und »Parasiten«, und mit abgefülltem Wasser beladene Lastwagen fuhren vor. Nicht mit Quellwasser in kleinen Flaschen –

o nein. Wasser in großen Fässern, Wasser, das sie in einem Magazin aus Wellblech lagerten. Arbeiter hatten es während unseres Aufenthalts errichtet.

Männer kamen, um das Sicherheitssystem zu verstärken. Und um zu bauen. Wo einst eine schmiedeeiserne Verzierung das Villengrundstück eingezäunt hatte, stand nun eine Betonmauer, verstärkt durch einen Elektrozaun. Am Fuß der Mauer gab es Sprengfallen, und es gab Flugverbotszonen. Die Flugverbotszonen waren eigentlich Gehverbotszonen, aber die Eltern nannten sie Flugverbotszonen, und wir verstanden, was das bedeutete. Bauarbeiter liefen an der Grundstücksgrenze entlang und versenkten Dinge im Boden, dann bauten sie als Puffer einen Zaun innerhalb der Außenmauer. Wir durften ihn nicht berühren.

»Landminen?«, fragte Juicy.

»Kann nicht sein. Das wäre illegal«, sagte Rafe.

Aber überzeugt waren wir nicht. Nicht im Traum würden wir diesen Rasen betreten. Wir ließen die Hunde nie von der Leine.

Nachdem die Mauer errichtet worden war, hielten wir die Eltern mehr denn je mit dem Spiel auf Trab. Sie brauchten das Ritual, um sich normal zu fühlen; das sprachen wir nicht aus, aber wir wussten es.

Wir gewannen immer häufiger, und die Eltern wurden so mutlos, dass wir sie hin und wieder gewinnen ließen. Wir suchten eine leichte Aufgabe aus. »Die Ringe des Saturn« wählte zum Beispiel jemand von uns, oder »Nacktmull« oder sogar »Blumenkohl«.

Das Spiel wurde manchmal unterbrochen, wenn

Eltern eine Textnachricht von Freunden oder Verwandten erhielten. Zu Beginn hatten wir strenge Regeln bezüglich solcher Unterbrechungen gehabt, denn wir wollten verhindern, dass jemand, der gerade am Verlieren war, mithilfe einer Suchmaschine betrog. Aber wenn eine Mutter aufgrund einer solchen Nachricht feuchte Augen bekam oder ein Vater erbleichte, ließen wir es zunehmend durchgehen.

Ein Vater – der von Jen – verließ das Anwesen zu Fuß, und als er zurückkehrte, befand er sich quasi in einem katatonischen Zustand. Seine Schuhe fehlten, seine nackten Füße waren blutig und hatten Erfrierungen. Er wollte nicht sagen, was passiert war. Er hockte sich in die Küche von Fake-Italien, schlang die Arme um die Knie und schaukelte vor und zurück.

Eine Mutter fing an, unablässig zu skypen, auch wenn die Verbindung zeitweise schlecht war. Sie suchte nach allen Freunden und Verwandten, die sie jemals gehabt hatte. Sie machte eine Liste der Leute, die sie nicht erreichte, und bemühte sich, sie mit anderen Mitteln ausfindig zu machen. Diejenigen, die sie auftrieb, waren fast noch schlimmer dran. Ein paar von ihnen ging es vielleicht okay, andere waren panisch oder schienen sich in einem Zustand verwirrter Fassungslosigkeit zu befinden. Zwei baten darum, bei uns wohnen zu dürfen, und die Mutter wandte sich flehend an Juicys Vater.

»Auf gar keinen Fall«, sagte er. »Das haben wir doch diskutiert.«

»Tu dir das nicht an«, sagte meine stets pragmatische Mutter. »Wir müssen unseren Garten bestellen.«

Das verstanden wir nicht, bis wir beim Pauken zufällig darauf stießen, in den berühmten Zitaten eines toten Franzosen.

Manchmal vergaß jemand von den Eltern mehrere Mahlzeiten hintereinander. Manche pflegten sich nicht mehr und begannen zu riechen. Manche trieben stundenlang auf Luftmatratzen im Pool, obwohl es draußen kalt war, hörten Musik und sprachen mit niemandem. Eine Mutter bekam einen Anfall und zerschlug ihren Badezimmerspiegel mit einer Brechstange.

Wir beriefen ein Treffen ein.

»Wenn das der Ort ist, an dem wir bleiben, müssen wir hier alles auf Vordermann bringen«, sagte Rafe.

»Jemand muss die Organisation übernehmen«, sagte Jen. »So kann es nicht weitergehen.«

»Und wir dürfen nicht so von der Außenwelt abhängen«, sagte Sukey. »Der Nachschub von dort wird immer knapper.«

»Wir werden übernehmen müssen«, sagte David.

Wir wollten unsere Nahrung gerne selbst anpflanzen, aber es wurde bald Winter, daher berieten wir darüber, was Low und Rafe zum Thema Hydroponik herausgefunden hatten. Wir beschlossen, den überdachten Whirlpool mit seinem Glasdach und den Glaswänden einem neuen Zweck zuzuführen. Wir sprachen über Samen, über die Verfügbarkeit von Nutzpflanzen und Wachstumslampen, über die Generatoren und die Solaranlage. Ob David herausfinden könnte, wie man uns von dem immer wieder gestörten Stromnetz mit seinen Spannungsabfällen oder -aus-

fällen trennen und uns als System zusammenschlie-
ßen könnte.

Das war eine schwierige Aufgabe, aber er war vorsichtig optimistisch. Wir redeten über Fähigkeiten
und Arbeitsteilung.

Statt das Spiel zu spielen, riefen wir eines Abends
die Eltern zur Ordnung.

»Uns ist aufgefallen, dass es vielen von euch nicht
so gut geht.« Terry hatte eine neue Brille bestellt und
zusammen mit seinem Sehvermögen auch seine Groß-
artigkeit wiederhergestellt. »Um es deutlich zu sagen:
in psychologischer Hinsicht.«

Die Eltern rutschten unbehaglich auf ihren Stühlen
herum. Sie tauschten Blicke aus, weniger skeptisch als
schuldbewusst.

»Das war auch zu erwarten«, sagte er großzügig. »So
wie wir uns darauf verlassen, dass ihr die Bedürfnisse
unserer materiellen Existenz in finanzieller Hinsicht
deckt, habt ihr euch wiederum auf die soziokulturelle
Ordnung verlassen. Eine Ordnung, die vor Kurzem
empfindlich gestört wurde, wie wir alle wissen.«

»Gestört«, echote eine Mutter.

»Empfindlich«, sagte Val.

»Jedenfalls wurde eure Fähigkeit, die Ordnung auf-
rechtzuerhalten, beeinträchtigt«, sagte Terry. »Von jetzt
an bis zu dem Tag, an dem eure Gemeinschaft wieder
ihre Grundkompetenz erreicht hat, würden wir gerne
mehr Verantwortung übernehmen. Wir haben einen
Plan ausgearbeitet, wie wir uns hier auf dem Anwesen
selbst versorgen können, einen vorläufigen. Die Situation und die Verfügbarkeit einzelner Komponenten

sind dynamisch. Das ist uns klar. Euer Vermögen wird eine enorme Hilfe sein, aber wir brauchen Resilienz.«

»Resilienz«, sagte Val.

Sie stand seitlich hinter Terry und hatte die Arme verschränkt. Diese Haltung schien sie zu genießen.

»Wir haben außerdem einen Arbeitsplan erstellt, einen Entwurf, bis wir alle Informationen haben. Ihr werdet weiterhin euren Beitrag leisten, jede Person in einer Weise, die ihren Fähigkeiten entspricht. Eure Beiträge werden sehr geschätzt. Keiner ist zu gering. Dessen könnt ihr sicher sein.«

»Eine Palastrevolution«, brummte ein Vater.

»Liest Terry von Karteikarten ab?«, fragte jemand von hinten.

»Wir verteilen auch einen Fragebogen. Wir hätten gerne, dass ihr eure Fähigkeiten nach Leistungsniveau einstuft. Das ermöglicht uns eine möglichst effiziente Aufgabenzuteilung.«

»Ihr seid doch noch gar nicht erwachsen«, sagte eine Mutter.

»Aber nicht schwachsinnig«, sagte Juicy.

»Und selten betrunken«, sagte Rafe.

»Selten«, sagte Val.

»Unsere schlechten Angewohnheiten gehen nur uns etwas an«, sagte ein Vater.

»Sie haben trotzdem nicht unrecht«, sagte eine Mutter.

»Ihr könnt die Schemata und den Arbeitsplan überprüfen«, sagte Terry. »Wir sind gespannt auf euer Feedback.«

»Sehr freundlich von euch«, sagte ein Vater.

»Aber es wird natürlich nicht maßgebend sein«, fügte Terry hinzu.

»Was für Fähigkeiten sollen wir denn auflisten? Ich habe mal einen Kurs in japanischer Blumensteckkunst gemacht«, sagte eine Mutter.

»Ikebana«, sagte Terry, unbeeindruckt von ihrer provokanten Bemerkung. »Das ist mir bekannt. Wahrscheinlich nicht vorrangig.«

Also begutachteten sie die Pläne. Und das Ergebnis war, dass sie zustimmten.

Ein paar Väter bemühten sich, ihr überlegenes Wissen auf dem Gebiet der Technik oder der Barliquidität herauszukehren. Wir mussten zugeben, dass nicht alles, was sie sagten, Unsinn war. Wir berücksichtigten ihre Meinungen, wie Terry es ausdrückte. Nahmen entsprechende Änderungen vor.

Und dann ließen wir die Projekte anlaufen.

Es folgte eine lange emsige Phase. Die Eltern waren hilfsbereit, auch wenn man sie hin und wieder anspornen musste. Wir griffen mal zum Zuckerbrot und mal zur Peitsche.

Sie neigten dazu, müde zu werden, wenn sich die Trink- und Plauderzeit näherte, und es kam vor, dass wir ihnen ihre Trankopfer vorenthielten, bis eine Aufgabe erledigt war (die Peitsche). Wir bestraften sie nicht, wir waren nur streng. Juicy ließ sich manchmal zu Spott hinreißen und musste gezügelt werden. Er hörte auch völlig auf zu spucken. Justin ließ er sich zwar niemals nennen – die Promi-Assoziationen waren zu peinlich –, aber er fing an, auf Just zu hören.

In anderen Momenten belohnten wir sie mit zusätzlicher Freizeit oder überschwänglichem Lob vor einem anderen Elternteil (das Zuckerbrot). Auf beides reagierten sie mehr oder weniger gleich, was ihre Leistung betraf.

Selbst die Zwillingsgören packten mit an. Im Austausch gegen alte Süßigkeiten, die niemand von uns wollte, erledigten sie niedere Tätigkeiten wie Windeln waschen oder zusammenlegen.

Ob wir Sklaventreiber seien, fragte Jen irgendwann. Manchmal plagten sie moralische Bedenken.

Nein, sagte David, wir selbst arbeiteten nämlich genauso hart.

Und es käme allen zugute, sagte Rafe.

Am Ende des Winters stammte alles Gemüse, das wir aßen, aus der Hydroponikgärtnerei und dem Indoor-Garten im Keller, dem früheren Squashcourt. Frischwaren konnten nicht mehr online bestellt werden – es fuhren keine Kühllaster mehr, zumindest nicht für den Durchschnittsreichen in unserer Region –, deshalb mussten wir essen, was wir anbauten.

Obst hatten wir natürlich nicht. Wir hatten Apfelbäume gepflanzt, aber es würde noch Jahre dauern, bis sie Früchte trugen: ein sehr aussichtsloser Spielzug. Zitrusfrüchte gab es gar nicht, und wir vermissten unseren Orangensaft und die Limonade. Die Eltern vermissten ihre Limettenscheibchen.

Außerdem hatten wir Trockenwaren und Konserven, der Vorrat war weit größer als der im Silo. Dafür hatten wir gesorgt.

Wenn die tägliche Arbeit verrichtet war, bereiteten wir meist mit Hilfe einiger Mütter, deren höchste Kompetenz das Kochen war, für alle das Abendessen zu. Dann saßen wir in dem weiträumigen, abgesenkten Wohnzimmer von Fake-Italien, mit seinen Glaswänden, die auf die Veranda und den Pool hinausgingen. Wir hatten die Teller auf dem Schoß, aßen und unterhielten uns über die Dinge, die wir vermissten. Die Bauernmutter durfte einen Segen sprechen. Nicht konfessionsgebunden.

Es hatte sich herausgestellt – ganz wie Sukey damals vermutet hatte –, dass sie gar keine Mutter war. Sie hatte nur die Katze. Trotzdem blieb sie in meiner Vorstellung die Bauernmutter.

Dann gingen wir unsere Vermisslichkeiten durch. So nannte das Jack. Wir glaubten, es täte uns und besonders den Eltern gut, wenn wir nicht versuchten, die Tatsache zu leugnen, dass etwas verloren war, sondern sie anerkannten.

Jemand erwähnte dann eine Kollegin oder einen Ex, Großeltern oder ein Fahrrad oder ein Stadtviertel oder einen Laden. Einen Strand oder einen Ort oder einen Film. Jemand sagte »Eis«, und jemand anders sagte »Eiscreme-Sandwiches«, und wir ließen uns immer mehr einfallen und gingen eine Liste mit Lieblingseis-Neuigkeiten durch, die nun einfach nicht zu haben waren.

»Bars«, sagte ein Elternteil, und sie zählten die Bars auf, in denen sie gewesen waren, die Kellerbars, die Irish Bars, die mexikanischen Bars. Die Hotelbars, die Bars mit Jukebox, die Bars mit Pooltischen oder Blick auf Parks und Flüsse. Die Bars, die sich drehten. Die Bars auf dem Dach von funkelnden Wolkenkratzern in weiter Ferne. In den einstmals großartigen Städten der Welt.

10 Nachdem die Systeme eingerichtet und die Aufgaben der Eltern bis auf die tägliche Grundversorgung erledigt waren, waren sie eine Weile zufrieden. Stolz auf uns alle, auf eine gute Arbeit, für eine kurze Dauer. Wir hatten uns eine Menge Zeit verschafft, und das wussten sie.

Aber schon bald verfielen sie in eine Art Depression, obwohl viele von ihnen einen Cocktail aus Antidepressiva einnahmen. Die Tabletten hatten nie viel Sichtbares bewirkt – ganz bestimmt wurde ihre Wirkung durch Alkohol abgeschwächt –, und der Vorrat ging sowieso zur Neige.

Langsam fielen uns Veränderungen auf, zuerst nur in Nuancen. Man könnte es Schwäche nennen, ich würde sagen, es war eher wie Abwesenheit. Ihre Persönlichkeiten schwanden dahin.

Als könnte man, wenn man die Eltern gegen das Licht hielte – wenn man sie leicht hochheben könnte wie Papier –, einfach durch sie hindurchsehen.

Anders als zuvor war dies keine Grundhaltung, die wir verändern konnten. Es war überhaupt keine Haltung. Es war eine Seinsweise.

Sie versuchten nicht mehr, sich gegenseitig mit sogenannten geistreichen Bemerkungen zu amüsieren. Sie sprachen oder lachten nicht viel, nicht einmal, wenn sie tranken. Und sie tranken immer weniger, was uns schockierte. Sie gingen früh zu Bett und schliefen lange, sagten, ihnen gefielen ihre Träume.

Die Träume seien das Beste, sagte eine von ihnen. Das Einzige, sagte jemand anders.

Aber sie schliefen oft unruhig. Manchmal stand um zwei oder drei Uhr morgens jemand im Schlafanzug draußen im Garten herum oder schlafwandelte.

Der Nachtschreck, sagte Sukey. Sie hatte etwas darüber gelesen. In diesem Zustand konnte man nicht mit ihnen reden.

Wir standen dann auf, zogen uns etwas über und führten sie wieder nach drinnen, denn sie dachten nie daran, in einen Mantel oder Schuhe zu schlüpfen, und da draußen herrschten gerne einmal null Grad. Sie schienen die Kälte nicht zu spüren.

Für sie war die Zeit flüssig geworden. Bevor wir mit den Projekten angefangen hatten, hatten sie wie gesagt Mahlzeiten ausgelassen – hatten sich vernachlässigt. Jetzt gab es überhaupt keine geregelten Mahlzeiten mehr, bis auf diejenigen, die wir ihnen aufzwangen. Sie steckten die Hände in Tüten mit alten Chips, wenn es ihnen einfiel, oder in Gläser mit Nüssen, die noch aus der Zeit vor dem Mangel stammten. Oder sie nagten an einer Bohne oder einer rohen Kartoffel oder an einem Pilz aus der Pilzhöhle in der Gärtnerei.

Die war Lows Idee gewesen, und wir waren stolz auf diese Höhle. Pilze wuchsen im Dunkeln. Und sie waren nahrhaft.

Auch kleine Kinder litten unter Nachtschreck, sagte Sukey. Und sie nähmen die Zeit ebenfalls als flüssig wahr. Vielleicht entwickelten sich die Eltern zurück.

Sukey hatte sich damit beschäftigt, wie man Babys großzieht. Und Kleinkinder. Und Fünfjährige.

Nein, die Eltern verschwinden einfach, sagte Rafe. Sie verschwanden vor unseren Augen.

Wir schritten ein – wir versuchten, das Spiel wiederzubeleben, dann probierten wir es mit Brett- und Kartenspielen. Früher liebten sie Poker.

Doch sie schenkten uns keine Beachtung. Wenn sie etwas sagten, dann nur, um uns mitzuteilen, dass wir unsere Spiele ruhig ohne sie spielen könnten.

»Ihr braucht uns nicht«, sagte eine Mutter eines Abends, schwach, aber entschieden.

Andere nickten und träumten weiter.

Wir experimentierten mit körperlicher Fitness, verwendeten sogar wertvollen Strom, um ihre Musik von früher abzuspielen, und wir tanzten wie irre, um sie zu inspirieren. Es war demütigend, aber wir machten es trotzdem. Wir dachten uns, wenn sie trainierten, wenn sie ihre Körper bewegten, würde das Leben in sie zurückkehren. Diesen Tipp hatten wir auf einer veralteten Webseite zum Thema emotionales Wohlbefinden gelesen.

Wir probierten einen militärischen Ansatz, zwangen sie, in Formation zu stehen und zu gehen, aber viele liefen verwirrt davon und mussten wieder zurückgeholt werden.

Wir bauten einen Hindernisparcours und versuchten, sie hindurchzuschieben. Wir spendeten falschen Beifall.

Wir bekamen hysterische Anfälle, während wir uns bemühten, sie aus ihrer Lethargie herauszureißen. Tage der Erschöpfung und Beschämung. Unser Gekasper war lächerlich. Es nützte nichts. Dann packte uns eine Art Verzweiflung. Denn so sehr wir uns lange Zeit von ihnen schikaniert und herablassend behandelt gefühlt hatten, so sehr wir sie und alles, wofür und wogegen sie sich nicht eingesetzt hatten, verurteilt hatten, so sehr verließen wir uns mittlerweile auf ihre Beständigkeit. Unser ganzes Leben lang waren wir schlichtweg an sie gewöhnt gewesen. Aber nach und nach lösten sie sich ab.

Als wir eines Morgens aufwachten, waren sie einfach weg. Sie hatten ihre Handys, ihre Geldbörsen, ihre ganzen persönlichen Sachen zurückgelassen. Sie waren nirgendwo auf dem Gelände. Wir durchkämmten die leeren Straßen in der Nähe, zuerst zu Fuß, dann mit dem einzigen Auto, das noch fuhr. Dem elektrischen. Wir fanden sie nicht.

Val stellte sich vor, wie die Eltern auf die Wipfel der hohen Bäume kletterten, die am Rand des Gartens wuchsen, Zedern und Schwarzpappeln, die selbst für Val so gut wie unmöglich zu erklimmen waren. Sie sah sie auf den Spitzen dieser schlanken Bäume hocken, bis ein leichter Wind kam und sie davontrug.

Juicy stellte sich vor, wie sie auf den verbotenen Streifen zwischen dem Zaun und der Mauer traten und nacheinander verpufften.

Jen sah sie in eine Stretchlimousine steigen, die sie in ihre eigene Kolonie brachte, unbelastet von Kindern. Oder auch nur von der Erinnerung.

Low sah sie wie Hirten in der Steppe davonreiten, auf dunklen Pferden, die aus dem Nichts erschienen. Und im Nichts verschwanden, je weiter sie sich von uns entfernten.

Ich stellte mir vor, wie sie die herabfallenden Stufen des Infinitypools hinunterliefen, mit kribbelnden Fingerspitzen. Immer weiter nach unten, bis an die schmale Grenze der Unendlichkeit.

Wir ließen ihre Namen noch eine Weile auf den Plänen stehen und erledigten die ihnen zugewiesenen Aufgaben für sie. Wir ließen ihre Schlafzimmer so, wie sie sie zurückgelassen hatten, bis wir nach und nach einzogen.

Wir beschrifteten ihre Handys und Geldbörsen und Handtaschen und schlossen sie in ein Schränkchen im Arbeitszimmer von Juicys Vater, denn die Handys, Nummern, Karten und das Bargeld würden womöglich eines Tages gebraucht.

Eine Zeit lang erwarteten wir sie jeden Tag zurück. Dann sprachen wir jede Woche über sie, redeten darüber, wie sie sich wohl verhalten würden, wenn sie wiederkämen. In welchem Zustand sie sein könnten, verletzt oder hungrig. Ob sie sein würden wie früher oder weiterhin so verändert.

Wir warteten darauf, dass sie zurückkehrten, aber das taten sie nie.

»Was passiert am Ende?«, fragte mich Jack.

Zu diesem Zeitpunkt war er krank, aber ich wollte dafür sorgen, dass es ihm besser ging. Wann immer ich nicht bei ihm am Bett war, recherchierte ich Symptome und Diagnosen. Wie man die Medikamente, die wir hatten, umnutzen konnte. Hausmittel.

Ich wünschte, die Angels wären noch bei uns. Luca. Und Mattie.

Oder sogar die Besitzerin. Die sich in ihrem schwarzen Streitwagen herabsenkte. Wo war die Besitzerin, wenn wir sie am dringendsten brauchten?

Trotzdem bemühte ich mich sehr. Wenn es die einzige gute Sache war, die ich je getan hatte, die einzige Sache, die den Aufwand wert war, dann würde er eines Tages wieder gesund sein.

»Am Ende wovon, Jack?«

»Du weißt schon. Von der Geschichte. Nach dem ganzen Chaos. Das stand nicht in meinem Buch. Aber alle Bücher sollten ein richtiges Ende haben.«

»Das stimmt.«

»Sie hat gesagt, das echte Ende steht gar nicht in der Kinderversion. Weil es nicht schön ist. Zu brutal. Sie hat gemeint, Kinder könnten die Offenbehrung nicht verkraften.«

»Sie hat wahrscheinlich Offenbarung gesagt.«

»Und was passiert dann nach dem Ende?«

»Lass mich nachdenken. Warte einen Moment. Ich denke nach.«

»Denk besser nach, Evie.«

»Okay. Ich schätze mal, Langsamkeit. Neue Tierarten entwickeln sich. Andere Geschöpfe kommen her und leben hier, so wie wir. Und die ganzen alten schönen Dinge sind noch in der Luft. Unsichtbar, aber da. Wie, das weiß ich nicht. Eine Erwartung, die irgendwie schwebt. Sogar wenn wir alle nicht mehr da sind.«

»Aber dann können wir sie gar nicht mehr sehen. Wir sind ja gar nicht da. Das tut doch weh, es nicht zu wissen. Wir sind nicht da und können es nicht sehen!«

Er war erregt.

Ich hielt seine heiße Hand.

»Andere werden das tun, mein Schatz. Denk an sie. Vielleicht die Ameisen. Die Bäume und Pflanzen. Vielleicht werden die Blumen unsere Augen sein.«

»Blumen haben doch keine Augen. So was würde vielleicht Darla sagen. Das ist keine Wissenschaft, Evie.«

»Du hast recht. Es ist eher wie Kunst. Poesie. Trotzdem kommt es von dem, was man Gott genannt hat, oder?«

»Was man Gott genannt hat«, murmelte er.

Er war am glücklichsten, wenn ich bei ihm war und mit ihm redete, aber er wurde damals so müde. So sehr müde.

»Du hattest es doch in deinem Heft stehen, weißt du noch? Du hast es selbst aufgeschrieben.«

»Ich habe es aufgeschrieben.«

»Ich glaube, du hast es gelöst, Jack. In deinem Heft.

Jesus war die Wissenschaft. Sachen wissen. Richtig? Und der Heilige Geist war all die Sachen, die die Menschen machen. Weißt du noch? In deiner Skizze stand ›Sachen machen‹.«

»Ja, genau.«

»Vielleicht ist also der Heilige Geist die Kunst. Vielleicht ist die Kunst der Geist in der Maschine.«

»Kunst ist der Geist.«

»Die Kometen und die Sterne werden unsere Augen sein«, sagte ich zu ihm.

Und ich fuhr fort. Die Wolken, der Mond. Die Erde, die Steine, das Wasser und der Wind. Denn das nennen wir Hoffnung.

DANK Mein aufrichtiger Dank gilt Maria Massie, meiner Agentin, und Jenny Offill, meiner Leserin. Ebenso Aaron Young, für all die Abendessen, die er meinen Kindern zubereitet hat, während ich schrieb. Tom Mayer und Elizabeth Riley, meinen besten Freunden bei W. W. Norton, bin ich sehr zu Dank verpflichtet, und dazu allen anderen bei Norton, die an der Entstehung dieses Buchs beteiligt waren: Nneoma Amadi-Obi, Julia Reidhead, Brendan Curry, Nomi Victor, Julia Druskin, Don Rifkin, Ingsu Liu, Alexa Pugh, Steve Colca, Meredith McGinnis, Beth Steidle sowie Steven Pace und seinem Team, insbesondere Karen Rice, Sharon Gamboa, Golda Rademacher und Meg Sherman.

Penguin Random House Verlagsgruppe FSC® N001967

1. Auflage
Deutsche Erstausgabe Februar 2024
Copyright der Originalausgabe © 2020 by Lydia Millet
First published in the US in 2020 by W.W. Norton.
Copyright © der deutschsprachigen Ausgabe 2024 in der Penguin
Random House Verlagsgruppe GmbH,
Neumarkter Str. 28, 81673 München
Umschlaggestaltung: semper smile, München
Umschlagmotiv: © plainpicture/Myléne Blanc
Satz: Uhl + Massopust, Aalen
Druck und Einband: Nørhaven Book A/S, Viborg
MK · Herstellung: sc
Printed in Denmark
ISBN 978-3-442-77390-9

www.btb-verlag.de
www.facebook.com/penguinbuecher

Avni Doshi

bitterer zucker

Roman

352 Seiten, btb 77161
Aus dem Englischen von Frauke Brodd

Shortlist Man Booker Prize

»Bitterer Zucker« ist eine Liebesgeschichte. Aber nicht
zwischen zwei Liebenden, sondern zwischen Mutter
und Tochter. Antaras Mutter war stets eine eigenwillige
Frau, die keine Rücksicht auf ihre Tochter nahm:
Sie brach aus ihrer unglücklichen Ehe aus, ging in
einen Ashram, wurde die Geliebte des Gurus – alles
immer mit Antara im Schlepptau. Jetzt ist sie alt, und
Antara muss sich um eine demente Mutter kümmern,
die sich nie um ihre Tochter gekümmert hat.

»Blitzt wie eine scharfe Klinge – schön und
gefährlich zugleich. Ich bin restlos begeistert.«
Elizabeth Gilbert

btb